A MORTE DE UM JOVEM TENENTE

MISTÉRIOS DE JAKE REYNOLDS LIVRO 1

B.R. STATEHAM

TRADUZIDO POR

RITA PIRES

Publicado em 2023 por Next Chapter

Editado por Monnalysa Fontinele Lima

Arte da capa por Lordan June Pinote

PRÓLOGO

— SIM, eu conheci Wilbur Wright — disse o homem idoso de cabelos brancos e olhos azuis enquanto pegava uma cerveja e se recostava na cadeira, empurrando para trás o chapéu de cowboy escuro que estava sobre sua cabeça no processo. — E Orville, também. Na verdade, foi Wilbur quem me ensinou a voar. Eu fui o único americano que ele ensinou enquanto viajava pela Europa. Deixe-me ver, foi... hum... Em 1908, eu acho. Sim... 1908.Sentamos no lado leste de sua bela casa de fazenda, protegidos do brilho assassino do sol de Kansas na sombra profunda da ampla varanda. Um refrigerador cheio de cerveja recém-refrigerada estava aos nossos pés. Ele sentou-se na lona de uma cadeira dobrável de madeira com uma cerveja gelada em uma das mãos e um sorriso em seu rosto bonito e enrugado pelo clima.

Eu sabia que ele estava por volta dos oitenta anos ou mais.

Mas olhando para ele e ouvindo suas histórias, era impossível acreditar que ele tinha passado dos cinquenta. Os cabelos do homem eram absolutamente brancos. Seus olhos eram de uma cor fascinante de aço, que pareciam mudar de cinza para azul dependendo de como a luz refletia neles. Havia um fogo naqueles olhos. Um fogo de inteligência profunda e singularidade de propósito que se tornava rapidamente evidente no primeiro momento em que você os via. Ele estava bronzeado em um marrom castanho e era vibrante e vivo.

—Agora, se você me perguntar se eu *gostava* daquele filho da puta arrogante, eu teria que dizer: 'Claro que não!' Ele era um pequeno puritano filho de um ministro careta que nunca bebeu, nunca fumou e nunca proferiu uma palavra profana em sua vida. Ele acreditava que limpeza era quase uma religião e ele esperava pelos infernos que o resto de nós fosse tão religioso quanto ele.Eu estava cativado pela arrogância desse homem desde o momento em que ele entrou na sala. Havia algo em sua personalidade que o fazia relaxar instantaneamente e confiar nele ao mesmo tempo. Quanto mais eu conversava com ele, mais eu me encontrava admirando esse personagem único. Muitas vezes pensei como foi um golpe de providência divina que nos uniu de forma tão esporádica.

—Mas deixe-me dizer, Wilbur e Orville eram provavelmente os dois homens mais odiados em toda a França em 1908. Você não pode acreditar na difamação que esses dois mecânicos de bicicletas despertaram! Meu Deus, pensar sobre a paixão que os Wrights inflamaram nos corações dos franceses parece hilário hoje. Mas há cinquenta anos, poderia quase matar um homem.

Eu sorri e balancei a cabeça. O velho era incrivelmente surpreendente.

É ainda mais incrível perceber que este homem foi em algum momento o maior ladrão de arte do mundo. Não apenas um ladrão de arte comum, mas um ladrão de arte de classe mundial, de habilidades e elegância sem paralelo.

Sim.

Eu sei.

Difícil de acreditar.

Eu sei que o ceticismo preenche qualquer pessoa que lê

essa afirmação. Mas eu ouvi as histórias desse homem e vi as provas. Francamente, não há espaço para duvidar de sua veracidade. Jake Reynolds era e ainda pode ser o maior ladrão de arte do mundo.

Que provas me persuadiram dessa convicção?

Eu vi a coleção dele das maiores obras-primas do mundo. Eu vi os originais. Sim, eu disse isso - os originais. Pendurados em alguns dos museus de arte mais prestigiosos do mundo estão suas cópias dos originais. Cópias tão precisas em detalhes e composição que ninguém nos primeiros cinquenta anos do século XX suspeitou de outra coisa.

Eles ainda penduram hoje nesses mesmos corredores. Os curadores do museu estão absolutamente convencidos de que são os originais. Milhares de pessoas passam pelos corredores desses museus ilustres para admirar essas criações gloriosas. Eles veem, mas não observam. Eles se entusiasmam com as visões coloridas diante deles. Mas nenhum percebe que estão admirando as cópias mais astutamente criadas já feitas por um mestre da falsificação. Os verdadeiros originais pendurados por alguns anos em sua casa escondidos em um cofre secreto sob chave. Ninguém sabia desse segredo profundamente pessoal. Era um segredo que ele guardara para si mesmo por mais da metade de um século. Ele não contou a ninguém, até por uma feliz coincidência, começou a falar comigo naquela bela tarde de verão depois que eu dirigira de Wichita em uma missão inocente para entrevistá-lo sobre sua participação na Primeira Guerra Mundial.Em certa época, eu era um repórter de jornal. Em 1964, como um novato para *The Wichita Eagle*, um jornal matutino de tamanho moderado para a maior cidade de Kansas, meu editor queria encontrar alguém que tivesse sobrevivido aos primeiros meses da Primeira Guerra Mundial e entrevistá-lo. Iria ser o quinquagésimo aniversário deste conflito um pouco esquecido e meu editor queria uma entrevista pessoal com um sobrevivente. Ele achou que seria uma ótima peça para a edição planejada do jornal daquela parte do século XX. Eu não tinha ideia do que estava me metendo quando alguém sugeriu que eu falasse com um velho rancheiro que morava a cem milhas ao norte de Wichita, em um rancho nos arredores de uma cidade chamada Salina, Kansas. Ele se chamava Jake Reynolds. O informante me disse que o velho era um veterano de guerra muito condecorado e um grande contador de histórias. Ele estava correto em todos os aspectos. Jake Reynolds acabou sendo a pessoa mais intrigante que já conheci. Como eu sabia que ele era um ladrão? Por que eu acreditaria nas histórias fantasiosas que esse velho contava para mim hora após hora enquanto eu o entrevistava? Que prova ele ofereceu, além das pinturas, para suas reivindicações ultrajantes? Verdade. Ele poderia ter feito cópias dos originais e afirmado que eram os originais. Mas ele sabia demais. Ele conhecia detalhes e indivíduos intimamente. Demasiado intimamente para serem meras criações de sua imaginação.

Jake era como nenhuma outra pessoa que já conheci. Forte, ágil, com um senso de humor rápido e sarcástico, ele certamente não agia como um octogenário comum. Em primeiro lugar, ele morava em uma casa projetada por Frank Lloyd Wright. Era uma ampla e espaçosa pedra-sabão, com painéis de madeira natural e pisos de madeira polidos. Eu nunca descobri como Jake conheceu o arquiteto mais famoso da América. Ou como essa casa exclusivamente projetada não acabou sendo colocada em algum registro nacional. Mas esse era o modus operandi desse velho. Nessa casa e escondido atrás de uma lareira que, para um observador casual, parecia ser toda a parede da sala de estar, havia um cofre secreto que apenas algumas pessoas sabiam que existia. Nessa sala, havia muitas das maiores pinturas de mestres antigos e modernos do mundo.Não as falsificações, entenda. Originais.

Monets, Raphaels, van Ecks, da Vincis, Picassos, Degas - nomes que ecoam pelo mundo da arte - estavam todos representados. Penduradas em colunas de cinco ou mais pinturas, uma acima da outra, cada uma emoldurada em simples molduras de carvalho e iluminadas por luz indireta suave, havia mais de sessenta das mais valiosas originais do mundo. Originais guardados em uma coleção privada reservada apenas para os olhos de uma única pessoa solitária para admirar. Arte tão maravilhosa e tão rara que me tirou o fôlego na primeira vez que o segui até seu tesouro escondido. Mesmo agora, pensando nisso todos esses anos após a morte do velho, meu pulso está acelerando e estou achando difícil respirar.

Cada original tinha uma história. Uma história que Jake ficava mais do que feliz em contar. Ele consentiu em ditar para meu gravador toda a sua vida como ladrão de arte. Aos oitenta anos, ele sabia que talvez não viveria muito mais. Tenho certeza de que ele queria deixar para trás algum registro de suas realizações quando começou a ditar a história de sua vida. Eu concordei em ficar em silêncio até que ele morresse e seus dois últimos parentes sobreviventes, dois queridos sobrinhos, também passassem. Com este acordo consumado com um firme aperto de mão, este velho admirável começou a me contar a série mais incrível de histórias já escritas para a posteridade. Para apoiar suas afirmações aparentemente absurdas estavam as pinturas - aquelas belas e impressionantes pinturas.

Uma pintura, colocada no canto da sala em uma bela mesa Louis XIV, chamou particularmente minha atenção. A pintura era na verdade três grandes painéis de carvalho, a madeira dividida pela antiguidade, sendo que cada painel mostrava alguma cena da Madonna e da criança Jesus. Embora eu não fosse um historiador de arte, lembro-me dos meus dias de faculdade e das aulas de Apreciação de Arte que fiz. Pareceu-me que esses painéis de madeira me eram familiares. Naquela tarde, enquanto sentávamos naquelas confortáveis cadeiras de couro profundo naquela ampla e espaçosa varanda bebendo cerveja e falando sobre arte, fiz um comentário casual sobre aqueles painéis de madeira e como eles me lembravam o estilo de pintura de Jan van Eck.

—Ah, você está completamente certo. É uma das primeiras obras-primas de Jan van Eck. Hmmm, interessante. Você veio me entrevistar sobre meu registro de guerra. Bem, gostaria de ouvir a história real? A verdade, como este velho viu e viveu? Sim? Muito bem. Você notou esta pintura de van Eck. Você acreditaria que nas primeiras semanas da Grande Guerra, quando todos os exércitos aliados estavam sendo martelados impiedosamente pelos exércitos do Kaiser, eu tirei esta obra debaixo do nariz de todo um exército alemão? Gostaria de ouvir sobre isso?

Com certeza eu queria ouvir a história dele. Gravei a história em meu confiável gravador e então esperei pacientemente por quase trinta anos para cumprir minha promessa a ele. Com o cumprimento da minha promessa, decidi publicar a incrível história desse homem. É uma história surpreendente sobre um homem incrível, vivendo uma vida incrível na primeira parte de um século incrível.

UM

UM SOL QUENTE DE VERÃO. Calor interminável.

Fumaça cinza, das fazendas queimadas, erguendo-se no ar.

Ele sorriu e passou uma mão suja de óleo pelo cabelo encaracolado. Levantando-se, montado na pesada motocicleta alemã, ele se virou e olhou para a ponte em chamas e para o amplo canal que atravessava. Um amplo canal cortando a planície belga. Um pouco de sorte se por acaso ele já tivesse.

Perfeito.

Se ele pudesse atravessar sozinho.

Pisando o acelerador da moto nervosamente, ele se virou novamente e olhou por cima do ombro direito. A um quilômetro de distância, a aparição fantasmagórica de uma companhia de cavalaria alemã. Uma companhia de Hussardos usando o incrivelmente grande chapéu peludo chamado colback e vestidos em cinza de campo com laços trançados amarelos brilhantes ao redor de seus ombros direitos, o fizeram dizer algumas palavras profanas sob sua respiração. Os cavalos Boche estavam suados e cobertos de solo belga claro. Sinais de que haviam sido muito cavalgados.

Os cavaleiros pareciam barbudos e igualmente

desarrumados. Ele observou, em pé e montado na moto, enquanto toda a companhia de Hussardos materializou-se na escuridão da massa de árvores como espectros da floresta. Vários deles começaram a olhar atentamente para o chão, enquanto outros vasculhavam as distâncias em cada direção. Um dos cavaleiros ficou em pé em seus estribos e apontou em sua direção. Como se movidos por uma única mão, os duzentos ou mais cavaleiros alteraram o curso e começaram a chicotear ainda mais seus cavalos na tentativa de alcançar o capitão antes que ele escapasse.

Um sorriso se espalhou novamente pelos seus lábios finos, assim como uma mecha de cabelo encaracolado caiu sobre sua sobrancelha direita. Um sorriso jovial e malicioso. Um sorriso que fazia as mulheres quererem abraçá-lo e perdoá-lo de seus pecados. Um sorriso que fazia até mesmo os soldados velhos e endurecidos - pessimistas até o âmago - acenarem com a cabeça e sorrir de volta. Um sorriso que poderia fazer até mesmo um serial killer querer se tornar um amigo íntimo.

Sempre foi assim com Jake. Esse sorriso. Um repentino sorriso impertinente iluminando seu rosto e derretendo até os corações mais frios. Por causa desse sorriso, ele poderia fazer amizade com qualquer pessoa. Fazer bons amigos. Amigos de toda a vida. Amigos que fariam qualquer coisa por ele.Ele acelerou a moto algumas vezes enquanto virava para olhar a ponte queimando novamente. Ele estava na planície irrigada e baixa da Bélgica, a apenas cinco milhas da fronteira francesa. Em ambos os lados, havia uma extensão de terras cultivadas queimadas pelo sol escaldante do verão. Na frente dele, estava o canal de irrigação. Observando-o, ele pensou que tinha cerca de seis metros de largura e cortava o país em duas partes por mais de duas milhas em cada direção. A água era profunda e morna. O obstáculo perfeito para deter a cavalaria avançada se alguém pudesse descobrir como chegar ao outro lado. Em quase todos os lugares que olhava, colunas altas de fumaça preta de fazendas queimando e vilas destruídas se retorciam e se projetavam ao vento enquanto subiam ao céu. Eram testemunhos sombrios da máquina de guerra teutônica se aproximando, enquanto continuava a varrer os Países Baixos.

As primeiras três semanas da guerra não correram como planejado para os Aliados. No início, tanto os franceses quanto os britânicos reuniram seus exércitos e foram caminhando pelo campo, cantando músicas patrióticas e agindo como se esta guerra fosse ser umas férias de verão e nada mais. Com um elã incrível e uma ingenuidade incrível, os Aliados se lançaram alegremente no punho de ferro avançado dos exércitos de campo do Kaiser. Os franceses, em particular, achavam que a bravura gálica e milhares de infantes ávidos seriam mais do que suficientes para enfraquecer os braços avançados dos exércitos boches.

Eles estavam errados.

O que eles encontraram foi uma exibição magistral de planejamento germânico e uso de nova tecnologia. Unidades do exército equipadas com grandes quantidades de metralhadoras e apoiadas por um uso soberbo de artilharia despedaçaram os mal equipados franceses. Em um período de menos de três semanas, todas as unidades de linha de frente dos exércitos franceses sofreram perdas incríveis. Onda após onda de infantaria francesa foi galhardamente correndo pelos campos belgas, apenas para serem abatidos em massa. Unidades do exército francês, vestindo as túnicas azul-escuras e calças vermelhas de uma época fora da era de Napoleão, mostraram ao mundo como morrer em grandes números. Eles não fizeram nada para impedir a determinação teutônica de capturar Paris antes do final do verão.

Nenhum comandante sabia em que direção seus flancos poderiam estar.

Ninguém sabia o que estava à frente deles. Nem atrás deles.

Ninguém sabia o que estava à sua frente. Nem atrás deles.

Ninguém sabia nada além de um desejo avassalador de voltar para a França e se reagrupar. Essa incerteza pandêmica era a razão pela qual ele estava ali, examinando apressadamente a paisagem e a própria ponte em chamas, montado na traseira de uma motocicleta roubada do Corpo de Sinalização do Exército Alemão e imaginando caprichosamente como seria um campo de prisioneiros de guerra boche. Seu esquadrão, um dos primeiros a serem organizados no recém-criado *Royal Flying Corps*, estava a três milhas de distância do outro lado do canal. Seu comandante o pediu para ir em uma missão de reconhecimento solo. Como não havia contato algum com a sede do exército, o esquadrão estava pendurado no limbo e balançando por um fio fino sobre um caldeirão de fúria alemã pronto para ser cortado pela baioneta de um boche.

Restava apenas um avião em condições de voar. Um dos quinze aviões variados que o esquadrão havia iniciado apenas três semanas antes. Esta última máquina, na opinião do coronel, era muito valiosa para enviar para procurar o inimigo. Ele queria enviá-la de volta para a França. Para um lugar onde estaria segura. Mas onde? Antes de fazer qualquer coisa para salvar homens ou material, ele primeiro precisava saber quão perto o inimigo poderia estar. Ele tinha que saber de que direção ou direções eles estavam vindo.

Então ele, Jake Reynolds, concordou em sair e encontrar os alemães. E aqui ele estava. No meio do campo aberto com uma companhia de furiosos Hussardos alemães montando furiosamente em sua direção, determinados a capturá-lo e enviá-lo de volta para um campo de prisioneiros de guerra. Sorrindo, ele decidiu que tinha coisas melhores a fazer do que comer repolho e batatas atrás de uma cerca de arame farpado. Usando a manga de seu braço direito para limpar o suor escorrendo de seu rosto sujo, ele deu uma olhada rápida na conflagração que consumia a ponte e tomou uma decisão.

Batendo a marcha da moto, ele acelerou o motor e levantou poeira enquanto girava à direita e corria de volta pela estrada em direção à cavalaria que se aproximava.

A ponte estreita ardia ferozmente, produzindo uma grande quantidade de fumaça em rolos, mas queimava apenas na seção central da ponte e em nenhum outro lugar. Ambos os lados das abordagens da ponte inclinavam-se para cima em direção ao meio, dando-lhe, em outras palavras, uma rampa perfeita para saltar a motocicleta pelas chamas e sobre a seção em chamas se ele pudesse acelerar a pequena moto em um espaço tão curto. O problema era que ele teria que correr de volta ao redor da curva e se aproximar dos Hussardos que vinham na direção oposta antes de virar e acelerar o motor ao máximo de volta em direção à ponte. Avaliando rapidamente outras opções possíveis, ele viu que não havia outras escolhas viáveis disponíveis. Era ou ter sucesso nesta única tentativa ou passar o resto da guerra como um convidado indesejado do Kaiser.

Deslizando ao redor da curva, indo na direção oposta que acabara de atravessar, Jake torceu o acelerador da moto completamente aberto e se curvou baixo sobre o guidão enquanto mirava a roda dianteira em direção à cavalaria que se aproximava. À sua frente, a cavalaria alemã o viu se aproximando e começou a gritar de alegria. Sua euforia mudou para consternação quando observaram o louco na motocicleta mirando diretamente neles e acelerando ao mesmo tempo. Homens a cavalo e ciclista se aproximaram um do outro a uma velocidade furiosa. Cavaleiros se sentaram em suas selas e começaram a gritar uns com os outros para alertar seus camaradas sobre esse inglês louco! Assim que parecia que o ciclista ia passar pelo meio da cavalaria, a moto diminuiu a velocidade e de repente seu piloto começou a girar a moto em círculos na estrada de terra, levantando uma gigantesca cortina de poeira e quase atropelando vários cavalos e homens no processo.

Cavalos e cavaleiros galopavam em todas as direções para se afastar do louco. Alguns cavalos começaram a empinar e jogaram seus cavaleiros para fora antes de galopar, suas rédeas flutuando na poeira enquanto desapareciam de volta pela estrada. A poeira era espessa, fazendo com que os homens se engasgassem e os olhos lacrimejassem, e ainda assim esse louco continuava circulando sua moto em círculos na sujeira. Finalmente, assim que vários dos Hussardos pegaram seus rifles pendurados nas costas e começaram a mirar no ciclista insano, o oficial britânico acelerou sua máquina ruidosamente e disparou pela estrada em direção à ponte em chamas em um borrão de movimento cegante!

Jake, com um sorriso de orelha a orelha, habilidosamente se inclinou para um lado ou para o outro para deslizar por um cavalo e cavaleiro enquanto se inclinava para a frente sobre o guidão da moto. O forte estampido de vários rifles Mauser disparando perto não o incomodou enquanto ele e sua máquina disparavam através da bola de poeira suspensa e aceleravam em direção a um espaço claro. Acelerando rapidamente, logo deixou os cavaleiros confusos para trás. Inclinando-se na curva, usou uma bota novamente para mantê-lo em pé e, então, com a ponte em chamas diretamente à sua frente, abriu o acelerador da máquina ao máximo. A quarenta milhas por hora, a moto roubada do Corpo de Sinais Alemão e seu piloto atingiram a rampa inclinada da ponte e imediatamente foi para o ar.

Através da fumaça e das chamas, a máquina e Jake voaram. Ele estava vagamente ciente de uma repentina e quente picada de chama em sua perna de trás. Mas então eles estavam descendo rapidamente e ele não teve tempo de pensar em mais nada. Levantando levemente o nariz da máquina, ele aterrou perfeitamente no meio da rampa do outro lado! Acelerando novamente o motor ao máximo, Jake saiu disparado para o campo belga a uma alta velocidade, deixando para trás uma companhia de Hussardos zangados que só podiam ficar sentados nas selas de seus cavalos e observar o louco desaparecer na névoa ondulante do calor.

Quando chegou de volta ao seu esquadrão, encontrou o pessoal da unidade correndo como formigas perturbadas em um formigueiro esventrado. Grupos de soldados derrubavam fileira após fileira de barracas com facilidade prática. Um segundo grupo seguindo atrás do primeiro enrolava habilmente cada barraca e as jogava na carroceria de um lento caminhão Modelo T americano. Ao descer de sua moto roubada, ele viu trinta ou mais homens correrem para a berrante tenda circense vermelha, um presente das famosas famílias circenses Chubbs & Blaine de Londres, e deixá-la cair habilidosamente em uma nuvem de poeira e folhas em um piscar de olhos. A tenda, como todo o outro equipamento do esquadrão, era um presente do público britânico para o recém-criado Royal Flying Corps, assim como os caminhões Ford americanos e os aviões. Tudo o que era necessário para equipar um esquadrão havia sido rapidamente arranjado no início da guerra e enviado rapidamente para a França.

A tenda circense vermelha sangue era o hangar principal do esquadrão. Com o nome *Chubbs & Blaine Circus of Renown* em letras amarelas brilhantes em toda a parte superior do canvas da monstruosidade, Jake meio sorriu quando a ideia ocorreu a ele de que a tenda era o exemplo perfeito de um mundo enlouquecido. Desde 1900, toda a Europa sabia que haveria uma guerra europeia. Grandes exércitos e marinhas, a essência tecnológica coletiva de cada nação, foram construídos por cada país beligerante. Todos sabiam que a guerra, antes mesmo do início dos disparos, seria um assunto glorioso, com bandas tocando, mulheres dançando nas ruas e belos jovens em novos uniformes brilhantes marchando para a glória em longas colunas serpenteantes de virilidade marcial. Quando a guerra foi finalmente declarada, as pessoas em todas as capitais europeias fugiram para as ruas e aplaudiram e dançaram até altas horas da noite. Um continente inteiro foi tomado por um frenesi jubilante, enquanto as declarações formais de guerra eram apressadamente telegrafadas de uma capital europeia para outra.

O carnaval insano de luxúria nacionalista para matar o inimigo durou apenas duas semanas. Esta exuberância ingênua pela glória marcial rapidamente ficou para trás assim que os exércitos se encontraram em campo aberto sob aquele sol escaldante em 1914. A Força Expedicionária Britânica, contando com os franceses para fornecer a inteligência necessária para estabelecer linhas de defesa, estava perigosamente perto de ser totalmente capturada pelos exércitos varrendo do Kaiser. Sem saber onde o inimigo estava, ou onde os franceses poderiam estar, a BEF estava no meio de uma armadilha elaborada, prestes a ser fechada com força pelos implacáveis hunos.

Ele, como milhares de outros como ele, se alistou rapidamente e se juntou ao exército quando a guerra foi declarada. Sendo americano com mãe inglesa e bem conectado com muitas das camadas mais poderosas da Inglaterra, foi fácil o suficiente para adquirir um posto de capitão na recém-organizada RFC. Conhecido antes da guerra como um esportista internacional, especialmente como um homem que adorava carros e aviões rápidos, a reputação de Jake sozinha como um aviador ousado e experiente lhe daria acesso imediato ao que ele quisesse. No entanto, foi sua verdadeira vocação, sua vida secreta longe do mundo dos esportes e da atenção nacional, que lhe garantiu seu posto e promoção.

Poucas pessoas teriam suspeitado da verdade. Aquelas

poucas que sabiam da ocupação de Jake juraram manter silêncio sobre isso. Eles tinham que fazer isso. Se não, seriam considerados cúmplices da malversação de Jake e sujeitos a prisão.

Essas pessoas que conheciam as habilidades secretas de Jake também eram aquelas que tinham os meios para garantir que a lei nunca o tocasse. Seu seleto grupo de clientes também percorria os corredores de poder em quase todos os países europeus. Desde primeiros-ministros até nobres, de financiadores que controlavam os cordões financeiros de nações inteiras, até humildes capitães de polícia que eram totalmente cativados em sua loucura, todos concordavam que nenhuma investigação oficial sobre as habilidades únicas de Jake jamais chegaria até ele.

Jake era um ladrão. Mas não um ladrão comum. Ele não era do tipo que batia e corria, encontrado em qualquer beco. Mediocridade não fazia parte de seu vocabulário. Jake era um conhecedor. Um mestre em sua profissão. Um especialista que, por um preço, adquiria uma obra-prima renascentista e criava uma falsificação tão exata em detalhes, tão precisa em sua fabricação, que nenhum especialista em arte jamais suspeitou de outra coisa nos quarenta anos de sua carreira. Até hoje, muito tempo depois de sua aposentadoria, em algumas das mais famosas coleções particulares e museus, ainda existem muitas de suas superiores falsificações. Monets, Raphaels, da Vincis, os mais raros dos raros, todos, em algum momento ou outro, foram meticulosamente copiados por Jake e sorrateiramente substituídos pelos originais.

Nenhuma vez em sua ocupação clandestina ele foi preso ou seriamente suspeito pelas autoridades. Nenhum de seus clientes jamais mencionou seu nome. Eles foram para suas camas de morte sem contar a ninguém sobre suas paixões avassaladoras. Pois, ao contrário de outros colecionadores, esses indivíduos endinheirados do poder colecionavam com a febre do fanático que queimava suas testas. Eles colecionavam os originais pela paixão de serem os únicos donos e admiradores de peças de arte que o mundo nunca mais veria.

Graças às conexões de Jake, ele foi capaz de adquirir para sua nova esquadrilha vários componentes criticamente importantes que qualquer esquadrilha precisava para operar. Os pesados caminhões Ford que a esquadrilha usava para mover homens e materiais foram um presente de um americano ex-patriota muito rico que vivia em Londres. Vários dos aviões da esquadrilha foram doações feitas por outros clientes. A incrivelmente tosca tenda do circo Chubbs & Blaine, entregue à esquadrilha por caminhão no dia anterior ao envio para a França, veio até eles graças a uma de suas ligações telefônicas.

Isso tinha sido no início de agosto. Agora eles estavam com apenas uma máquina voável, três caminhões e um grupo de homens correndo por suas vidas. Uma pessoa, em particular, parecia estar bastante animada enquanto observava o Sargento Lonnie Burton correndo em sua direção com uma expressão preocupada em seu rosto normalmente alegre. A expressão no rosto do sargento claramente anunciava problemas.

—Capitão! Você voltou. O coronel me disse para trazê-lo assim que você aparecesse. É uma bagunça, senhor.

Burton era um Sargento graduado grande que sabia como comandar os soldados de patente mais baixa tão bem quanto sabia desmontar e remontar um motor. No entanto, ele notou que as últimas semanas não podiam ser consideradas normais nem pelas interpretações mais liberais. O sólido sargento, ofegante por ter corrido por todo o campo vazio, com suor encharcando igualmente seu rosto e uniforme, parecia ter visto um fantasma.

—O que houve, Lonnie?

—É o Tenente Oglethorpe, senhor. Ele está com o coronel e o coronel vai acusar o rapaz de assassinato.

—Assassinato!— Jake resmungou, virando-se para olhar para o sargento em surpresa. —Com quem diabos ele brigou desta vez?

—É o Sargento Grimms, senhor. Aparentemente, encontraram o corpo do sargento no local da queda. Ele estava morto e o tenente estava vivo. Eu realmente não sei todos os detalhes. O coronel está lá dentro da cabana com o tenente.

—Caramba, eles caíram ontem. Nossos primeiros relatórios disseram que ambos estavam mortos. O que é isso sobre assassinato?

Na manhã anterior, o jovem tenente e o sargento decolaram, naquele momento, em uma das duas aeronaves ainda operacionais do esquadrão. Sua missão era ser uma missão de reconhecimento/fotografia de duas horas. Mas quarenta e cinco minutos após a partida, o esquadrão recebeu um telefonema de uma unidade de infantaria francesa que afirmou ter visto uma aeronave britânica caindo em um bosque nas proximidades de uma pequena aldeia chamada Epernay. Como eles eram o único esquadrão na área imediata, tinha que ser o Tenente Oglethorpe e o Sargento Grimms que caíram.

—Eles estão lá dentro—, disse Burton, engolindo em seco enquanto enxugava o suor que escorria pela testa e apontava para uma cabana camponesa meio destruída que ainda estava parcialmente em pé sob uma grande árvore de olmo. Jake acenou silenciosamente com a cabeça e depois abaixou a cabeça para entrar pela porta estreita.

A escuridão assustadora dentro da cabana o cegou momentaneamente por um ou dois instantes ao entrar nos restos mortais mutilados do casebre. As sombras, porém, não eram tão escuras a ponto de impedi-lo de ver a forma do jovem tenente sentado em uma caixa de madeira vazia no meio da sala. Nem era tão escuro notar o uniforme manchado de sangue e esfarrapado do jovem oficial pendurado como trapos antigos em sua moldura marcadamente fina. Sujeira e óleo cobriam metade do rosto do rapaz, junto com um rastro desagradável e bastante sangrento de uma bala que tinha canalizado uma ranhura profunda pelo lado direito da testa do homem. Segurando seu peito com uma mão, o jovem se forçou a trabalhar através da dor e a respirar. Cada respiração o forçava a cerrar os dentes para não gritar em agonia. Jake levantou uma sobrancelha de surpresa e se perguntou por quanto tempo mais o jovem permaneceria consciente.

Em silêncio, o americano de olhos escuros desabotoou seu bolso direito da túnica e pescou um maço de cigarros. Sacudindo um livre, ele pisou em direção ao jovem oficial e o segurou perto dos lábios do homem. Um flash de gratidão explodiu nos olhos castanhos escuros do tenente. Cuidadosamente o jovem oficial puxou o cigarro para fora do maço com seus lábios enquanto não tentava mover qualquer parte de seu corpo no processo.

— Jimmy, você certamente sabe como se meter em uma confusão — disse o americano, sorrindo enquanto acendia um fósforo e o segurava até o cigarro tremendo. — Que diabos aconteceu com você?

— Maldito inferno! — Uma segunda voz explodiu das sombras mais escuras da sala, seguida do estalido de uma safra de cavalo batendo com força em um par de botas de couro pesadas. — Maldito inferno! Vou lhe contar o que aconteceu, Capitão Reynolds. Nosso jovem amigo de cabeça quente bateu com sua máquina fora de algum lugarejo francês esquecido por Deus, numa possível tentativa de esconder um crime!

A voz estava cheia de uma raiva elétrica que se podia sentir emanando da escuridão. Pertencia ao comandante do esquadrão, Coronel Archibald Wingate, que materializou-se de forma bastante dramática em um raio de luz que iluminava parte do chão de terra da cabana diretamente atrás do tenente.

—Esta tentativa tola e incompetente de encobrir um crime parece ser a única resposta lógica. Me disseram que não há dúvida de que nosso sargento Grimms foi vítima de um crime. Ele não morreu de um tiro bem-aimado de algum Hun. Oh, não! Nada tão simples assim, droga. Você se lembra do ataque de fúria do tenente na outra noite? Sim? Bem, nosso jovem amigo aqui gritou aos berros que iria matar o sargento Grimms algum dia, e pelo amor de Deus, esse dia aconteceu no dia seguinte!

—Mas assassinato, coronel?

—Bah, é uma história sórdida e maldita! — o coronel explodiu, virando-se e iniciando um trote de passo rápido para frente e para trás no raio de luz. A cada terceiro passo ele descia o chicote como uma pistola de executor explodindo na escuridão. — Há vinte minutos um regimento de cavalaria francesa deixou o tenente em nossa porta exatamente como você o vê. Os franceses me contaram uma história incrível. Parece que eles viram o avião do jovem Oglethorpe cair na floresta fora de Epernay ontem. Quando foram ver se alguém tinha sobrevivido, encontraram um regimento de infantaria Boche e tiveram uma correria quente antes de expulsá-los. Mas aqui é onde se torna um pesadelo preposterou-se, capitão. Eles encontraram o tenente deitado no chão inconsciente. Em sua mão direita estava sua pistola recém-disparada. Preso no assento de observação do avião está o sargento Grimms. Grimms está morto com uma bala na testa. Disparado à queima-roupa, o capitão francês me assegurou, e baleado pela arma do tenente.

Jake observou o jovem oficial pálido e instável com um olhar crítico por alguns momentos e depois se deu tempo para acender um cigarro para si. James Oglethorpe era o único filho do Brigadeiro General, Sir John Oglethorpe. Sir John era do velho exército. Ele passou anos na Índia e no Egito servindo ao governo de Sua Majestade. Como um jovem oficial júnior nos anos 70, ele lutou contra os zulus africanos. Na Índia, ele lutou contra os muçulmanos afegãos e os cultos indianos de assassinato Thuggee.

O mais velho Oglethorpe foi ferido e condecorado tantas vezes que se dizia que ele era o oficial mais condecorado, ativo ou reformado, ainda vivo. Resistente, firme e quase apostólico em sua justiça, o general era uma espécie de lenda no Exército Britânico. Por qualquer medida, o pai deste tenente ferido era uma das raridades mais raras. Ele era um herói vivo de verdade. Agora aposentado, Sir John ocupava um cargo de ministro dentro do governo. Um trabalho muito poderoso reservado apenas para os mais confiáveis e mais dignos servidores que o governo poderia encontrar.

Sir John era um dos clientes de Jake no comércio secretamente clandestino que ele praticava. Na verdade, o mais velho era o primeiro cliente de Jake e o mais ardente colecionador. Foi uma palavra para Sir John que rapidamente adquiriu sua capitania no Royal Flying Corps. Adquirido, em parte, não apenas para ajudar alguém que alimentava tão habilmente sua mania por colecionar arte rara, mas também por razões mais pessoais. Obter sua comissão e ser designado para este esquadrão cumpriu um dos objetivos do mais velho Oglethorpe. Tinha a ver com o mais jovem Oglethorpe, agora sentado em uma caixa de madeira na frente de Jake, segurando suas costelas doloridas e perigosamente inclinado para um lado e à beira de cair de seu poleiro completamente.

Pai e filho eram como água e óleo. Eles eram dois opostos tão extremos em suas personalidades que garantiam que haveria fricção entre eles. O filho era selvagem, impetuoso, mimado ao extremo por sua mãe indulgente e incapaz de controlar sua raiva. Não era segredo que James Oglethorpe odiava seu pai. Não era segredo que Sir John era tão estoico e inflexível com seu filho quanto com o resto da raça humana. O que ninguém entendia completamente era o amor do mais velho por seu filho. Anos antes, os dois haviam se separado, com apenas sua mãe mantendo contato direto com seu filho. No entanto, mesmo nesse afastamento forçado, não passava um dia em que o general não estivesse bem ciente da saúde e do bem-estar de seu filho. Um dos benefícios do poder que o general frequentemente empregava era o benefício de manter um olho discreto e secreto em alguém que amava.

Quando a guerra estourou e Jimmy correu para se juntar ao recém-criado Royal Flying Corps, foi Sir John quem garantiu que seu filho recebesse uma comissão de oficial. Quando Jake pediu ajuda ao bom general para conseguir um cargo de oficial, foi Sir John quem prontamente concordou em troca de Jake aceitar um cargo no esquadrão de seu filho e fazer o possível para manter Jimmy Oglethorpe longe do perigo. —Guerra é guerra — disse o general. — Ninguém pode impedi-lo de ser morto em combate. Mas talvez você possa estar por perto e impedi-lo de fazer algo estúpido?

Jake não viu problema com a condição. Foi Jake quem ensinou ao jovem Oglethorpe a voar. Ele tinha sido, em várias ocasiões, o intermediário que Sir John enviou para corrigir dívidas de jogo e outras indiscrições juvenis em que seu filho cabeça-dura se encontrava envolvido. Para ser franco, Jake já estava intimamente envolvido nos segredos da família sem que Jimmy suspeitasse do contrário. Então, agora, o grande americano ficou olhando para o jovem tenente, um cigarro pendendo de seus lábios finos, pensando consigo mesmo que um julgamento e um pelotão de fuzilamento certamente matariam o velho.

—Você vê meu dilema, capitão? O exército alemão inteiro está descendo sobre nós enquanto falamos. Nosso exército fugiu para partes desconhecidas. Metade do meu esquadrão está espalhado daqui até uma estranha vila francesa chamada *Coulommiers* e agora tenho essa bagunça caindo no meu colo!

Jake rompeu em um sorriso travesso ao retirar o cigarro dos lábios e virar-se para olhar o coronel. Por que não sorrir? Parecia que tudo estava indo para o inferno em uma cesta, então por que não dar de ombros e esperar pela próxima bomba explodir?

—Coronel, só porque um francês encontrou nosso tenente com uma arma fumegante na mão não significa que ele matou o sargento. Fogo terrestre pode ter matado Grimms e ferido Jimmy. Ele poderia estar disparando contra os alemães quando foi nocauteado. Inferno, Jimmy, você nos conta o que aconteceu.

—Eu... eu gostaria de contar, velho.— o garoto respondeu em um sussurro suave e doloroso, falando com os dentes cerrados e tentando sorrir debilmente no processo. —Mas eu... eu não consigo. Eu não me lembro de nada. Nem mesmo lembro de ter caído. Tudo se foi. Foi-se.

—Sim, que conveniente—, rosnou Wingate, virando-se para olhar para Jake, mas não soando tão quente em sua raiva. —O oficial francês disse que trabalhava para a Surete. Ele me assegura que ele e seu regimento de cavalaria encontraram os alemães alguns metros para o lado da queda. Em outras palavras, eles encontraram os alemães antes dos alemães chegarem perto o suficiente para encontrar o local da queda. Então isso elimina a possibilidade de Oglethorpe se defender.

—Mas longe de qualquer prova genuína de assassinato, coronel.

—Em circunstâncias normais, você estaria correto, capitão. Mas depois de seu acesso de raiva na noite passada, não posso descartar a acusação de mão. Não é segredo que nosso jovem amigo de cabeça quente aqui já ameaçou matar o sargento em muitas ocasiões. Se a palavra se espalhar de que o sargento Grimms morreu de forma não natural, terei um problema muito maior em minhas mãos!

—Mas você realmente acredita que Jimmy matou o sargento Grimms?

—Eu não sei no que acreditar, Reynolds. Tudo o que sei é que tenho um soldado morto nas minhas mãos. Metade do nosso esquadrão são testemunhas potenciais em um tribunal marcial, e todos eles testemunhariam que Oglethorpe disse que um dia iria cometer um assassinato. Meu Deus, tenente. Um tribunal marcial mataria seu pai.

O espantalho esfarrapado e maltrapilho de um oficial júnior, de alguma forma, encontrou forças suficientes para se levantar. Virando-se para olhar diretamente para o coronel Wingate, o sussurro rouco que saiu da garganta de Jimmy mal era alto o suficiente para ser ouvido.

—Coronel, eu juro por tudo que é sagrado em minha família que não matei o Sargento Grimms. Sim, eu odiava o homem. Sim, eu achava que ele era um mentiroso e um trapaceiro, e... Sim... eu tenho um temperamento difícil de controlar. Mas eu juro por tudo, eu não atirei no sargento. Você tem que acreditar em mim. Eu... eu sou inocente.

Jake sorriu enquanto silenciosamente removia um pedaço de tabaco da ponta da língua. Em uma guerra que prometia matar milhares, se não milhões de vidas inocentes, parecia incongruente alguém contemplar o assassinato. No entanto, estranhamente, por que não pensar em assassinato? Assumindo que os alemães não mataram o sargento, sugeria que alguém além do inimigo devia odiar o Sargento Grimms o suficiente para querê-lo morto. Alguém possivelmente muito disposto a matar o sargento e atribuir o crime ao jovem tenente cabeça-quente? Estreitando os olhos e olhando para Jimmy, o alto americano pensou nisso por um momento ou dois.

—Capitão, uma palavra com você em particular, se você me permite.— Wingate bufou enquanto se virava para encarar Jimmy uma última vez antes de se virar e abaixar a cabeça para sair da cabana.

Jake seguiu, curvando a cabeça para passar pela pequena porta da cabana e emergiu sob o sol brilhante e o calor intenso, com o som inconfundível dos canhões alemães de 77 milímetros rugindo ao longe.

—Capitão, você sabe o que isso faria com o general se seu filho fosse acusado por tribunal marcial.

—Sim, eu posso imaginar.

—O general me disse por que você foi designado para o esquadrão. Para ser franco, fiquei satisfeito por duas razões. Eu servi com o general na Índia logo antes de sua aposentadoria. Eu sei como o general e seu filho lutavam entre si. Fiquei feliz por ele ouvir que você seria, digamos, um anjo da guarda silencioso para o rapaz. Mas eu também estava ciente de sua reputação no lado civil da vida. Como um aviador habilidoso que sabia voar e como desmontar e reconstruir uma máquina, você era um prêmio que qualquer unidade da RFC teria saltado de alegria. Ao contrário de muitos dos meus colegas, sou um britânico que realmente gosta dos americanos. Desde o primeiro dia, os homens olharam para você e seguiram sua liderança voluntariamente.

Jake virou-se para olhar para o rosto do homem mais velho e de queixo duplo e depois assentiu enquanto sorria.

—Obrigado, coronel.

—Não me agradeça, capitão— grunhiu o oficial sênior, balançando a cabeça e franzindo a testa antes de se virar para olhar a cabana atrás deles. —Você sabe, e eu sei que se o tenente tiver alguma chance de limpar seu nome, ela repousa em suas mãos. Talvez ele esteja dizendo a verdade. Talvez ele seja inocente. Mas precisamos provar isso. Essa prova pode ser encontrada de volta no local do acidente. Você é o único que conheço que tem o talento de se infiltrar nas linhas inimigas e sair vivo. Você fala francês e alemão como um nativo. Você tem o talento de entrar e sair de lugares onde qualquer outra pessoa tropeçaria e seria imediatamente apreendido. Em resumo, você é o homem perfeito para investigar este crime.

—Você não precisa pedir, coronel. Eu iria para Epernay no momento em que ouvi a história. Jimmy não é um assassino. Eu acredito nele quando ele diz que é inocente.

—Eu sabia que você iria—, Wingate assentiu e quase sorriu aliviado. —Mas ninguém pode te ordenar nesta missão.

—Onde eu te encontro quando voltar?

—Coulommiers, ao norte e leste de Paris. Acho que o exército está se movendo nessa direção. Um correio entregou nossa atribuição de rota esta manhã. Deus sabe quando chegaremos lá, no entanto.

—Vou sair agora, coronel. Devo chegar ao local do acidente ao entardecer, se tiver sorte. Vou encontrá-lo em Coulommiers depois de amanhã, se tudo correr conforme o esperado.

Wingate assentiu, retornou a saudação que o alto americano lhe deu, e então assistiu enquanto o homem de olhos cinza-escuros correu em direção à última tenda ainda de pé no campo francês queimado. Segundos depois, uma figura em uma motocicleta saiu em alta velocidade em direção ao sol poente em uma nuvem de poeira. Observando o homem desaparecer na neblina, o coronel rechonchudo balançou a cabeça em admiração e então se virou, respirou fundo e começou a gritar alto para que alguns homens viessem ajudar o tenente ferido a entrar em um dos caminhões restantes.

DOIS

A NOITE ERA TÃO ESCURA QUANTO A MAIS escura das tintas indianas.

O ar tão parado quanto os pensamentos de um morto.

Jake empurrou a moto para dentro de uma densa moita que crescia em massa negra entre dois velhos bordos e depois passou algum tempo escondendo a máquina cobrindo-a com galhos e gravetos caídos. Retrocedendo, ele franziu a testa. Esperava que a moto estivesse escondida dos olhos curiosos. De ombros encolhidos, virou-se rapidamente e começou a caminhar rapidamente pela longa e escura faixa de uma estrada vazia que cortava um espesso bosque de árvores. Por enquanto, a noite estava tão silenciosa quanto a tumba intocada de um faraó. Nenhuma brisa agitava o ar pesado. Nenhum som rompia a escuridão. Mas enquanto caminhava, podia sentir uma tensão eletrizada pesando sobre seus ombros. A cada passo, ele se aproximava do exército alemão que avançava. Sabia que mais cedo ou mais tarde esbarraria nas posições avançadas do inimigo que se aproximava.

A dois quilômetros dessa estrada, ele encontraria a pequena vila francesa de Epernay. Apenas uma milha fora da pequena vila estaria o local do acidente onde Oglethorpe e seu observador tinham espatifado o velho Bleriot em um trecho de árvores. Mas havia algo mais a ser encontrado por aquela estrada escura e sombria. Naquela pitoresca e delicada vila, depositada às margens do profundo rio Marne, ele sabia de um tesouro que o aguardava. Lá, em uma série de painéis de carvalho mantidos atrás do púlpito da igreja da cidade - painéis abertos apenas em feriados religiosos especiais - haveria uma obra-prima inquestionável do artista holandês do século XV, Jan van Eck.

Parando por um momento para ouvir qualquer ruído, pensando consigo mesmo que deveria estar muito próximo das posições avançadas do inimigo, ele ainda estava pensando nos painéis de madeira na igreja e na qualidade incrível da pintura que o jovem van Eck havia criado. Dos dois irmãos van Eck, Hubert e Jan, seria o mais jovem que se tornaria famoso como Mestre. Na verdade, segundo os especialistas em arte e historiadores, era esse artista desconhecido do norte da Europa que teria inventado a criação de obras de arte respingando óleos coloridos em pedaços esticados de tela seca. Supostamente, essa nova forma de arte foi introduzida no mundo em algum momento da segunda década de 1400. O jovem van Eck, que na época teria cerca de trinta anos, era imediatamente um artesão sutil e experiente de sublime habilidade.

Foi uma sublimidade obtida pelo puro gênio ou pela volubilidade de deuses caprichosos. Em qualquer caso, Jan van Eck se destacou acima de seus contemporâneos na aplicação de óleo na tela.

O que fez Jake pensar que talvez os especialistas tivessem errado sobre o gênio original que descobriu a pintura a óleo. Se o nascimento do Renascimento começou na Itália no final do século XIV, como dois artistas obscuros que viviam na Holanda poderiam ter concebido um novo esquema de arte? As pinturas de Jan van Eck eram, se alguém fosse apenas uma alma curiosa passeando distraída por uma galeria de arte, um tanto arcanas e até mundanas à primeira vista. Seus temas, como era de se esperar para tal era, lidavam com a Igreja. Cristo e a Virgem Maria em todas as suas variações e posturas, e todos contando histórias que vinham piedosamente e com humildade da Escritura, dominavam as primeiras pinturas de van Eck. Mas à medida que o jovem artista amadurecia, seus temas se afastavam da igreja e começavam a explorar a vida cotidiana do cidadão comum de seu país de origem. Nestes temas, muito distantes das opressivas e até sufocantes restrições das ordens religiosas, podia-se ver o arrebatador gênio de van Eck.

A pintura, para o verdadeiro conhecedor, vivia e respirava e era uma entidade vibrante e viva. Para Jake, isso se tornara uma obsessão desde tenra idade. Dotado do talento para pintar, ele se dirigiu à Europa e se tornou um estudante. Estudando em Paris, Roma e Viena, Jake rapidamente se tornou um artesão habilidoso, embora abismalmente pobre e cronicamente faminto, de rara habilidade.

No início de sua formação, ele descobriu que tinha um talento para copiar exatamente as obras dos Mestres. Ele até descobriu como envelhecer a tela e formular tintas usadas pelos artesãos do Renascimento. No começo, foi uma atração engraçada criar uma cópia de um renomado Mestre tão exata que nem mesmo seus professores pudessem discernir a falsificação do original. Mas um dia, enquanto trabalhava às margens do Sena, logo fora de Paris, um conhecido seu saiu da cidade em um belo cavalo branco árabe em sua busca. Encontrando-o, o negociante de arte sentou-se em cima de seu cavalo e, lutando para controlar o animal energético, falou por alguns momentos sobre o mundo da arte em geral. Por algum tempo foi apenas um bate-papo casual, mas muito inesperadamente e para surpresa de Jake, este importante e bem respeitado negociante de antiguidades ofereceu ao jovem artista 10.000 francos por uma de suas cópias - uma cópia específica de um mestre italiano. Ele continuou sugerindo somas ainda maiores de dinheiro poderiam ser adquiridas criando tais falsificações soberbas. Foi um acordo que Jake achou incapaz de recusar.

Nos primeiros cinco anos do século XX, Jake e o negociante de arte criaram um mercado lucrativo e próspero para falsificações. Falsificações tão boas que os compradores, que encontraram especialistas independentes para acompanhá-los e autenticar suas aquisições, deixaram a loja do negociante convencidos de que tinham adquirido uma obra-prima original e inestimável.

Em 1908, duas importantes etapas foram superadas. Jake descobriu que seu parceiro o enganava em sua parte dos negócios e, na verdade, lhe devia centenas de milhares de francos. Com essa descoberta e depois de forçar o negociante a fazer restituição, Jake decidiu que estava pronto para dissolver a parceria e se tornar um empresário independente.

A segunda etapa para o jovem artista foi descobrir a emoção de voar. Em junho do mesmo ano, ele viu seu primeiro avião e soube imediatamente que havia encontrado o segundo grande amor de sua vida. Convidado para observar dois irmãos um tanto estranhos que pensavam que poderiam vencer os americanos, Orville e Wilbur Wright, inventando uma máquina voadora melhor, Jake e um pequeno grupo de outras pessoas assistiram a um homem chamado Gabriel Voisin levantar um planador de uma plataforma um tanto instável sendo rebocado pelo rio Sena por um barco de alta potência.

A França, no início do século XX, era um campo de experimentação no desenvolvimento do avião. Os franceses achavam impossível acreditar que dois entusiastas americanos de bicicleta haviam criado uma máquina voadora viável. Por anos, o sonho de voar como um pássaro parecia ser uma possessão singularmente francesa. Foi um balão chamado

Entienne e seu inventor, Joseph Montgolfier, em 1783, que levantou homens do solo duro da França pela primeira vez. A partir desse momento, parecia ter se tornado um decreto nacional que seria um francês que construiria e pilotaria uma máquina voadora mais pesada que o ar.

Esse sonho continuou sendo uma paixão profundamente querida dos franceses até que os irmãos Wright voaram sua máquina em uma duna de areia em algum lugar distante chamado Kitty Hawk. Todo o país da França ficou agitado com a notícia e até disputou com acidez vitriólica as reivindicações dos irmãos americanos. Em toda a França, inventores, apoiados por dinheiro de patronos poderosos, intensificaram febrilmente seus esforços para criar uma máquina própria. Gabriel e Charles Voisin eram dois irmãos que acreditavam apaixonadamente em suas ideias. Mas foi esse planador voando graciosamente, com Gabriel Voisin sentado nele enquanto seu irmão Charles controlava o barco de alta potência, que enviou um súbito lampejo de energia crua através de cada fibra no americano. A partir desse momento, ele ficou viciado na ideia de voar como um pássaro. No ano seguinte, Jake trabalhou com entusiasmo e vigor com os irmãos Voisin no desenvolvimento de suas maquinas voadoras.

Ele sorriu consigo mesmo enquanto pensava nos primeiros esforços para voar, porque aqui estava ele, nas últimas horas de agosto de 1914, um oficial do Corpo Aéreo Real, caminhando por uma estrada francesa escura e deserta em uma dupla missão. Por um lado, ele queria salvar um camarada de ser fuzilado por um crime que não cometeu. Ao mesmo tempo, ele queria roubar debaixo do nariz de um exército inteiro de alemães uma pintura de valor inestimável e substituí-la, se encontrasse um jeito, por uma cópia tão exata que ninguém pudesse perceber a diferença.

Ele pensou consigo mesmo, enquanto parava na estrada e sorria maliciosamente ao alcançar seu pacote de cigarros americanos, que era uma proposta que exigia sorte, planejamento e muita audácia.

Na escuridão à sua esquerda e em direção ao Marne, ele ouviu o fraco tinido de uma metralhadora rangendo com raiva diante de alguma ofensa marcial. Mas nenhum outro som agrediu a escuridão impenetrável da noite silenciosa enquanto ele soltava um cigarro do pacote e o levava aos lábios. Curvando as mãos para esconder a chama de seu fósforo, ele acendeu o cigarro e inalou profundamente. No momento em que a chama do fósforo se acendeu, ele ouviu o inconfundível barulho de vários rifles Mauser alemães sendo rapidamente manuseados na frente dele.

—Achtung!— um rosnado gutural da voz de um soldado alemão disparou da escuridão como um tiro de rifle errante. — Identifique-se! Você tem dez segundos ou vamos abrir fogo!

Exalando fumaça de cigarro pelas narinas e levando o tempo para avaliar a situação, Jake sorriu com um sorriso malandro e astuto em direção à voz enquanto colocava as mãos nos bolsos da calça.

—Seu idiota boca grande!— ele latiu em seu melhor prussiano, injetando até aquela inflexão de autoridade e arrogância que apenas um oficial Junker adequado parecia possuir. —Quem diabos está latindo como um Rottweiler no cio e dando sua posição ao inimigo! Fale! Eu exijo saber!

Houve um farfalhar nas moitas ao redor dele, os risos abafados de dois ou três homens invisíveis e alguns sussurros acalorados que ele não conseguia entender. À sua direita, ele ouviu alguém tossir e limpar a garganta. No entanto, quando a resposta às exigências de Jake chegou, veio em uma voz que agora não estava tão certa de si mesma.

—Quem é você para chamar alguém de idiota? Acender aquele cigarro quase te matou. Identifique-se ou eu vou te matar e dar explicações aos meus superiores depois.

—Ha!— Jake retrucou, parecendo divertido, mas ainda com

aquele ar de superioridade culta que apenas um alemão de nobre nascimento poderia expressar com tanta facilidade. — Pelo menos há uma faísca de independência em você, sargento! Isso é bom. Mas fale mais baixo. O inimigo está a apenas dois quilômetros de distância e, numa noite quieta como esta, as vozes podem se propagar para sempre.

—Como você sabe que eu sou um sargento?

—Como você sabe que eu sou um oficial alemão?— Jake retrucou, tirando o cigarro dos lábios enquanto sorria e esperava uma resposta.

—Eu... bem, uh... eu não sei.

—Bom. Dê um passo à frente, quero ver seu rosto para poder elogiar seu oficial superior. Ele tem pelo menos um sargento que sabe manter a cabeça no lugar.

Do nada, vários corpos grandes usando capacetes Pickelhaube com pontas, carregando rifles com baionetas e vestidos com os uniformes de campanha cinza usados pelos soldados alemães, surgiram como espectros. Cautelosamente, eles o cercaram. A maioria manteve suas baionetas apontadas para o peito de Jake enquanto se aproximavam, mas alguns dos homens colocaram os rifles nos ombros e pareciam genuinamente assustados quando se aproximaram e olharam para a figura vestida de preto parada calmamente fumando um cigarro no meio da estrada. Sendo homens simples, eles sabiam o que o Exército Alemão fazia com aqueles que ameaçavam um oficial Junker de alguma forma.

—Sou o sargento Hans Binklemann, Companhia B, 105º Granadeiros de Westphalian— grunhiu uma figura grisalha e barbuda, segurando sua baioneta em direção a Jake. —E se você é um oficial alemão, o que está fazendo vestido de preto e vindo na direção do inimigo?

—Sou Hauptman Felix von Hollweg, anexado ao Estado-Maior pessoal do General von Moltke.— Jake grunhiu, tirando de seus bolsos da calça um novo pacote de cigarros e jogando-os para um dos infantes que parecia tremer de terror. — Fui solicitado a reconhecer o campo circundante e relatar de volta ao general. Seja tão gentil de enviar um de seus homens comigo de volta ao quartel-general do seu batalhão. Preciso fazer um relatório imediato.

O Conde Helmuth von Moltke era o Chefe de Estado-Maior de todo o Exército Alemão em 1914. Velho, ranzinza e descendente direto de uma lenda do Exército Alemão, Jake sabia o que o nome do general significava para a maioria dos homens vestidos com uniforme de soldado, e assim, casual, mas sucintamente, enfatizou o nome ao falar. Ele viu uma reação imediata. O velho sargento veterano de granadeiros franzia o cenho ferozmente, mas levantou a ponta do seu rifle com baioneta e, relutantemente, o empunhou. O resto do seu esquadrão seguiu as suas ações enquanto o sargento se virou e olhou para um dos mais jovens da sua equipe.

—Leve o Hauptman de volta à sede, Schmidt. E não se perca. Eu já tenho problemas suficientes em mãos agora, então não quero explicar ao coronel como perdemos um oficial enquanto estávamos parados no meio de uma estrada vazia no coração da França. Entendido, meu filho?

—Sim, Herr Sergeant!— o soldado, que tinha, no máximo, entre dezessete ou dezoito anos, gritou enquanto saudava com firmeza.

—Humph!— resmungou o velho Sargento, antes de se virar e desaparecer na escuridão.

—Por aqui, senhor—, o rapaz sussurrou, levantando a mão e apontando para baixo da estrada escura em direção a Epernay.

Jake assentiu, sorriu impertinente, então se virou para olhar para a escuridão onde o velho sargento carrancudo de infantaria desapareceu.

— Há dois quilômetros desta estrada, há uma brigada de cavalaria francesa e uma bateria de canhões franceses de

75mm. Eles estão frescos e acabaram de chegar de Paris. Fique atento, sargento. Eu conheço o comandante da brigada. Ele está procurando uma briga e não se importa de entrar com os punhos voando. Eu sugiro que você ligue de volta para a sede regimental e veja se consegue obter algum reforço aqui em cima. Eu posso quase garantir que a cavalaria francesa estará muito ativa ao amanhecer.

Na penumbra da estrada arborizada escura não veio nenhuma resposta. Mas ele sabia que o sargento tinha ouvido. Ele sabia que o velho sargento iria enviar uma patrulha para verificar suas palavras. Então ele deu ao sargento a verdade absoluta. Havia uma brigada de cavalaria francesa, junto com uma bateria de artilharia, na estrada e o velho general francês que os comandava tinha sido, na sua juventude, um lutador premiado de certa fama antes de se juntar ao exército. Ainda sorrindo, Jake se virou e olhou para o soldado muito jovem e muito assustado.

—Adiante, cabo. Estou em suas mãos —, disse Jake.

O rapaz sorriu e pendurou o rifle no ombro antes de se virar e seguir pelo meio da estrada rural. Empurrando casualmente as mãos nos bolsos da calça, Jake começou a segui-lo enquanto assobiava suavemente uma canção popular de cervejaria alemã.

—O senhor é da Baviera, Herr Hauptman? — perguntou o rapaz, ouvindo a música e se virando meio para olhar para Jake.

Na escuridão da noite, Jake ficou impressionado com a habilidade do rapaz em saber para onde estava indo. Não havia absolutamente nada para ver à frente, nem à esquerda ou à direita. Ele não tinha ideia se estavam caminhando pelo meio de uma divisão de infantaria alemã ou por todo um corpo de exército. Ele não se importava em saber, o que o fez sorrir consigo mesmo. Ele, concluiu, seria um espião absolutamente ótimo. No meio do território inimigo, sendo escoltado por um soldado de infantaria alemão tão jovem que não saberia o que estava acontecendo, Jake percebeu que tinha todas as oportunidades de solicitar um maravilhoso relatório de movimentos do Exército Alemão nesta parte da frente. Mas ele não estava interessado. Tudo o que ele queria era encontrar a pequena igreja em Epernay e, em seguida, as pinturas van Eck. Mas antes disso, ele queria investigar a queda de Oglethorpe.

—De Berlim —, respondeu Jake, tirando outro pacote aparentemente interminável de cigarros. — O senhor fuma?

—Sim, fumo.

—Bom, pegue o pacote.

—Obrigado! — Respondeu o cabo, sorrindo e aceitando o presente oferecido pelo oficial alto. — Eu não fumo um bom cigarro desde que saí de casa na quarta-feira.

—Acabou de chegar no fronte?

—Sim, ontem à noite. Encontrei o regimento esta tarde logo fora de Epernay.

—Você estava nesta floresta esta tarde?

—Sim, o dia todo. O sargento diz que o regimento está em movimento há um mês inteiro. Este é o primeiro dia em que recebeu ordens para descansar e tirar um tempo. Já era hora. Os homens estão exaustos.

—Hmmm — grunhiu o americano de olhos escuros, parando no meio da estrada e olhando ao redor lentamente.

—Há algo errado, Herr Hauptman? — perguntou o cabo.

Jake franziu a testa ao olhar para o garoto. Aproximando-se do jovem cabo, abaixou a cabeça e começou a falar em voz baixa e conspiratória.

—Posso confiar em você, cabo?

—Herr Hauptman! Eu sou um leal filho da pátria!

—Excelente! — sussurrou Jake com entusiasmo, dando um tapa forte nas costas do rapaz e fazendo com que seus joelhos tremessem no processo. — Então você pode me ajudar a completar minha missão.

—Sim?— O garoto tossiu, tentando recuperar o fôlego do golpe poderoso do oficial. — Como?

— Hoje, ou talvez ontem, uma aeronave britânica de observação de dois lugares caiu nas matas daqui. Temos motivos para acreditar que estava carregando documentos secretos. Preciso encontrar o local onde essa aeronave caiu e investigá-la antes que os saqueadores cheguem e destruam tudo.

—Eu sei exatamente o lugar que você está falando! — O pequeno garoto alemão gritou assim que vários canhões de artilharia franceses de 75 milímetros soaram desafiadoramente na noite, iluminando momentaneamente a escuridão com chamas raivosas de violência e caos.

Ambos os homens ouviram as bombas assobiando sobre suas cabeças e instintivamente se abaixaram enquanto passavam. Com explosões estrondosas, as bombas caíram nas árvores a poucas centenas de metros à esquerda deles.

—Você talvez tenha visto a aeronave cair? — Jake gritou enquanto metralhadoras francesas, modelos Hotchkiss, começavam a cantar seus duetos mortais na noite com fogo rastreador brilhantemente iluminado.

A patrulha do sargento havia tropeçado na posição da cavalaria francesa, e como um ninho de vespas rudemente despertado no meio da noite, os franceses estavam respondendo com vigor.

—O regimento inteiro viu cair do céu, senhor! Foi a coisa mais estranha que já vi!

Três rodadas adicionais de artilharia soaram na noite e mais metralhadoras raivosas começaram a costurar a escuridão com flashes brilhantes de fogos de artifício raivosos. Mas do lado alemão não houve resposta. Jake puxou os lábios em um sorriso de aprovação e acenou com a cabeça. O velho sargento da infantaria de Westphalian estava, como os americanos diriam, "fingindo de morto". Ele não estava fazendo nenhum som. Os franceses, mais cedo ou mais tarde, chegariam à conclusão de que estavam atirando em nada e a escuridão envolveria novamente tanto o Poilu quanto o alemão em uma obscuridade reconfortante.

Na verdade, após dez minutos de tiros de metralhadoras e artilharia em alvos invisíveis, os franceses fizeram exatamente isso. De repente, um silêncio absoluto desceu sobre o chão da floresta como se fosse um manto sinistro de solidão. Nada se movia ou fazia som na escuridão circundante.

Inclinando a cabeça para mais perto do rapaz, Jake baixou a voz para pouco acima de um sussurro.

—Você diz que a aeronave caiu estranhamente?

—Correto, Herr Hauptman — concordou o rapaz, de olhos arregalados e tremendo de terror. — Mãe de Jesus... Eu... Eu nunca ouvi um barulho assim antes!

—Espere até a próxima semana, soldado.

—Próxima semana?

—Quando a verdadeira luta começar. Haverá uma batalha em breve. Uma grande batalha. Você terá sua dose de luta até esta hora na próxima semana.

—Santos me protejam — sussurrou o rapaz fracamente, cruzando-se o mais rapidamente possível antes de olhar para Jake. — Como alguém pode sobreviver a algo assim, senhor?

—Alguns sobrevivem, outros não — sussurrou Jake de volta. — Isso é guerra. Todos nós temos que morrer em algum momento. Mas não se preocupe com isso, filho. Me conte sobre o avião britânico. O que o tornou tão estranho?

O rapaz engoliu em seco e tentou controlar seu medo. Mas era uma luta imensa. Tremendo violentamente, o rapaz tentou manter a voz baixa em um sussurro, mas achou difícil falar.

— Eu... Nós... Nós... Todos estávamos na floresta logo fora de Epernay, entende? E... E vemos esse avião britânico descendo gentilmente em direção à nossa posição. Mas... Mas só podíamos olhar para isso. Podíamos ver que ninguém estava pilotando a máquina! O piloto e o observador estavam em pé em seus assentos e eles estavam se agarrando como se estivessem em alguma espécie de luta livre. Eu juro por Deus, senhor, acredito que os dois homens estavam lutando por um revólver nas mãos do observador. O observador segurava a arma em uma mão e usava a outra para socar o rosto do piloto! O piloto estava resistindo da melhor maneira possível e fazendo um esforço para tirar a arma do passageiro, mas parecia que o homem com a arma estava ganhando a luta.

— Nenhum deles estava controlando sua máquina, pois ela desceu em um ângulo suave. Ela passou por cima das árvores um pouco antes de pegar de repente um membro de árvore com uma de suas rodas e virar.

— Você viu isto com seus próprios olhos, cabo?

— Todos nós o vimos, senhor. Até mesmo o coronel do regimento testemunhou este espetáculo. No momento em que o avião caiu, ele imediatamente ordenou que um esquadrão de homens saísse para ver se havia sobreviventes. Eu fui um dos sortudos escolhidos para ir.

— E o que você encontrou?

— Bem, a história se torna ainda mais inacreditável. A meio caminho do acidente, ouvimos dois homens gritando alto um para o outro. Os dois homens estavam extremamente zangados e estavam expressando sua raiva em inglês. Não pensei que os ingleses pudessem falar palavrão assim. Mas antes que pudéssemos chegar ao local e capturá-los, ouvimos dois tiros. Ambos soavam como se fossem de um revólver.

— Você capturou estes homens?

— Não, Herr Hauptman — respondeu o rapaz, balançando a cabeça e de repente sorrindo com um sorriso de ovelha. — Nós quase os tivemos, mas depois subiram vinte ou trinta cavalos desmontados da cavalaria francesa. — Eles começam a atirar em nós. Mergulhamos por cobertura, dispersando como pássaros de caça das balas. Eu me encontrei escondido atrás de uma árvore bastante grande. Foi quando eu vi a coisa mais fantástica de toda esta história.Jake suspirou em arrependimento silencioso, sorriu e passou uma mão por seus espessos cabelos pretos e encaracolados. A Senhora Sorte faria questão de impedir que ele chegasse a Epernay naquela noite. O rapaz havia se acalmado o suficiente para falar com entusiasmo. O soldado de estatura baixa estava realmente envolvido na história enquanto estavam na escuridão da estrada rural, invisíveis a olhos curiosos. O que o jovem havia contado até então era apenas a evidência que iria aumentar a defesa de Oglethorpe. Esperando que algo ainda mais revelador pudesse vir dos lábios do jovem, Jake nada disse e esperou que o cabo continuasse.

—Deslizei pelo tronco da árvore exatamente quando as balas destruíam alguns galhos acima de mim. Eu comecei a jogar meus braços sobre minha cabeça para me proteger, mas eu não fiz isso, sabe, porque através das árvores atrás de nossa posição... E eu sei que você vai achar isso impossível de acreditar, Herr Hauptman... Eu vejo um homem em uma bicicleta pedalando para longe do local do acidente o mais rápido que suas pernas conseguem mover! Um homem vestindo o uniforme de um soldado inglês andando de bicicleta! Quero dizer, fiquei atordoado ao ver essa imagem de um homem passando pelas árvores como um fantasma. Foi simplesmente incrível, senhor. Simplesmente incrível.

—Você viu esse inglês na bicicleta com seus próprios olhos?

—Sim, senhor.

—E você tem absoluta certeza de que era um homem vestindo uniforme do Exército Britânico?

—Sim, senhor. Tenho certeza.

—Você poderia reconhecer esse homem novamente?

—Talvez, Herr Hauptman. Através das árvores, eu vi a figura. Mas na verdade, eu não dei uma olhada em seu rosto.

—Hmmm,— Jake resmungou, levantando uma mão para esfregar o lado de sua mandíbula. —Receio que preciso levá-lo ao quartel-general para que você possa contar isso ao meu coronel. Mas receio que você não vai gostar disso.

—Ficarei feliz em contar a história novamente, senhor.

—Não é para onde estamos indo, infelizmente — respondeu Jake, desferindo de repente um forte soco de direita no queixo do soldado alemão desprevenido.

O rapaz não teve tempo de reagir. O golpe acertou em cheio e com força, derrubando o jovem soldado completamente inconsciente. Pegando-o antes que ele caísse na beira da estrada, Jake jogou o corpo mole sobre um ombro e levantou-se.

—Agora só tenho que te levar de volta inteiro — disse para si mesmo, enquanto se virava e se dirigia de volta às posições francesas.

Ele sorriu e afastou-se da estrada. Tudo o que precisaria era de um pouco de paciência, navegação silenciosa através das posições de sentinela alemãs e francesas, e uma pitada de sorte para que algum francês acionado pelo gatilho não começasse a atirar ao primeiro galho que estalasse na escuridão.

Os franceses queriam lutar e não procuravam motivos para refrear seu instinto beligerante inerentemente gálico. Trabalhando seu caminho através das árvores, ele apenas esperava que esse espírito gálico fosse tão terrível na hora de atirar quanto eles eram para deter o exército alemão.

TRÊS

ALTAS nuvens de tempestade preenchiam a maior parte do céu. Catedrais azul-acinzentadas de chuva e trovões iminentes iluminavam com os grandes pastéis do sol de fim de tarde.

Ao chutar um pouco o leme direito, ele trouxe o lento B.E.2b deslizando lateralmente através de nuvens baixas. A névoa diáfana cinza e branca dentro das nuvens apagou todo senso de realidade por um ou dois batimentos de coração. Então, como um tapa no rosto, eles passaram pelas nuvens e emergiram novamente na luz do sol brilhante. Atrás dele, o Cabo Angus McDougal esperou até que estivessem completamente fora das nuvens antes de virar para fazer um aceno para Jake. O cabo então lutou para se levantar em sua cabine, segurando uma câmera volumosa e desajeitada nas mãos. Pendurando-a do lado do avião, o soldado de pequena estatura começou a tirar fotos rapidamente, trocando as placas fotográficas da câmera repetidamente, enquanto Jake lutava com os ventos e a turbulência para manter a caixa subdimensionada em voo nivelado.

Seis mil pés abaixo, estava a massa régia de um exército alemão inteiro, suas linhas de homens cinza claro serpenteando as estradas de Crepy-en-Valois a Soissons em uma única linha serpenteante de homens marchando. A distância era de cerca de quinze milhas a pé. Mas em toda essa distância, não havia um único centímetro de estrada deserta para ser observado. Parecia que todo o campo era nada mais do que infantaria reunida, artilharia e grandes blocos de cavalaria. O Primeiro Exército do General Alexander von Kluck estava avançando com força em direção a Paris, e, a partir da hora de voo por lacunas nas nuvens baixas, Jake podia ver que havia pouca resistência aliada entre a massa abaixo e o coração e alma da França em si. Se um milagre não acontecesse em breve, as tropas do Kaiser Wilhelm marchariam em desfile marchando sob o Arco do Triunfo, enquanto o infeliz e abandonado Exército Britânico seria reunido como tantas ovelhas perdidas e conduzido a um campo de prisioneiros de guerra abandonado por Deus.

Durante vinte minutos, Jake trabalhou os controles e manteve a velha máquina a mais nivelada possível. No processo, ele continuou a escanear os céus ao seu redor em busca de qualquer possível encontro com máquinas alemãs. Várias máquinas, de ambos os lados, estavam se esforçando para atravessar as nuvens entre Coulommiers e Sossions. Os instintos de Jake diziam-lhe que a maioria das máquinas eram biplaces alemães. Mas uma sensação de que algo estava errado o incomodava. Eles voavam perto das poucas máquinas de observação britânicas e francesas. Ele as observava com suspeita enquanto voavam em formações paralelas com os aviões aliados ou quando deslizavam por baixo de um Brit ou Frog desavisado, combinando a velocidade com eles por algum tempo antes de fazer uma curva e desaparecer nas nuvens.

Em setembro de 1914, mal um mês após o início do conflito chamado Primeira Guerra Mundial, a ideia de colocar uma metralhadora em uma máquina voadora e transformá-la em uma arma de guerra ainda não havia nascido. Em 1914, não havia nada parecido com um "ás" ou um "piloto de caça". Nas primeiras semanas da guerra, os pilotos voavam em máquinas que mal eram capazes de decolar. Aviões grandes o suficiente e com motores potentes o suficiente para levar homens e armas ao ar ainda não haviam sido construídos. A guerra no ar em grande escala ainda estava a um ano de distância.

Nas primeiras semanas da Primeira Guerra Mundial, parecia que a guerra não duraria tempo suficiente para desenvolver o conceito de guerra aérea. Como seus avós que lutaram na Guerra Franco-Prussiana de 1870, o exército alemão melhor treinado e liderado em 1914 estava usando mobilidade e panache teutônico, e assumindo riscos potencialmente perigosos em seus esforços para impedir que a BEF e os exércitos franceses se unissem. Desde o início, ambos os exércitos aliados se moviam como lutadores de boxe semiconscientes cambaleando pelo ringue. Em apenas duas semanas de combates, os Aliados estavam à beira de serem eliminados por um inimigo determinado e implacável, enquanto os exércitos do Kaiser Wilhelm flertavam com a possibilidade de forjar uma vitória completa e incondicional de magnitude sem precedentes!

Havia rumores de que o gabinete francês estava preparando suas malas coletivas e se preparando para fugir de Paris. Havia rumores de que o exército de von Kluck iria contornar Paris a oeste da cidade e, em seguida, cercar a cidade inteiramente. Havia rumores de que um corpo inteiro de exército francês tinha marchado na direção errada e estava perdido ou capturado pelos boches. Paris estava em pânico. Aviões inimigos, voando geralmente um de cada vez e geralmente à noite, apareciam sobre a cidade e deixavam cair bombas e panfletos. À noite, Paris sentava-se no escuro e tremia de terror com o pensamento de mais bombas caindo sobre eles de cima. Apenas um erro dos Aliados, apenas uma pequena abertura deixada sem proteção, e os boches cairiam sobre os perdidos e desorientados como lobos vorazes. Com sangue fresco em suas bocas, esses lobos cinzentos cheiravam a vitória e estavam se esforçando ao máximo para conquistá-la.

Mas abaixo deles, ele e o cabo fizeram uma descoberta surpreendente. Através das nuvens, eles descobriram que a Primeira Guerra do exército de von Kluck havia decidido não contornar Paris a oeste. Em vez disso, o inimigo decidiu virar a leste, esquecendo Paris completamente, e agora estava concentrando seus homens e cavalos ao norte e oeste de Paris, entre Crepy-en-Valois e Villers-sur-Morin. Paris ficava a apenas quinze milhas de distância. Mas von Kluck não estava interessado. Jake sabia que as fotos que o Cabo McDougal estava tirando seriam prova conclusiva de que os alemães haviam vacilado em sua ofensiva. Eles haviam cometido o primeiro erro estratégico da guerra e estavam inadvertidamente oferecendo aos Aliados a oportunidade de reforçar as posições defensivas ao redor da cidade e, ainda mais, oferecendo a abertura para um possível contra-ataque Aliado. Tudo o que eles precisavam fazer era voltar para Coulommiers e revelar as fotos.

Mas um desastre quase arruinou suas chances de transmitir as fotos ao comando superior e, na verdade, quase os imobilizou.

O cabo havia acabado de colocar a longa caixa de madeira de uma câmera entre as pernas e estava se preparando para se amarrar quando, de repente, algo pequeno, preto e rápido passou pelo rosto de Jake a uma velocidade incrível! Puxando a alavanca de controle do avião para a direita, Jake fez com que o avião caísse em sua asa direita e, em seguida, puxou a alavanca para a esquerda. O velho Royal Aircraft Factory B.E. 2b, não projetado para manobras, lutou e se esforçou para cumprir as demandas de Jake. Através do canto do vento nos muitos fios e tirantes de madeira de suas asas gêmeas, o pequeno motor de quatro cilindros do velho avião uivou em protesto. Lentamente, o avião levantou o nariz e começou a subir para o lado do porto. Mas, assim que Jake conseguiu fazer o avião subir e nivelar suas asas, mais objetos pretos, estranhamente em forma de setas alongadas, caíram do céu de cima. Dois objetos rasgaram ambas as asas do velho B.E., um deles batendo na área da fuselagem que separava a cabine do cabo da cabine de Jake.

Jake ouviu o som agudo de fios de sustentação se rompendo. Na asa superior direita, ele viu o tecido começar a rasgar lentamente dos nervos de madeira da asa e tremular no vento como bandeiras raivosas no mastro de um navio. Olhando para cima enquanto jogava novamente o manche para a direita, Jake viu a imagem rápida de um monoplano Fokker Eindekker de asa única desaparecer em uma dobra de uma nuvem branca e ondulante, a cabeça do piloto pendurada sobre o lado do avião e realmente rindo para ele em alguma caricatura do prazer malévolo.

Jake fez outra descoberta. Os controles de seu avião não permitiam mais que ele virasse para a direita. Aparentemente, um dos projéteis de aço havia cortado os cabos de controle de seus ailerons. Ele poderia virar à esquerda. Ele poderia subir e descer. Mas não poderia virar para a direita. Com nojo, mantendo os olhos na crescente rasgadura do tecido nas asas superiores, Jake decidiu que era hora de descer o mais rápido possível e inteiro antes que algo mais acontecesse.

A guerra ainda não havia chegado em sua verdadeira forma ao ar. Os motores dos aviões não eram suficientemente potentes para carregar homens, metralhadoras e centenas de cartuchos de munição para o ar. Eles chegariam em breve, é claro. Mas indivíduos tentavam descobrir maneiras de matar sua oposição desde o início. Em 1914, indivíduos estavam subindo aos céus com pequenas armas laterais, rifles de caça e até sacos de tijolos que tentariam jogar em um avião desprevenido abaixo deles na tentativa de matar seus companheiros aeronautas. Ambos os lados, em algum momento, usaram flechas de aço com um pé de comprimento pesando tanto quanto dez a quinze libras para derrubar aviões do céu. O conceito era rudimentar na melhor das hipóteses. Suba acima de um inimigo, iguale sua velocidade e depois deixe cair os projéteis um por um no avião abaixo. Foi uma dessas flechas de ferro que havia rasgado a máquina de Jake.

Entre Jake e o cabo, a feia flecha de aço sobressaía da fuselagem. Mais um pé em qualquer direção e ele ou o cabo teriam sido mortos instantaneamente. Teria sido uma maneira feia de morrer. Deslizando para a esquerda usando seus controles de leme, Jake lembrou-se do rosto sorridente daquele piloto Boche e soube que nunca o esqueceria. Ele esperava que o dia chegasse em que teria a oportunidade de encontrá-lo novamente.

Meia hora depois, Jake pousou a ave ferida no campo gramado logo fora da vila de Coulommiers. Enquanto o avião rolava suavemente até parar na grama, um grande pedaço de lona rasgada se soltou da asa e flutuou lentamente em direção a alguns dos mecânicos que corriam em direção a eles. Tirando as goggles oleosas do rosto, Jake saiu da cabine e ordenou a um dos homens que pegasse rapidamente a câmera do cabo e desenvolvesse as placas o mais rápido possível. Entre os pilotos e soldados que saíram para ver o pássaro ferido, Jake viu o Sargento Lonnie Burton se aproximar dele.

—O coronel disse que queria falar com você assim que você pousasse, capitão.

—Okay.— Ele concordou, tirando o capacete de couro de aviação e aceitando grato uma toalha limpa para limpar o rosto da película de óleo que o cansado motor do avião constantemente derramava. — Como está Oglethorpe?

—Ele está descansando em paz, senhor. Há um guarda armado na frente de sua barraca. Mas isso é mais uma formalidade. Ele tem três costelas fraturadas, pelo que ouvi, além de uma mão quebrada. Ele não poderia correr longe, mesmo que quisesse.

—E o outro prisioneiro?

—Trancado em um galpão com um guarda armado na porta também, senhor. Não precisamos nos preocupar lá, também. O pequeno alemão está assustado até a medula. Ele não disse uma palavra.

Jake concordou e jogou a toalha suja na asa inferior do avião. Sorrindo e acenando para os outros que estavam gritando para ele sobre como sua sorte ainda estava segurando, ele começou a caminhar em direção à fazenda que o esquadrão estava usando como quartel-general. Seu novo campo estava a uma curta distância de Coulommiers. Espalhadas pelo amplo campo estavam peças de máquinas desmontadas, caixas e caixotes, e as costelas extremamente despidas de várias tendas ainda a serem levantadas no ar. E no meio de sua menagerie estava a tenda de circo vermelho-sangue. Como algum motivo de uma pintura surrealista, a tenda da Chubbs & Blaine ficava no meio do campo com uma espécie de garishness de vermelho intenso que parecia quase atraente para ele.

Mal a esquadra tinha estabelecido uma ligação telefônica com a unidade de infantaria BEF mais próxima e a ordem chegou: o quartel-general do exército queria uma máquina de observação no ar para observar os movimentos das tropas inimigas. Jake estava de serviço, então ele e o cabo voaram. Todos sabiam que uma luta estava se formando e que estava prestes a explodir a qualquer momento. Havia apenas um problema a ser resolvido antes que os tiros começassem. Para lutar uma batalha, era preciso saber onde o inimigo poderia estar. Ainda havia uma escassez de informações sólidas sobre onde exatamente os exércitos do Kaiser estavam e em que direção estavam se movendo.

Na noite anterior, ele havia entrado no escritório do coronel com o jovem soldado alemão pálido e bastante aterrorizado a reboque. O jovem soldado relatou novamente a história que havia contado a Jake apenas algumas horas antes, logo após saírem de Epernay. A história não havia mudado. Aparentemente, o tenente e o sargento estavam lutando por uma arma na mão do sargento pouco antes de o avião cair. Mais importante ainda, o jovem soldado alemão novamente relatou a história fantástica sobre um soldado britânico em uma bicicleta fugindo do local do acidente.

Alguém andou de bicicleta até onde pensou que a velha caixa que Oglethorpe estava voando iria cair. Como ele sabia que ia cair em algum lugar perto de Epernay? Será que era alguém desta esquadra? No entanto, havia uma pergunta ainda mais intrigante. Por que matar o sargento e deixar Oglethorpe vivo? Por que não simplesmente atirar em ambos e acabar com isso?

Havia mais perguntas do que respostas. Se havia uma coisa que Jake não gostava era do fator de incerteza. Sendo um artesão e ladrão habilidoso, ele não gostava de trabalhar na incerteza. Ele queria as coisas arrumadas e planejadas. Ele não gostava de pontas soltas. Ele desprezava ter perguntas sem resposta pairando sobre sua cabeça. Sinceramente, irritava-o não ter descoberto ainda quem tinha matado o Sargento Grimms.

—Ah, aqui está você! — O coronel Wingate explodiu, saindo de trás de sua mesa e caminhando pelo grande salão que um dia havia sido a sala de jantar de um fazendeiro despossuído. Derramando vinho para os dois, ele entregou um copo a Jake e esperou que o americano desse um gole antes de falar. — Aqui, acho que você precisa disso, capitão. Ouvi dizer que seu voo não foi sem emoção!

Jake sorriu com a tentativa de humor seco do coronel e aceitou grato o copo de vinho. Wingate tinha apenas o vestígio de um sorriso nos lábios quando levantou o copo e deu um gole rápido. Virando-se, ele voltou para sua cadeira e sentou-se.

— Finalmente encontrei a droga do Quartel-General do Exército. Eles estão logo ali na estrada, em Coulommiers! Eles estão furiosos com toda essa correria em busca de abrigo. Tentei falar com eles sobre o Sargento Grimms, mas parecem ser surdos. Estão falando sobre um grande avanço que está por vir e não querem se preocupar com questões menores como esta até depois que a batalha comece.

—Então, o que fazemos com o tenente e com a nossa testemunha?

—Que se dane se eu sei — trovejou o coronel redondo e pesado, inclinando-se para trás em sua cadeira e batendo com a mão gorda no topo da mesa. — Acho que teremos que manter Oglethorpe em prisão domiciliar e o prisioneiro sob guarda aqui até que o corpo possa lidar com a bagunça. Deus sabe quanto tempo isso vai demorar.

Jake franziu a testa, sentindo-se cada vez mais desconfortável com a ideia de manter a única testemunha para a defesa do tenente aqui no acampamento. Se Oglethorpe fosse inocente e assumindo que outra pessoa do esquadrão fosse o assassino, fazia sentido manter a testemunha alemã ao alcance potencial do culpado? Silenciosamente, ele apontou o problema para o coronel.

—Sim, eu sei, capitão. Mas não há nada que possamos fazer. A unidade britânica mais próxima de nós é uma brigada de infantaria cornualha ao norte da vila. Já entrei em contato com eles sobre hospedar nosso hóspede por alguns dias. Mas eles simplesmente não têm meios para fazê-lo. O comandante deles diz que estão esperando uma grande luta a qualquer momento e vão precisar de todos na unidade para enfrentar o inimigo. Então, isso significa que teremos ele até que o quartel-general envie uma equipe de investigação.

—Mas temos algo mais importante a discutir, Reynolds. Algo mais importante agora para o quartel-general do que nosso problema. Quando eu estava ao telefone, eles queriam saber se tínhamos um piloto que pudesse voar e pousar um biplano em um campo aberto em uma noite de lua cheia. Eu disse que achava que tinha um. Se alguém pudesse fazer isso, tenho certeza de que é você, capitão. É possível?

—Certo. É possível—, respondeu Jake, fazendo um gesto afirmativo. — Desde que eu saiba para onde estou indo e onde devo pousar.

—Eu não faço ideia. Me disseram que o quartel-general ia enviar alguém aqui esta noite. Ele terá todas as instruções de que você precisaria. Tudo o que temos que fazer é fornecer o avião e um piloto experiente. Esta é uma missão voluntária, capitão. Você não precisa ir. Eu acho que posso conseguir que o tenente Dunlop concorde com a missão. Mas eu me sentiria melhor se você a fizesse.

Edward Dunlop era um garoto de vinte e dois anos, loiro e mal capaz de voar em linha reta. Ele se mataria tentando decolar na morte da noite. Mas era o próximo melhor piloto do esquadrão. Jake deu de ombros, colocou o copo vazio na borda da mesa do coronel e acenou com a cabeça.

—Claro, eu faço isso.

—Ótimo. Sugiro que você descanse e depois supervisione a preparação de qualquer máquina disponível para esta noite.

—Sim, senhor, eu farei.— o americano de cabelos escuros assentiu, virando-se e alcançando a porta. — Mas primeiro eu quero falar com Oglethorpe.

—Hmmm, uma boa ideia,— concordou o coronel, franzindo a testa. — Eu simplesmente não posso acreditar que isso aconteceu. Toda essa bagunça não faz sentido. É como uma pintura de uma mente perturbada. Nada é reconhecível aos olhos. Tudo misturado.

Jake assentiu e fechou a porta atrás dele. No que antes havia sido a sala de estar da casa da fazenda, agora o esquadrão estava usando-a como a área principal do escritório dos funcionários. Seis soldados estavam desembalando caixas metodicamente e montando mesas e armários no calor sufocante. O primeiro dia de setembro de 1914 estava escaldante, sem a menor brisa de ar. Mesmo com todas as janelas e portas abertas, a fazenda estava insuportavelmente quente e os seis funcionários estavam suando profusamente.

—Anderson,— disse Jake, olhando para um dos garotos mais jovens que estava tentando levantar uma caixa pesada de dossiês.

—Senhor?

—Aqui,— Jake resmungou, tirando dinheiro e contando rapidamente cinquenta francos. — Envie alguém que saiba como conseguir coisas para o vilarejo. Veja se você pode encontrar um bom vinho, queijo e pão fresco. Veja se podemos fazer arranjos para que o vilarejo nos forneça pão diariamente. Quando a comida chegar, venha me buscar. Eu estarei na minha tenda.

—Senhor!— O rapaz de dezoito anos respondeu, sorrindo e saudando com firmeza enquanto corria em direção à porta da frente.

Do lado de fora, sob o sol quente, Jake desabotoou sua pesada túnica de lã e se virou, dirigindo-se para a longa fila de tendas que eram os alojamentos para o pessoal do esquadrão. Em frente a uma das tendas, um soldado de infantaria estava de guarda com seu grande rifle Enfield de ferrolho pendurado no ombro. Fazendo continência quando o soldado se apresentou, Jake abaixou-se e entrou na tenda de Oglethorpe. Abanando a cabeça, ele se afastou da tenda e começou a caminhar pela fileira de tendas até sua própria acomodação.

O tenente estava deitado em seu berço, acordado, transpirando suor brilhando em sua testa e com a maior parte do pesado embrulho de ataduras em seu peito também encharcado. O calor na tenda era como um forno, mesmo com as abas da tenda abertas. Ele parecia pálido e exausto e ainda respirava através de seus dentes.

— Jake! Meu Deus, você pode me tirar daqui? Estou morrendo por causa do calor. Mal consigo respirar.

— Vamos tentar encontrar um lugar mais confortável para você. Mas como você se sente de outra forma? Como estão as costelas?

— Elas doem como o inferno. — Não consigo me sentar; não consigo me deitar. Não consigo me levantar e mal consigo andar. Agora eu sei como é se tornar um homem velho. Não é algo pelo qual eu anseio.

Jake sentou-se no berço vazio em frente ao tenente e olhou em volta para os aposentos confinados. Debaixo da cabeça do homem mais jovem estavam três travesseiros que sustentavam sua cabeça com o travesseiro de cima encharcado de suor.

— É como uma sauna aqui dentro, Jim. Pelo menos você vai perder algum peso.

— Preciso ganhar peso, Jake — Oglethorpe assobiou, tentando sorrir. — Diga, você tem um cigarro? Eu pagaria um mês de salário por uma boa fumaça.

— Claro. — Jake acenou com a cabeça, encontrando um maço de cigarros de fabricação americana e sacudindo um para o homem mais jovem. — Enviarei uma ou duas caixas novas para você mais tarde.

—Obrigado — grunhido Oglethorpe, usando sua única mão boa para tirar o cigarro dos lábios depois de tomar um pulmão profundo cheio de fumaça. — Você sabe, sempre me surpreendi com a maneira como você parece adquirir as coisas. — Automóveis, aviões, mulheres, dinheiro. Parece que você tem tudo isso.

Jake acendeu seu cigarro e depois apagou o fósforo casualmente, de olho em Oglethorpe no processo. Tomando um longo trago de seu cigarro, o grande americano pensou um pouco no assunto em silêncio.

— Eu nunca entendi exatamente o que o pai viu em você. Não, eu não quero dizer isso como negativo, Jake. Não me interprete mal. É só que, bem, o pai não estava interessado em aviões ou automóveis. O pai não se deixava envolver com a geração mais jovem e nossas, como ele as chamava, invenções com cérebro de cabelo. Ele preferia se manter isolado, e não gostava particularmente dos americanos. Mas você era diferente. Em vocês, o pai dizia muitas vezes que encontrava uma alma admirável.

— O general talvez esteja mais interessado no mundo do que você pensa, Jim — disse Jake suavemente através de um banco azul de fumaça de cigarro gasta. — E você sabe que ele estará fora de si quando ouvir falar desta confusão.

— Duvido — o tenente grunhido, carrancudo. — Não falamos um com o outro há mais de um ano. Duvido que ele saiba que estou vivo. Na verdade, da última vez que conversamos, ele desejou que eu estivesse morto.

Uma longa gota de suor começou a se formar na ranhura da coluna de Jake e ele teve que limpar o suor de sua testa. Estava insuportavelmente quente na tenda. Quente demais para um convalescente encontrar qualquer descanso.

— Jim, temos que chegar rapidamente ao fundo deste assassinato. — Ontem à noite, voltei do naufrágio com alguém que testemunhou o acidente. Sua história vai provar sua inocência. Mas temos que fazer mais do que isso. Temos que encontrar o verdadeiro assassino antes que ele volte a atacar.

— Uma testemunha? Você encontrou alguém que viu o assassino usando minha arma para matar o sargento?

— Não exatamente — respondeu Jake, levantando-se rapidamente para ajudar o tenente enquanto ele lutava para chegar a uma posição sentada. — Um regimento de infantaria alemão viu você e o sargento descerem. Após o acidente, eles ouviram dois tiros. Mas antes que eles pudessem capturá-lo, foram expulsos pela infantaria francesa.

— Mas como isso me ajuda? Aqueles tiros vieram do meu próprio revólver!

— Verdade. Mas a testemunha disse que você e o sargento estavam se levantando e lutando um contra o outro enquanto o avião deslizava em direção à terra. Na mão do sargento aparentemente estava sua pistola. Ele afirma que logo após o avião ter caído, ele e seu esquadrão de homens ouviram as vozes de dois ingleses gritando um com o outro em uma discussão acalorada. Em seguida, ele ouviu dois tiros. Mas é aqui que a coisa fica interessante. Nossa testemunha viu alguém saindo do local do acidente em uma bicicleta. Alguém vestida com um uniforme britânico.

— O quê? Meu Deus!

— Louco, não é? — O americano acenou com a cabeça e encolheu seus ombros casualmente. — Parece impossível, eu admito. Mas nosso amigo alemão jura que tudo isso aconteceu. Você se lembra de alguma dessas coisas?

Oglethorpe balançou a cabeça não e fez uma careta com a dor ao assobiar uma resposta rouca.

— Eu não me lembro de nada. Nada sobre ontem, de maneira alguma. É como se eu pudesse ver algumas imagens vagas em minha cabeça. Mas nada parece claro. Desculpe.

— Você se lembra da discussão que teve com o Sargento Grimms anteontem à noite?

O tenente acenou com a cabeça, com os olhos lacrimejando de dor enquanto observava Jake.

— Grimms estava trapaceando nas cartas, Jake. Eu juro. Durante a última quinzena ele me limpou de mais de cem libras esterlinas. Você estava lá naquela noite. Certamente você suspeitava de algo.

Jake acenou com a cabeça, pensando na noite do jogo de pôquer e pensando que tinha ficado impressionado com a incrível sorte de Grimm. Mas tinha sido exatamente isso. Sorte. Ele não viu nada na maneira como Grimms dava as cartas, ou nas próprias cartas, para sugerir que alguém estava trapaceando.

— Foi a primeira vez que você pensou que o sargento estava trapaceando?

— Não, é claro que não — Oglethorpe sussurrou através de seus dentes, com dores de barriga para baixo e lentamente deslizando de volta para o berço. — Eu tinha certeza disso uma semana antes de sairmos da Inglaterra. Ele me ganhou vinte libras em um jogo, que durou menos de dez minutos. Ele tinha três mãos vencedoras consecutivas. Três, assim mesmo, uma após a outra!

Jake puxou profundamente seu cigarro e pensou sobre isso, olhando para o chão da tenda, antes de exalar lentamente. Grimms era um tubarão de cartas? Mas como poderia o sargento ser tão hábil? Ele havia acabado de ensinar a vários homens do esquadrão o jogo que os americanos chamavam de Five Card Stud. Os Grimms mal sabiam como jogar o jogo. Então, como ele podia fazer batota? Talvez, Jake tenha pensado para si mesmo enquanto se sentava e olhava o tenente, era mais provável que o tenente fosse terrível no jogo e particularmente com as cartas. Isso, correspondendo ao seu famoso temperamento, significava problemas, não importava como você os analisasse.

— Jim, quem gostaria de prejudicá-lo.

— Eu? — Oglethorpe ecoou, piscando no Jake, maravilhado. — Me machucar? Ao atirar em Grimms? Absurdo! Isso não faz sentido!

— Sim, à primeira vista não faz — o capitão de olhos azuis e cabelos escuros acenou com a cabeça, sorrindo com um sorriso de vilão. — Mas prejudicando-o ao incriminá-lo por assassinato, e talvez no processo, prejudicando seu pai também. — Como seu pai vai levar a notícia quando descobrir que você pode ser acusado de um crime capital?

— Meu Deus, isto é algo que só um demônio sonharia!

Jake acenou com a cabeça quando se levantou e atirou o cigarro através da aba da tenda aberta. O tenente estava perdendo a cor rapidamente e o calor era insuportável. Ele duvidava que Oglethorpe pudesse responder a outra pergunta.

— Ouça, você precisa descansar um pouco. Também precisamos levá-lo a algum lugar onde você possa descansar confortavelmente. — Está com fome? Com sede?

— Sedento — o jovem com cara de cinza sussurrou fracamente. — Mas meu ordenado saiu para encontrar um pouco de água fria. Ele voltará em breve.

— Que bom. — Eu sairei daqui para que você possa descansar. Vamos levá-lo para a casa da fazenda assim que arranjarmos um lugar para você. Aguente firme, Jim. Com a testemunha que encontrei ontem à noite, ninguém poderia honestamente apresentar queixa contra você. Portanto, relaxe.

— Obrigado... Velho — o homem mais jovem, que desbotou rapidamente, sussurrou enquanto Jake se curvava e escorregou pela aba aberta.

Acima dele, o sol de setembro estava queimando com um brilho feroz e toda a paisagem rural parecia queimada e queimada ao ponto de não ter vida. Do outro lado do campo, um casal de mecânicos trabalhou lentamente para girar a escora de madeira de um dos recém-adquiridos Morane-Saulniers da esquadra. Na terceira rotação, o motor arrotou a fumaça preta. Começou a fazer tic-tac lentamente soando muito mal-humorado e mal-humorado. Voltando, Jake olhou de relance para o soldado de infantaria, um dos homens da empresa destacados para o esquadrão por motivos de segurança, e se perguntou quantas vezes por dia o guarda era trocado em frente à tenda de Oglethorpe. Sacudindo a cabeça, ele se afastou da tenda e começou a caminhar pela linha das barracas até seus aposentos.

Havia um assassino neste esquadrão. Este monstro matou Grimms por algum insulto que Grimms possa ter causado, ou mais provavelmente, por algo que o jovem tenente possa ter inadvertidamente criado. Em qualquer caso, Jake sabia que os próximos dias seriam cruciais. Sob guarda em um galpão estava o prisioneiro alemão que poderia dar a Oglethorpe um álibi substancial por sua inocência. Apenas ele e o coronel conheciam a história da testemunha. Para o verdadeiro culpado, existia a possibilidade de que a testemunha pudesse fazer uma identificação positiva. Isso significava que a vida do prisioneiro estava em perigo, um perigo palpável e real que se podia sentir na boca. No entanto, também significava uma oportunidade.

Se o verdadeiro assassino fosse suficientemente tolo para tentar matar a testemunha e se eles estivessem preparados para isso, talvez esse caso pudesse chegar a uma conclusão rápida em questão de horas. Jake virou-se repentinamente, um plano se formando em sua cabeça, e começou a procurar o sargento Lonnie Burton.

QUATRO

FEIXES DE LUZ da lua deslizavam loucamente pelo campo aberto.

Espectros prateados e fantasmas de delícias ilusórias.

No meio de um campo gramado, Jake ficou ao lado do biplano Avro 504 e calmamente checou as munições de seu revolver Webley antes de fechá-lo. Deslizando-o em sua bandoleira, ele olhou para o coronel e depois voltou sua atenção para o pequeno e magro homem ao seu lado.

Um homem pequeno e sem descrição, com um rosto infinitamente esquecível, o Capitão Archibald Smythe precisava de uma carona. Apresentando-se ao Coronel Wingate e a Jake precisamente às 23:00 horas no escritório do coronel, o pequeno homem calmamente informou que precisava ser deixado em um campo a um quilômetro a leste da cidade de Reims precisamente às 02:00 horas. Reims estava aproximadamente 80 quilômetros atrás das linhas inimigas. Havia rumores de que o Príncipe da Baviera estava usando a cidade como sua sede. Tudo o que Jake tinha que fazer era decolar em uma noite de lua cheia, voar por cálculo morto usando o terreno abaixo iluminado pela lua como seu guia e pousar no campo por um momento ou dois antes de virar para o vento e decolar novamente. Simplesmente.

Nuvens baixas corriam rapidamente através do rosto da lua. Elas criavam a ilusão de pilares brancos de luz da lua correndo pelo chão como um conjunto espectral de dançarinos valsantes. Se as nuvens não engrossassem e obliterassem a lua inteiramente, Jake tinha certeza de que poderia fazer o trabalho. Se as nuvens viessem e eles estivessem atrás das linhas inimigas, o americano de olhos escuros sabia que seria um inferno encontrar o caminho de volta à segurança.

Por outro lado, Jake pensou consigo mesmo enquanto piscava um sorriso malicioso de uma criança gigante em seus lábios finos, este era um desafio pelo qual ele estava ansioso, deixar um espião profundamente atrás das linhas inimigas e usar um avião para a inserção. Até onde sabia, seria a primeira vez na história da guerra que algo assim seria tentado. Por que não ser parte da história?

—Pronto?— Ele perguntou, olhando para o homem que mal chegava aos seus ombros.

Smythe assentiu e então se virou e subiu no cockpit da frente do 504. Jake começou a subir no cockpit traseiro. Mas Wingate o segurou pelo braço e o puxou gentilmente para o lado.

—Cuidado, capitão. Os boches estão sumariamente atirando em qualquer pessoa em território ocupado que eles suspeitam ser *francs tireurs*. Esse é o termo deles para atiradores civis. Smythe não está usando uniforme e nem você. Não seja pego. Se você for, nem vão se dar ao trabalho de colocá-lo sob custódia.

A marcha pela Bélgica do exército alemão havia sido custosa para civis e não combatentes. Histórias haviam inundado as linhas Aliadas sobre centenas de civis alinhados e fuzilados sob a mera suspeita de estarem resistindo aos esforços alemães de moverem-se cada vez mais ao sul. Até mesmo Smythe, no escritório do coronel naquela noite, mencionou isso e ofereceu a Jake a oportunidade de recusar essa missão bastante perigosa. O americano de olhos cinzentos balançou a cabeça negativamente e disse que iria, antes de trocar suas roupas quentes, mas escuras, que não sugeriam patente ou nacionalidade.

O americano de cabelos escuros assentiu e subiu na asa inferior do biplano e se jogou na cabine de pilotagem. Conforme solicitado por Smythe, o patinho feio do avião foi empurrado para a extremidade do campo gramado e ordens foram dadas para que ninguém observasse a partida. Era um pouco depois da meia-noite em uma noite quente e quase sufocante de setembro. O esquadrão estava escuro e sem vida no silêncio da noite. O suave ronco dos canhões de artilharia a alguns quilômetros de distância lembrou-o de que havia aqueles que estavam acordados e procurando por um pouco de ação. As colunas rápidas de luz da lua cortando as lacunas nas nuvens quebradas atravessaram o campo com uma agilidade surpreendente. Segundos depois, o céu encoberto engoliria momentaneamente a lua completamente e mergulharia o universo inteiro em um poço de escuridão tinta por alguns breves momentos. Mas momentos depois, a luz prateada esbranquiçada da lua novamente voltava à existência e iluminava a paisagem.

O coronel apressou-se para a frente do avião e segurou firmemente a hélice de madeira com ambas as mãos, esperando. Jake puxou os óculos de proteção sobre os olhos, ligou a chave magnética e jogou a cabeça para um lado, gritando: —Contato!

O coronel conseguiu ligar o motor na primeira tentativa. Correndo para um lado, ele levantou uma mão e acenou enquanto Jake abria o acelerador completamente e usava um pouco de leme para enfrentar o vento fraco. Em segundos, o avião estava correndo pela grama do campo e saltou no ar assim que as nuvens desceram e engoliram a lua completamente. Por alguns segundos, Wingate conseguiu ver o ponto único de luz do escapamento flamejante do Avro na escuridão, enquanto ele se elevava sobre as árvores no final do campo e depois virava para nordeste. Mas, então, em um instante, desapareceu e apenas o som suave do motor desaparecendo podia ser ouvido. Mas em poucos instantes, isso também foi engolido pela escuridão, deixando Wingate sozinho em um campo vazio, parecendo notavelmente como um espantalho animado enquanto ele se virou e voltou para seus alojamentos.

Jake sorriu para si mesmo de prazer. O sol do dia tinha assado a terra a uma temperatura de forno e agora, tarde da noite, o calor estava saindo do solo e subindo em poderosas correntes térmicas em direção aos céus. As correntes térmicas faziam sua caixa de duas asas dançar e saltar pelo céu como um potro nervoso, enquanto ele mantinha o nariz suavemente inclinado para cima na escuridão. Ele não sabia como o homem de rosto comum sentado na cabine de pilotagem à sua frente estava lidando com a viagem agitada, mas ele estava gostando muito.

O plano que Smythe delineou para o coronel e Jake era simples. Jake deveria subir a dez ou doze mil pés e depois descer com um ângulo suave em direção ao local de pouso. Com o motor diminuindo a velocidade, Smythe contava com Jake para pousar sem energia no campo e deixar o avião rolar quase para uma parada completa antes de acelerar e virar o avião para decolar imediatamente. Pouco antes de Jake virar o avião, Smythe subiria na asa inferior e saltaria. Ele rolaria longe do avião e desapareceria na escuridão enquanto o americano rugia pelo campo e decolava novamente.

Três dias depois, às 03h00 em ponto, Jake voltaria para buscar o pequeno espião. Smythe esperaria até que Jake quase parasse completamente com o avião antes de acelerar o motor para dar meia-volta. Nesse ponto, o pequeno homem faria sua aparição e saltaria para o avião. Se houvesse algo suspeito para Jake ou se o pequeno espião não se revelasse a tempo, Jake deveria decolar e não olhar para trás.

Justo, pensou Jake consigo mesmo, enquanto inclinava a cabeça para fora da cabine para uma rápida verificação visual. A lua estava agora em plena força, sua luz refletindo nas águas calmas dos rios Grand Morin e Petite Morin abaixo. À sua frente, a alguns quilômetros de distância, estava a faixa preta mais ampla do sinuoso Rio Marne. Ele ficou satisfeito ao ver que estavam no curso e no horário certo. Assobiando uma música de show para si mesmo, ele se acomodou no assento e se sentiu confortável.

Ele não havia sido perfeitamente honesto com o coronel ou o pequeno espião. Havia um motivo ulterior que Jake tinha, que o fez se voluntariar rapidamente para essa missão. Tinha algo a ver com a pintura de três painéis da Madonna e do Menino sentados em uma pequena igreja em Epernay. Ocorreu-lhe que, se esta missão com o espião funcionasse, por que não funcionaria uma segunda vez? Mas desta vez ele se estabeleceria em um campo fora de Epernay e, vestido como um oficial alemão de alta patente, ousadamente entraria na cidade e pegaria o van Eck. O plano explodiu em sua cabeça no momento em que o coronel lhe perguntou se ele poderia voar e pousar um avião em uma lua brilhante. De repente, a ideia de pegar o van Eck em um único e ousado golpe parecia infinitamente realizável. A melhor parte do plano era, quem seria culpado por este audacioso roubo de um tesouro nacional?

Claro - a ganância desumana e implacável do malvado Hun. Ele sorriu de prazer com o pensamento de como seria fácil.

Por enquanto, havia a longa caminhada pelo céu noturno em direção a Reims. Se contorcendo na cabine para se sentir confortável, a mente de Jake começou a pensar no problema do sargento Grimms.

Ele havia estado, o que parecia ser uma eternidade atrás, na barraca do sargento e naquele infame jogo de cartas em que o tenente pronunciou a morte iminente do sargento. Ele mesmo, o tenente, Lonnie Burton, o —batman— do tenente, e o sargento Randal Holmes ouviram as acusações inflamadas de Oglethorpe. Na época, todos ignoraram a raiva de Oglethorpe porque todos sabiam o quão explosivo o jovem tenente era. Mas, franzindo a testa, Jake pensou que talvez alguém naquela barraca tivesse elaborado um plano para matar o sargento e culpar o tenente. Com seis testemunhas presentes para testemunhar a ameaça de morte, seria quase impossível para Oglethorpe se defender. A descoberta por sorte do jovem alemão que, juntamente com todo o seu regimento, observou o tenente e o sargento lutando com a arma do tenente, foi uma descoberta miraculosa.

Ele se viu lutando com o ponto central. Quem matou o Sargento Grimms? E qual foi o motivo da morte do sargento? Tinha que haver uma razão para alguém matar à queima-roupa. Por qual razão? Para destruir Oglethorpe ou o famoso pai de Oglethorpe? Ou foi apenas para se vingar de Grimms? Jake pensou consigo mesmo enquanto o avião de repente enfrentou uma corrente ascendente e subiu trezentos pés mais alto na escuridão tinta com uma súbita sacudida óssea. A inesperada elevação na altitude não perturbou seus pensamentos, embora vagamente, ele pensasse ter ouvido um gemido vindo da cabine dianteira.

O sargento Holmes era um rapaz corpulento do campo de Kent. Um garoto fazendeiro que decidiu fazer carreira no exército. Não muito articulado e um pouco tímido, no entanto, o garoto fazendeiro poderia desmontar um motor rotativo Le Rhone ou um motor em linha Broadmore e tê-lo remontado e ronronando como um fino relógio suíço em menos de um dia.

Holmes e Grimms haviam sido, desde o momento em que o esquadrão foi formado, bons amigos. Ambos vinham do mesmo históricoe ambos apreciavam a companhia um do outro.

Lonnie Burton era o sargento-mor do grupo. O suboficial de mais alta patente. Calmo, seguro, confiante, o histórico de Lonnie sugeria educação e criação refinadas. Mas, claro, na sociedade britânica pós-vitoriana e sendo galês, seria difícil para alguém sem conexões familiares obter uma comissão de oficial. As mesmas regras rígidas se aplicavam mesmo aos exércitos coloniais do Império Britânico de Sua Majestade. No entanto, Jake depositava muita confiança no sargento-mor. Se ele quisesse que um trabalho fosse feito, e feito com eficiência e habilidade, Burton era o suboficial a encontrar.

O pequeno batman de Oglethorpe era uma criatura estranha e excêntrica. O americano de cabelos escuros tinha certeza de que havia visto o homem pequeno nas propriedades da família Oglethorpe várias vezes antes da guerra. Jake tinha a impressão de que o jovem careca de olhos vesgos, que parecia se arrastar nas bordas exteriores de cada conversa na qual o tenente estava envolvido, havia sido um ajudante de Sir John em algum momento. Ele ficou um pouco surpreso ao ver o homem chegar ao acampamento logo antes de ir para o Continente. Mas talvez o homem pequeno fosse mais dedicado ao garoto do que ao pai. Curioso sobre ele e por que ele se juntou ao esquadrão, Jake pensou que algumas investigações discretas poderiam ser necessárias.

Oglethorpe era impulsivo, mimado, impetuoso e com um talento bem afiado para deixar sua boca correr antes de pensar nas coisas. Suas explosões temperamentais criaram ressentimento entre vários dos oficiais e a maioria dos soldados alistados. Mas, apesar disso, Jake não conseguia ver nenhum motivo para o jovem matar o sargento.

O homem morto tinha sido sólido e confiável. Um ioman

inglês das raízes originais. Como o sargento Holmes, Grimms vinha de um fundo agrícola canadense e se juntou ao exército para ver o mundo. Bom com as mãos, entre Holmes e Grimms, não havia nada feito e voado que esses dois mecânicos não pudessem consertar.

Ele moveu o manche um pouco para estibordo enquanto olhava para baixo sobre o lado da cabine de pilotagem e notou a curva do Marne logo acima de um lugar chamado Chateau-Thierry. O Capitão Smythe também notou a curva e virou em seu assento e apontou para baixo. Jake acenou com a cabeça e reduziu o acelerador do motor in-line do Avro e começou a descer suavemente para baixo.

Ele assumiu que o espião sabia que o campo em que pousariam estaria vazio. Com uma súbita explosão de luz da lua, Jake sentou-se na cabine e começou a examinar o terreno abaixo. Fora da asa de bombordo, havia milhares de pequenos pontos representando as fogueiras que queimavam e indicando a presença de uma grande unidade de combate alemã. Reims estava claramente iluminada pela lua, mas a cidade estava na mais completa escuridão. À estibordo, contou dezesseis conjuntos de luzes de um comboio de caminhões Boche indo para a linha de frente. Alguns quilômetros à frente do comboio de caminhões, ele assistiu aos brilhos intensos dos canhões de artilharia alemães de 77 mm e 155 mm rugindo ferozmente na noite. À frente deles, no campo em que ele estava mirando, tudo parecia calmo e tranquilo.

As nuvens cobriram a lua de repente, mergulhando toda a paisagem em completa escuridão. Continuou preto como breu até pouco antes de atingirem o solo, a poucas centenas de metros do campo. Mas então, com uma incrível intensidade, as nuvens se afastaram e a luz da lua encheu o campo justo quando as rodas do Avro começaram a bater na alta grama.

Foi um pouso perfeito. O avião quase não saltou quando tocou o solo. Com o motor praticamente desligado, o avião levou apenas alguns cem metros para rolar até quase parar. Quando estava quase parado, Smythe estava sobre a asa inferior e pulando na grama, rolando com a facilidade de um acrobata sobre um ombro e se levantando rapidamente. Acelerando o motor, Jake aumentou a velocidade e usou o leme para girar o avião e voltar contra o vento. Smythe não estava mais à vista. Como uma miragem, o homem havia se enfiado em uma densa massa de árvores e desaparecido. Sem esperar por surpresas, Jake fez o Avro saltar pelo campo e puxou o manche para trás no momento em que a velocidade suficiente se acumulou e levantou o avião para o ar.

Arriscando e circulando o campo uma vez, Jake tentou examinar a escuridão e avistar o espião. Mas não havia nada a ser visto. Cumprimentando casualmente com uma saudação amigável na direção das árvores escuras, Jake inclinou as asas do avião para um lado e partiu para casa, esperando que em três dias, quando retornasse, o homem de aparência comum estivesse vivo e esperando por ele.

CINCO

TRÊS DIAS DEPOIS, Jake estava novamente na cabine de pilotagem do caixote Avro. Enquanto acelerava o pequeno motor da aeronave na escuridão da noite, a frágil caixa de madeira e lona rangia e gemia.

A escuridão pendia como o manto sagrado do Ceifador sobre as árvores.

Mas o calor do dia fervia e exauria - sugando a força de todos e esgarçando os nervos de todos. Na extremidade distante da pista de pouso, ele estava se preparando para decolar. Coberto pela escuridão, parecia mais um cemitério do que uma pista de pouso. A alguns metros de distância, apenas visível na noite, uma fileira de dinossauros alados sentavam-se silenciosamente observando-os. Era, como o coronel disse tão eloquentemente alguns minutos antes, hora de tirar o Capitão Smyth do meio dos filisteus. No entanto, havia uma adição preocupante esta noite. O motor do Avro começou a dar problemas assim que ele levantou voo da pista. Na escassa luz da lua, o biplano lutou para subir no ar, mal passando sobre a linha de árvores na extremidade distante da pista antes de se recuperar repentinamente de suas doenças e rugir em sua plena garganta de poder novamente. Inclinando para a direita, Jake pensou em pousar a velha aeronave cansada e remendada para que um dos mecânicos pudesse verificar o motor. Em vez disso, ele nivelou a máquina, colocou as lentes de proteção sobre os olhos e cruzou os dedos para dar sorte. Movendo o manche entre as pernas de volta para ele, ele começou a subir para a altitude, mantendo ao mesmo tempo um ouvido atento ao ronco rouco do motor à sua frente. Ele tinha um pouco menos de uma hora para concluir a missão que começou três dias antes com o espião britânico.

Não havia escolha. Era usar este velho Avro para voar atrás das linhas inimigas e pegar Smythe, ou deixar o pobre bastardo lá para encontrar o próprio caminho de volta. O esquadrão estava com apenas duas máquinas em condições de serviço no momento. Eles estavam canibalizando peças de outras aeronaves para colocar esta máquina no ar para a missão desta noite. O sargento Burton não prometeu que o pequeno motor de quatro cilindros do Avro duraria muito mais.Para deixar claro sua preocupação com a segurança do americano, o NCO robusto instalou um arreio especial na cabine que Jake usaria para segurar um par de grandes revólveres Webley ... apenas por precaução, disse ele em voz baixa momentos antes de decolar. Jake sorriu para o grande NCO e agradeceu. Mas apontando para o coldre de ombro e a arma sob sua axila esquerda, ele garantiu ao sargento que estava trazendo sua própria arma pessoal junto com ele.

Ao oeste, uma grande tempestade estava se formando. Rajadas de raios brilhantes enchiam a escuridão com uma fúria repentina. A cada raio, ele olhava apressadamente para fora e para baixo de sua altitude de 4000 pés em um esforço para se orientar. Por sorte, não havia lua esta noite. As nuvens chegaram antes do escurecer e o cheiro de chuva se tornou bastante distintivo. O coronel Wingate encontrou Jake no hangar por volta da meia-noite, enquanto ele, Burton e alguns outros estavam montando o motor do Avro. Ele expressou preocupações sobre a missão. Sem uma lua para guiá-lo, como Jake seria capaz de encontrar o caminho para Reims? Como ele seria capaz de pousar em um campo se não houvesse luz suficiente para ver onde poderiam estar obstáculos? E se Smythe não aparecesse?

Jake não pôde fazer nada além de encolher os ombros, limpar a graxa e o óleo das mãos com um pano sujo e admitir para o coronel que também havia pensado nesses problemas. Mas ele tinha que tentar. Smythe estava colocando sua vida em risco por seu país e esperava ser retirado do meio de um exército alemão inteiro no horário marcado. Jake disse que estaria danado se não fizesse pelo menos um esforço para arrancar o oficial britânico de uma captura iminente.

À sua esquerda, um pouco além da vila francesa chamada Montmirail, ele observou um tipo diferente de luz piscando espasmodicamente na escuridão. Como centenas de vaga-lumes gigantes iluminando a noite, os flashes dos canhões conversando pontilhavam o solo escuro em um tapete ondulante de relâmpagos artificiais. A artilharia boche e francesa estavam falando entre si em um dueto singularmente mortal. O bombardeio começou no final da tarde e continuou sem parar à medida que a noite caía. Tão intensa era a artilharia que, mesmo a oito milhas de distância em Coulommiers, o solo tremia com o martelar implacável que ambos os lados estavam infligindo um ao outro.

A batalha que a sede da BEF havia dito que logo iria começar de fato explodiu com um ruído ensurdecedor de destruição naquela tarde. Os franceses estavam animando o que restava dos exércitos feridos e sangrando e cavando para fazer uma posição. Eles estavam determinados a salvar Paris, especialmente depois que Jake retornou apenas dias antes com fotos mostrando os boche tão perigosamente esticados e sobrecarregados. Um novo exército francês, com ordens para proteger Paris, havia sido obtido aparentemente do nada e recebido ordens para defender vigorosamente a cidade. O novo comandante da guarnição parisiense, um velho veterano de várias guerras coloniais da França, imediatamente começou a preparar o ataque aos alemães exaustos.

Milagrosamente, nos acampamentos coletivos dos Aliados, havia uma nova atitude. Apenas dias antes, as constantes lutas e recuos forçados dos exércitos francês e britânico haviam feito todos acreditarem que iriam perder a guerra. Agora parecia haver um novo espírito de luta de alguma forma pairando sobre os Poilus e Tommies exaustos em suas trincheiras. Havia essa sensação visceral de que a retirada havia acabado. Com isso veio a nova convicção de que era hora de atacar o punho blindado do boche juggernaut. E os franceses estavam revidando com entusiasmo gaulês.

Montmirail estava a cerca de vinte milhas ao sul e oeste de Epernay. Graças às luzes piscando da artilharia em duelo à sua esquerda, Jake acreditava que, se pudesse voar passando com a pequena vila francesa na ponta de sua asa direita, voando em direção ao nordeste, eventualmente chegaria a Epernay. De Epernay corria uma estrada quase reta até Reims. Ele conhecia bem a estrada. Se, como era provável, os alemães estavam usando essa estrada para transportar para a frente homens e materiais, a estrada seria uma fita iluminada de comboios de caminhões Boche se movendo em direção a Reims.

Para seu alívio infinito, ele viu exatamente o que esperava ver quando passou pela artilharia piscando e olhou para a esquerda. Havia, de fato, uma linha interminável de luzes, que quase se fundiam em uma longa e brilhante serpente iluminada, estendendo-se por todo o caminho de Reims a Epernay. Isso ainda era 1914. A ideia de bombardeio aéreo de longas linhas de comboios de caminhões na calada da noite ainda parecia pura fantasia. As bombas caindo do ar haviam se tornado realidade quando os Boches começaram a usar seus enormes dirigíveis Zeppelin para bombardear fortalezas belgas nas primeiras horas da guerra. Os Zeppelins podiam transportar a carga de bombas para tal ataque. Mas não os aviões. Ainda não.

Sorrindo, Jake tirou um pano do bolso de sua jaqueta de couro pesada e rapidamente limpou seus óculos de óleo do motor. Com tempo para matar, de outro bolso ele encontrou a maçã que trouxe consigo e deu uma grande mordida nela. Enquanto o avião dançava e mergulhava pelo ar quente de setembro, ele logo se pegou pensando nos Grimm assassinados e no infeliz tenente Oglethorpe.

Quando voltasse ao esquadrão, ele teria uma longa conversa com o estranho batman de Jimmy. Ele tinha a sensação de que o pequeno homem, que havia servido fielmente à família Oglethorpe por tantos anos, teria informações que poderiam lançar alguma luz sobre o envolvimento do jovem Oglethorpe com o assassinato. Ele também pediria ao coronel para fazer mais investigações na Inglaterra. Se alguém estava tentando arruinar Sir John, incriminando seu filho com um assassinato, talvez o próprio general pudesse ter informações úteis.

Um bolsão de turbulência o tirou de sua reverie. Jogando o caroço da maçã para fora da cabine, Jake colocou a cabeça para fora e olhou para a linha sinuosa de caminhões alemães de movimento lento abaixo. Acenando com a cabeça, e dizendo uma rápida e silenciosa oração aos caprichosos deuses dos motores de combustão interna, ele avançou e desligou o magneto do motor antes de se acomodar em seu assento e mover gentilmente o manche para a esquerda. Imediatamente, o avião começou a cair em altitude. Empurrando o manche para a frente um pouco, Jake percebeu que ele tinha que acertar exatamente o quanto de taxa de descida poderia dar ao velho ônibus. Descer rápido demais e perder o local de pouso designado significaria ter que ligar o motor novamente e dar tudo o que ele tinha para subir de altitude. Um motor rugindo tão baixo no chão e tão perto das massas invisíveis de um exército alemão faria com que todos os comandantes de campo telefonassem uns para os outros e gritassem avisos desesperados por milhas ao redor.

Não manter o nariz baixo e descer rápido o suficiente faria o Avro parar e depois cair como uma pedra de 4.000 pés para sua morte. A perspectiva de espiralar para o chão bem no meio da interminável linha de caminhões de suprimentos Boche não apelava para o seu senso de sacrifício heroico. Como se, bufando de desdém para si mesmo, ele acreditasse nessa bobagem desde o início! Tolos morrem mortes heroicas. Idiotas acreditam em sacrificar a vida por uma causa perdida. Os idealistas patrióticos até agora tinham sido o material de canhão nessa guerra. Mas não ele. Não Jake Reynolds.

Ele era um pragmático. Ele estava nesta guerra não porque era algum estudante universitário sonhador que acreditava em Deus e País. Ele era um realista. Ele estava nesta guerra porque... Porque...?Infernos, ele pensou consigo mesmo enquanto se inclinava sobre a borda da cabine e sentia o ar quente do pré-amanhecer de verão passando ferozmente por seu rosto, por que diabos ele estava nessa guerra? Ele acreditava em Deus e no País? Ele era um patriota? Ele... Oh, meu Deus!... Um herói? Com raiva, ele balançou a cabeça na tentativa de expulsar essas palavras ruins de sua mente e usou as costas de uma das mãos enluvadas para limpar seus óculos novamente. Jake Reynolds um herói? Um patriota? Como diabos um ladrão poderia ser um herói? Por que um pragmático como ele consideraria se tornar um patriota?

Mas então... por que um realista como ele se voluntariaria para uma missão desse tipo? Por que ele sequer consideraria tentar descer um velho ônibus batido como este em um pouso forçado sem motor em um campo escuro, a milhas atrás das linhas inimigas? Era pela pintura? Ele estaria disposto a trocar sua vida, e possivelmente a vida de um oficial britânico terrivelmente corajoso que estava jogando o perigoso e pouco reconhecido esporte de ser um espião, por algumas peças de madeira que tiveram óleos coloridos borrados por alguém que viveu seiscentos anos atrás? O vago prazer de roubar uma obra-prima das próprias mãos do Kaiser e vender a raridade antiga para um colecionador por uma quantia razoável de dólares americanos era tão importante para ele?

Bem...

De repente, na escuridão abaixo, uma visão familiar piscou sob sua asa direita. Chutando levemente o leme, ele alinhou o nariz do Avro com o campo e depois estendeu a mão para ligar o magneto do motor. Com um rugido, o motor voltou à vida exatamente quando as rodas se acomodaram gentilmente na grama alta do campo. Jake, agora usando o leme e o acelerador para atravessar o campo, chutou com força no leme para trazer o avião em uma curva apertada de cento e oitenta graus.

Os aviões da Primeira Guerra Mundial não eram equipados com freios. Literalmente, deixava-se a máquina cair em um campo grande o suficiente e permitia-se que a peça precária de lona e madeira parasse naturalmente. Havia outro problema com essas máquinas. Elas não tinham nenhum tipo de partida interna para seus motores. Eram necessários pelo menos dois homens para colocar o motor de uma máquina em funcionamento. Um homem tinha que sentar no cockpit e controlá-lo uma vez que ele fosse iniciado, enquanto o outro ficava na frente da hélice de madeira e usava apenas força muscular para girar a hélice em alta velocidade a fim de acender o gás nos cilindros do motor. Claro, os motores na Primeira Guerra Mundial eram notoriamente pouco confiáveis. Em 1914, eram piores do que notoriamente pouco confiáveis.

Fazendo o avião girar e alinhando-o em direção a um grupo de árvores situadas do outro lado do campo, Jake acelerou o anêmico motor de quatro cilindros e esperava que o discreto oficial inglês aparecesse da escuridão conforme o planejado e saltasse para a asa inferior da máquina. Mas ninguém apareceu saindo da grama alta para correr até a máquina que estava ociosa. Somente um infinito vazio cumprimentou Jake enquanto ele sentava no cockpit e olhava para ambos os lados em busca de qualquer sinal do homem.

Franzindo a testa, Jake se virou para olhar para trás na escuridão. A poucos metros da cauda do avião, um braço - em uma camisa branca surpreendentemente brilhante - apareceu subindo para fora do mar de grama assim como um raio desigual cortou o ar. Praguejando violentamente, Jake rapidamente desligou a chave do magneto, desprendeu o cinto de segurança, se agarrou no cockpit e pulou na grama escura. Correndo para o local onde viu a mão aparecer e exatamente quando as primeiras grandes gotas de chuva começaram a respingar no solo assado, Jake encontrou o Capitão Smythe dobrado sobre si mesmo e ajoelhado no chão.

—Você precisa partir. Eles estão por toda parte. É uma armadilha—, sibilou o pequeno oficial britânico enquanto Jake jogava um dos braços do homem sobre sua cabeça e ao redor de seus ombros antes de levantar o ferido. —Rápido, dentro dos bolsos da minha calça. Há alguns papéis que precisam ser entregues ao quartel-general. Deixe-me aqui. Esses papéis são importantes.

Smythe tinha uma ferida feia em seu ombro direito superior. Sangue encharcava a metade da frente de sua camisa de linho branco. A julgar pelo rasgo na camisa do homem, a ferida parecia ter sido causada por uma estocada de baioneta. Agarrando o homem fraco firmemente, o americano de cabelos escuros começou a levar o ferido em direção ao Avro, assim como outro raio iluminou a área imediata ao redor deles.

Ali, entre eles e a silhueta escura do avião, estavam quatro soldados alemães com seus distintivos capacetes pontiagudos em suas cabeças escuras e com seus longos rifles Mauser de ação por ferrolho com baionetas fixas apontados para eles.

—Uma noite adorável para morrer, não acham, cavalheiros? — uma voz rolou em um rumble aveludado de arrogância vindo detrás do Avro. Uma forma alta e bem construída materializou-se na frente do nariz da máquina, com as mãos enfiadas profundamente nos bolsos da calça e um monóculo pendurado descuidadamente sob sua sobrancelha direita enquanto ele caminhava ao redor do conjunto de asas estibordo e parava para olhar para os dois soldados Aliados.

—Tut, tut, tut. Pegos em flagrante ajudando um espião ferido. Por favor, não façam nada tolo, capitão. Vocês são meus prisioneiros, e como sabem, a hora é tarde. Eu devo estar em Berlim até amanhã à noite e quero levá-los comigo, vivos se possível.

Jake sorriu. Um súbito raio cegante e em ziguezague rasgou o céu e atingiu o chão molhado a menos de cem metros de distância deles. Naquele instante de flash, duas coisas aconteceram. Primeiro, as pernas do oficial ferido pareceram ceder e ele começou a afundar em direção ao solo molhado. Jake, inclinando-se em um aparente esforço para manter o equilíbrio e evitar deixar o oficial britânico enfraquecido cair, intencionalmente cruzou o corpo de Smythe sobre o seu próprio corpo escuro, bloqueando momentaneamente a visão de todos sobre sua mão livre no processo.

A segunda coisa que aconteceu se tornou, ao longo dos anos, algo disputado por aqueles que sobreviveram ao incidente. Outro raio ziguezagueante explodiu diretamente acima de suas cabeças. O raio de energia bruta e o estrondo imediato do trovão foram tão próximos que vários sobreviventes acreditaram ter sido atingidos por um raio. Eles não foram. Naquele breve segundo de um movimento reflexo involuntário de se abaixar para evitar o flash da iluminação, a mão livre de Jake subitamente se ergueu e apontou em direção aos quatro soldados armados com um objeto preto e pesado. Jake disparou quatro tiros em rápida sucessão em direção aos soldados da infantaria, tão rapidamente que ninguém ouviu os tiros. Todos os quatro jovens soldados, exaustos, receberam um tiro de calibre .45 no ombro superior direito ou esquerdo, girando violentamente antes de serem arremessados para trás na grama alta.

Atônito, o alto e largo oficial alemão ficou absolutamente imóvel enquanto seu olho com monocle fixava-se na imagem do capitão da RFC segurando seu companheiro ferido com uma mão, enquanto a outra mão segurava um dos novos Colt semi-automáticos americanos.

—Boa noite, general,— disse Jake, com um sorriso irônico nos lábios, enquanto lentamente abaixava Smythe no chão e recuava um ou dois passos do homem ferido. —Como disse, é uma bela noite para morrer. Quer se juntar aos seus camaradas?

Por alguns segundos, o general permaneceu imóvel e então, vindo da escuridão, Jake ouviu o homem dar uma risadinha de maneira divertida, enquanto levantava uma das mãos para remover o monóculo do rosto.

—Permita-me apresentar-me, capitão. Eu sou o General Helmuth von Frankenstein, da própria equipe imperial do Kaiser, ao seu serviço.

O general inclinou a cabeça formalmente, bateu os calcanhares com firmeza, devolveu o monóculo ao olho e virou-se para os gemidos de seus homens feridos.

—Posso cuidar dos feridos?— ele perguntou, indicando seus quatro homens deitados na grama e gemendo de dor.

—Não há tempo para isso— disse Jake, ainda sorrindo e balançando a cabeça negativamente. —Eles sobreviverão se conseguirmos atendimento médico rapidamente. Por favor, faça-me o favor de ajudar meu amigo até o seu carro oficial.

Vamos dirigir até a cidade mais próxima e enviar médicos para cá.

—Você tem certeza de que eles vão sobreviver?

O sorriso de Jake se alargou quando ele encolheu os ombros modestamente. Mas a ponta do Colt semi-automático nunca vacilou em apontar para o peito do general.

—Eu realmente sou muito bom nisso, general. Eu sei onde atingi seus homens. Eles vão sobreviver se chegarmos a uma cidade e enviarmos ajuda médica o mais rápido possível.

Von Frankenstein franzia a testa e pausava enquanto ouvia os gemidos dos quatro soldados feridos. De onde diabos o oficial britânico conseguiu uma arma tão grande? Como um ser humano poderia se mover tão rápido! Abanando a cabeça em perplexidade, ele ainda assim virou-se e caminhou até o joelho de Smythe, levantando rapidamente o oficial ferido com um ombro.

—Acredito que Reims seja a cidade mais próxima daqui.

—Sim, seria se estivéssemos indo para Reims.— Jake concordou, seguindo atrás do general e seu fardo humano a alguns metros de distância e mantendo um olho casual na maneira como o oficial alemão imperial carregava o ferido Smythe. —Mas não estamos indo em direção a Reims. Estamos indo para Epernay.

—Epernay? Por que Epernay?— Von Frankenstein meio levantou, meio jogou o oficial britânico ferido no banco traseiro de um grande carro de pessoal alemão antes de se virar para olhar para Jake. —O que poderia haver em Epernay de tanta importância?

—Você vai descobrir, general. Agora, entre do lado do passageiro e não tente nada pelo que não esteja preparado para morrer. Lembre-se, falo alemão fluentemente. Ao encontrar o primeiro destacamento de tropas, você vai parar o carro e ordenar que voltem para pegar seus homens. Depois disso, nós três temos outro trabalho a fazer antes do sol nascer.

SEIS

UMA NUVEM de poeira branca e baixa...

O resmungo de cavalos cansados e homens marchando acompanhados pelo som de rodas de carroça rangendo e do zumbido sibilante de motocicletas carregando correios militares.

Soldados por toda parte.

A estrada para Epernay era um atoleiro de homens marchando em ambas as direções. Tropas frescas em uniformes novos e limpos e com rostos alegres marchavam descendo de Reims. Havia uma música em seus corações e um brilho aparente em seus rostos de meninos marchando para a glória. Barulhentos, altos e profanos, eles se moviam com passo rápido e ar alegre por metade da estrada. Movendo-se em direção oposta havia uma massa de masculinidade completamente diferente. A outra metade da estrada era ocupada por uma linha aparentemente interminável de homens cansados com máscaras haggard e exaustas no rosto e vestindo uniformes sujos e encharcados de suor. Eles se moviam na marcha cansada dos quase mortos, cada um deles olhando para o mundo com olhos mais mortos do que vivos, e cada um se movendo com apenas o suficiente de movimento para conservar a energia que lhes restava.

Ao volante do grande carro da equipe, Jake observou o lado da estrada que continha os mortos-vivos. Sentados no meio da estrada, com o motor do carro funcionando irregularmente, ele e o oficial alemão permaneceram em silêncio, observando o mar de humanidade. A imagética visual contrastante era uma dicotomia impressionante de extremos. E uma afirmação da insanidade humana. Tanto os jovens que marchavam alegremente para a glória quanto os mortos sobreviventes dessa glória passavam por eles, enquanto o Capitão Smythe ferido continuava gemendo em voz baixa de delírio no banco traseiro do carro. Por vários momentos, eles permaneceram em silêncio antes que um sargento da infantaria acenasse com o braço e gritasse para que avançassem. Empurrando a alavanca de marchas para a primeira, o americano de cabelos escuros soltou a embreagem lentamente e fez o carro se mover novamente, mas a uma velocidade pouco mais rápida do que a dos homens marchando em direção à linha de frente.

—Capitão, você me surpreende— começou von Frankenstein, quebrando o silêncio enquanto suspirava e olhava para Jake, sorrindo. — Não há nada no mundo que me impeça de pedir ajuda e ter vocês dois jogados nas algemas em um piscar de olhos. No entanto, aqui estão vocês, sentados atrás do volante do meu carro, levando a mim e seu camarada para Epernay. Estamos em uma estrada cheia de talvez quinze ou vinte mil soldados alemães, e você parece estar nos levando para um piquenique. Um piquenique!

O americano de cabelos escuros sorriu e mudou a grande pistola calibre 45 Modelo do Governo de seu quadril direito para o esquerdo. Antes de deixar o campo onde havia pousado o Avro, Jake algemou o grande alemão ao para-choque dianteiro de seu carro antes de correr de volta para o avião para pegar uma pequena bolsa contendo um segundo conjunto de roupas. Roupas negras e simples, sem uniforme ou país de origem identificado. Descartando seu uniforme de oficial, ele rapidamente vestiu a simples camisola e calça e depois se sentou atrás do volante do carro. Lançando as chaves das algemas para o general, os dois começaram a viagem em direção ao pequeno vilarejo em completo silêncio.

Até agora.

— Eu já conheci muitos talentosos atores, Capitão Reynolds. Mas você, meu amigo, faz com que aqueles que conheci pareçam amadores. Eu me sinto extremamente entretido com o que quer que seja que você esteja fazendo. Mal posso esperar para ver como essa pequena farsa vai acabar.

Frankenstein, observando o americano atentamente, colocou seu monóculo no rosto novamente e sorriu ainda mais largo diante da reticência do outro homem. Este era o primeiro americano que ele havia conhecido. Ah, é claro que ele tinha ouvido outros falarem sobre a incrível ousadia que a maioria dos americanos parecia possuir em aparentemente ilimitada abundância. Ele ouvia outros, mais velhos do que ele e que conheciam bem os americanos, e ouvia suas preocupações genuínas sobre como a Pátria sofreria se os americanos fossem atraídos para a guerra. Eles eram atrevidos. Estavam cheios de um elã e exuberância únicos, tão alienígenas à mente europeia. Tinham um país que parecia estar transbordando de uma energia industrial bruta pouco explorada. Mas a pior notícia possível para a Pátria com relação aos americanos era a ideia de que eles não acreditavam em ninguém quando outros diziam que algo era impossível. Ele sabia por experiência pessoal que o Kaiser e a Equipe Imperial estavam extremamente preocupados com o envolvimento americano na guerra. Seus contatos no corpo diplomático o mantinham informado sobre os esforços em que se empenhavam para manter o gigante adormecido fora da guerra.

O sorriso continuou a sulcar os lábios do belo oficial

alemão em um tipo de sorriso sardônico, mas os grandes olhos castanhos do homem continuaram a observar atentamente o americano de cabelos escuros. Se muitos americanos fossem como esse estranho capitão, ele finalmente começava a compreender as preocupações do Kaiser.

Jake pisou nos freios no exato momento em que um teimoso burro alemão pulou para a estrada estreita no meio da multidão, tentando puxar as rédeas de sua carroça das mãos de um soldado. O carro parou bruscamente, jogando tanto ele quanto o general para a frente em seus assentos, enquanto um gemido abafado de dor vinha de trás. Por alguns segundos, tanto o americano quanto o alemão assistiram o soldado puxar e arrastar as rédeas do burro. Homens saíram das fileiras para ajudar o cabo em dificuldades e logo um grande grupo de homens estava gritando e berrando uns com os outros em frustração. O burro, no entanto, parecia completamente indiferente às vozes ao seu redor.

Sorrindo, Jake alcançou a grande pistola semi-automática apoiada em seu quadril e virou-se para olhar para von Frankenstein.

—Lá na frente, depois da colina, fica Epernay. Já esteve em Epernay, general?

O alemão do americano era impecável, sem a menor inflexão. Ele soava mais como um berlinense do que von Frankenstein. Isso também fez o general sentir a crescente onda de alarme se formando em seu estômago.

—Não posso dizer que tenha, capitão. Não estou familiarizado com esta parte da França.

—Bem, deixe-me contar um pouco sobre nosso destino. No meio da cidade fica uma igreja católica muito antiga. Uma igreja muito antiga. Nessa igreja estão três painéis de madeira retratando a Madonna e o Menino. Esses painéis foram criados por um pintor holandês há seiscentos anos. Nós... você e eu, general... vamos roubá-los esta noite e levá-los conosco para o fronte.

À frente deles, o grupo crescente de soldados lutava em torno do burro teimoso, enquanto outros que continuavam a marchar em direções separadas começavam a achar a cena bastante engraçada. Mas para o general, não havia o menor interesse nos problemas do burro que tocavam sua consciência. Muito pelo contrário. A pura admiração pela audácia incontrolável do americano enchia a mente do alemão. O americano era um ladrão! No meio de uma guerra, no meio de uma estrada cheia de inimigos, este americano ia roubar uma pintura bem debaixo de seus narizes e então calmamente dirigir-se para a frente e desaparecer na noite como se fosse algo fácil! Por vários momentos, tudo o que ele podia fazer era piscar os olhos atrás de seu monocle e olhar para o americano com incredulidade. E então, para sua surpresa, ele levantou a cabeça e começou a rir alto!

—Meu Deus! Você vai simplesmente dirigir para uma cidade ocupada pelo Exército Alemão e se aproximar de uma relíquia francesa e reivindicá-la como sua! Você realmente acha que esse plano absurdo vai funcionar?

O americano de olhos azuis abriu um sorriso malicioso enquanto olhava para o oficial alemão. Ele esperou o grande homem recuperar a compostura e se perguntou se o oficial alemão, impressionantemente decorado, estava planejando algo. Mas a risada estrondosa do oficial era genuína. Lágrimas começaram a encher os olhos do homem de tanto rir e momentos se passaram antes que o alemão finalmente se sentasse de volta em seu assento e respirasse ar fresco. Finalmente, limpando as correntes de alegria das bochechas, Frankenstein se virou e olhou para o americano.

—General, não serei eu que roubarei este tesouro francês de seus verdadeiros donos. Será você.

—O quê?

O sorriso no rosto do americano se alargou à medida que a luz em seus olhos azul-escuros cresceu em intensidade. Ele estava começando a gostar deste impasse quase tanto quanto o general.

—É de conhecimento comum que o Exército Alemão tem estado ... e deixe-me ser generoso em minha descrição ... libertando obras de arte de países ocupados ultimamente. Eu chamo isso de libertação por uma preocupação genuína com a preservação de peças de arte inestimáveis dos estragos da guerra. No entanto, tenho certeza de que outros rotulariam essa apropriação de propriedade como roubo descarado. Se isso é uma preocupação genuína com a não-danos às obras de arte, ou simplesmente o saque das terras conquistadas de toda a sua riqueza, é para outros decidirem. Em qualquer caso, se um general do Estado-Maior do Império Alemão entrar em uma igreja e exigir a Madonna e a Criança por van Eck, ninguém fará perguntas. Mais importante ainda, se você fizer a exigência, significa que ninguém vai suspeitar de mim. Eu gosto dessa parte do plano acima de tudo.

—Meu caro capitão, o que faz você pensar que eu concordaria com esse seu plano fantástico? Quero dizer, por favor, dê uma olhada ao seu redor. Sim, você está me apontando uma arma. Mas quão bom é você? Essa arma sua deve estar quase vazia. Sua impressionante exibição de habilidade de tiro na zona de pouso foi bastante impressionante, admito. Mas você usou quatro balas para abater meus homens. Quantas balas essa arma suporta? Cinco? Seis? Uma palavra minha e cem soldados vão arrastar você e seu camarada para fora deste carro e jogá-los nas algemas! Duvido que você consiga recarregar rápido o suficiente para enfrentar uma divisão inteira do exército!

A multidão crescente de soldados alemães discutindo em volta da mula obstinada ficava cada vez mais alta, assim como a risada dos homens marchando passando o espetáculo e observando a pequena distração da realidade. Tudo mudou num piscar de olhos.

Houve duas explosões que pareciam literalmente agredir os três ocupantes do carro. Os clarões da boca de fogo da grande Colt americana momentaneamente cegaram o general cativo. Algo estalou em sua bochecha duas vezes com uma sensação de quente e frio ao mesmo tempo. Olhando para baixo em seu colo, viu duas cápsulas de latão de cartucho deitadas em sua perna direita. Mas, mais importante ainda, olhando para cima através do para-brisa do carro de comando, ele observou com espanto a mula morta deitada aos pés dos homens ao redor dela em uma poça de sangue que se espalhava rapidamente. Vários soldados alemães estavam parados em volta do animal morto, com o rosto pálido e cinzento, com expressões de surpresa incrédula claramente gravadas em seus olhos.

O americano de cabelos escuros atrás do volante explodiu em uma enxurrada de ordens, misturadas com palavrões escolhidos, em alemão impecável. A voz era alta, imperial e soava perigosamente impaciente. Os soldados ao redor do grande carro de comando reagiram como se tivessem sido eletrocutados. Homens saltaram para longe do carro. Outros, sabendo que o oficial louco ia atirar neles a queima-roupa com aquele automático de grande calibre, se viraram e começaram a correr por suas vidas. Mas a voz de Jake os congelou em suas trilhas. Quando ele ordenou que todo filho alemão da pátria pegasse a mula morta e a removesse da estrada, cinquenta ou mais soldados pularam como um só para obedecer.

Quando a mula foi removida e a multidão de homens todos recuou três passos e afastou-se do carro, seus olhos se encheram de terror enquanto olhavam para o carro de comando cheio de um oficial louco vestido de preto e um general do estado imperial olhando fixamente para eles.

—Ainda duvida que eu possa fazer isso, Herr Frankenstein? — Jake perguntou, o sorriso sarcástico em seus lábios finos crescendo enquanto ele expelia um carregador da colt e enfiava um novo com um movimento suave. —Eu sei como sua classe de nobreza pensa. Aja como se estivesse completamente no controle da situação e cinco lhe darão dez que você está realmente no controle.Você está correto. Você poderia dizer algo para alertar esses homens sobre quem eu sou e o que sou capaz. Mas eu garanto que você estaria morto antes que alguém pudesse reagir ao seu grito. Aposto que suas sensibilidades Junkers estão lhe dizendo para continuar jogando junto comigo por um tempo. Tenho certeza de que você está pensando que uma melhor oportunidade surgirá para me deter. Ninguém quer morrer tolo, não é mesmo, general? Agora, suba na parte de trás do seu assento e ordene aos homens para saírem do caminho, e faça isso agora!

Abalado, o grande oficial alemão concordou com a cabeça e, atordoado, se ergueu na parte de trás do assento. Uma onda de raiva percorreu seu corpo. A raiva foi claramente ouvida em seus gritos quentes ordenando que os homens saíssem do caminho. O general direcionou sua raiva para os soldados ao seu redor, mas a raiva era direcionada a si mesmo. Ele nunca viu o americano se mover! O homem tinha a arma descansando em sua perna em um momento - houve dois tiros rápidos - e a mula tombou e caiu no chão tão inerte quanto uma pedra! Como o americano encontrou um espaço entre os soldados para encontrar seu alvo estava além dele. Mas ele tinha encontrado. A exibição da pura bravura do americano era tão convincente. Ele se viu com raiva - ainda curioso - sobre o que esse americano louco poderia fazer a seguir.

Voltando para o assento, olhos ainda cheios de raiva, ele se acomodou e se virou para encarar o americano. Jake, movendo suavemente o grande carro oficial para a frente, fez o carro passar pelos soldados de infantaria atordoados. Conforme o grande Daimler avançava, eles apenas assistiam em admiração silenciosa. Vinte minutos depois, eles chegaram à pequena aldeia de Epernay e pararam em frente à grande igreja católica da cidade.

Na ampla praça da cidade em frente à igreja, homens e material de uma divisão do exército alemão recentemente chegada estavam espalhados pela área. Homens em uniformes sujos com rostos por fazer se esparramavam pela praça em pequenos grupos. Alguns estavam esparramados sobre as pedras tentando descansar. A maioria se aglomerava em torno de pequenas fogueiras, que tinham espetos de madeira construídos de forma rudimentar com grandes recipientes pretos pendurados no ar, preenchendo a área imediata com o forte aroma de café fresco. Os homens pareciam cansados e ansiosos para beber o café recém-preparado, e possivelmente, se tivessem sorte, comer uma refeição quente. No entanto, o constante zumbido dos caminhões alemães de rodas grandes, que periodicamente roncavam na praça e passavam pelos homens, além do som das motocicletas de sinais da divisão que entravam e saíam, quase garantiam que haveria pouco descanso nesta noite.

Ao sair do carro, Frankenstein observou dois cabos que desceram correndo os degraus e fizeram a saudação depois de ficarem em posição de sentido. Ao virar-se para olhar por cima do ombro, ele levantou uma sobrancelha interrogativa para Jake.

—Seus feridos?

—Ficaremos aqui por alguns momentos—, disse o americano em voz baixa. —Veja se eles têm um médico que possa tratá-lo. Mas não o tire do carro. Não ficaremos aqui por muito tempo.

O general deu a ordem de forma sucinta e, em seguida, virou-se e observou o americano dar a volta na frente do carro e se aproximar dele.

—Você tem sorte, capitão. Eu aconteço de conhecer o comandante desta divisão. Ele foi meu colega de classe na escola de guerra. Um suábio chamado Otto Rominger, e se eu conheço Otto, ele sem dúvida adquiriu esta pintura sua para sua própria coleção privada.

Jake assentiu, sorriu e colocou-se à frente do general, virando-se para encará-lo. Os olhos dos dois homens se encontraram e o choque de vontades entre os dois era muito evidente.

—Aqui está o acordo, general. Nós entramos e você começa a gritar alto por Rominger e exigindo saber por que ele ainda não enviou a pintura para Berlim. Assuste-o bastante. Mencione algo sobre corte marcial e negligência do dever e, em seguida, insista que a pintura seja entregue a você e colocada no carro. Faça isso e ambos saímos daqui vivos. Tente algo heroico e eu vou atirar em você pelas costas e depois entregar minha arma a Rominger. Quem sabe, general? Eu até posso convencer este comandante da divisão que você era um traidor e estava tentando escapar pelas linhas. Coisas mais estranhas já aconteceram em uma guerra.—

Do fundo do peito do general, um baixo ronco de diversão escapou de seus lábios enquanto o grande alemão abanava a cabeça e encarava Jake com raiva mal controlada. Nos olhos do homem havia um abismo profundo de raiva mal contida. Jake, sorrindo seu próprio sorriso sarcástico, ouviu a risada do homem e viu a raiva profunda e mal controlada fervendo no general. Isso não o incomodou de qualquer maneira.

—Capitão, para um americano, você é muito bom no que faz. Permita-me elogiar você pelo seu esplêndido e incomparável ato de audácia. Mas espero que chegue o dia, e em circunstâncias diferentes, em que possamos nos encontrar novamente. O governo alemão ficaria feliz em abrigá-lo brevemente em um campo de prisioneiros de guerra. Sei que pessoalmente vou desfrutar de escoltar você até lá e interrogá-lo por várias horas antes de mandá-lo para o pelotão de fuzilamento.

—Sim, pode acontecer. A guerra ainda tem um longo caminho a percorrer antes de chegar ao fim— respondeu o americano, seu sorriso sardônico se alargando ainda mais enquanto ele se posicionava atrás do ombro direito do general. —Mas vamos lá e pegar nossa pintura? Quero estar fora daqui antes do amanhecer.

Incrivelmente, o plano funcionou exatamente como Jake previu. Com Jake diretamente atrás dele, von Frankenstein passeou arrogantemente pela igreja, que estava sendo usada pela divisão como sua sede, e começou a gritar furiosamente com todos que viu. Em questão de minutos, a equipe divisional estava em tumulto. Numerosos soldados foram correndo para cá e para lá em busca de alguma comida quente para alimentar o general e seu ajudante. Outros procuravam o comandante da divisão, enquanto ainda mais homens procuravam a melhor garrafa de vinho que podiam encontrar. Um sargento disse ao general que seu comandante estava na cama e havia dado ordens para não ser perturbado.

Frankenstein explodiu em uma exibição furiosa de indignação que fez Jake se perguntar quem era verdadeiramente o ator mais talentoso entre eles. Ficando vermelho de raiva, a linguagem do general estava quente com injúrias e exigências. Os soldados mais próximos ao general ficaram pálidos ao ver um oficial da Staff Imperial se tornar quase apoplético. Um sargento rechonchudo, no fundo da entrada principal da igreja, desmaiou da diatribe e caiu no chão em um turbilhão de relatórios voando em todas as direções.

O comandante da divisão era um homem baixo, com a cabeça brilhante e três queixos. Ele correu pelo corredor central da principal capela, pulando em um pé enquanto tentava colocar suas botas o mais rápido possível. Com metade da camisa tremulando ao vento e as suspensórios de suas calças arrastando no chão de pedra, era evidente que o comandante havia sido acordado às pressas por um escriturário aterrorizado. No rosto do homem estava a mesma expressão de terror que enchia o pequeno cabo que seguia o general.

—Rominger, onde diabos está a pintura de van Eck que o Kaiser ordenou que você enviasse para Berlim!

—A Madonna e a Criança? Eu nunca...!

—Chega de desculpas, seu idiota tagarela! O Kaiser espera tê-la em seu apartamento particular amanhã à noite! Você entendeu? Ele pessoalmente me enviou para encontrar essa pintura e corte-marcial o idiota que se recusar a cumprir suas ordens! Como se sente, Otto, sabendo que amanhã você pode ser um soldado raso descascando batatas em algum inferno de colônia africana!

O já pálido gordo comandante da divisão, notoriamente ficou ainda mais branco com a ameaça do general. Por fim, calçando sua bota, o general rechonchudo levantou-se e olhou para o homem mais alto, grandes gotas de suor já brotavam em sua testa.

—Eu... eu nunca recebi uma ordem para enviar a pintura, Helmuth! Deus é minha testemunha! Se eu tivesse recebido, teria embalado e enviado imediatamente!

—Está aqui? Agora? Ou sua mente gananciosa já a descartou em particular?

—Não, não! Está aqui! Em meus aposentos particulares! Eu... eu iria mandá-lo embalado e enviado de volta para casa, isso é verdade. Mas nunca pensei que o Kaiser se interessaria por esta relíquia!

—Bem, ele está interessado— retrucou Frankenstein, abaixando um pouco a voz e parecendo começar a se acalmar um pouco de sua óbvia indignação. —Eu suponho que poderia informar ao Kaiser que a ordem não foi transmitida pelos canais adequados. Mas não sei. Ele está furioso com esse atraso e insiste que alguém deve pagar por essa incompetência.

—Mas não é minha culpa, Helmuth!— lamentou-se o

general rechonchudo, batendo as duas mãos na frente dele em um gesto suplicante e caminhando em direção ao general como um criminoso condenado que se aproxima para pedir misericórdia. —Você precisa me salvar, por favor! Se eu for destituído do comando e enviado de volta a Berlim em desgraça, isso arruinará a reputação da minha família! Farei qualquer coisa... qualquer coisa... para provar a você e ao Kaiser que sou um oficial leal! Qualquer coisa!

Jake sorriu. Era uma invenção grande demais para deixar passar.

—Posso sugerir algo, general?— começou Jake agradavelmente, olhando primeiro para von Frankenstein surpreso e depois para o comandante da divisão aterrorizado.

—Certamente— disse Frankenstein, virando-se para olhar para Jake com interesse. —Estou muito curioso para saber o que pode ser. Por favor, continue.

Jake sorriu, assentiu e depois virou-se para encarar Rominger. Como um verdadeiro oficial Junker, ele bateu os calcanhares juntos de forma inteligente e inclinou a cabeça corretamente em direção ao general. Vestido todo de preto, Jake parecia muito impressionante para os dois oficiais alemães que o observavam. O general observava o americano com os olhos estreitos de uma raposa observando sua presa, enquanto o infeliz oficial careca tremia de medo e piscava os olhos em um espasmo nervoso enquanto enxugava o suor da testa com um lenço.

—Sou o capitão Felix von Hollweg, general, da equipe pessoal de von Moltke. Fui designado para ajudar o general. Deixe-me assegurar-lhe que até agora tem sido uma noite muito divertida.

—Divertida!— latiu Frankenstein alto e incrédulo. —Hum! Eu não descreveria exatamente assim. Mas continue, capitão. Continue.

—Eu só estava sugerindo que, se o general pudesse talvez

nos indicar o aeroporto mais próximo e telefonar com antecedência para ter um avião de dois lugares pronto e esperando por nós, isso poderia ajudar a situação. Claro, uma escolta também ajudaria a nos levar pelas estradas congestionadas.

—Uma ideia brilhante, capitão!—, gritou Rominger, sorrindo nervosamente e balançando a cabeça enquanto virava-se e gritava para alguém trazer um telefone o mais rápido possível. —Há um aeródromo logo fora da cidade. Não mais do que quatro quilômetros de distância! Eu poderia levá-los até lá em uma hora!

—Excelente!— Jake concordou, sorrindo agradavelmente e olhando para von Frankenstein antes de voltar-se para encarar Rominger novamente. —Tempo suficiente para empacotarmos as placas para a viagem - e talvez possamos comer algo antes de partirmos?

—Certamente, capitão! Certamente! Eu vou providenciar pessoalmente!

Mesas apareceram do nada e soldados apareceram correndo com vários pratos fumegantes. Cognac apareceu em copos de cristal fino, juntamente com pão recém-assado. Soldados alistados visivelmente aterrorizados pairavam perto, prontos para cumprir qualquer ordem do general ou do assistente do general vestido de preto e estranhamente aterrorizante. Esperando que o alto oficial da Equipe Imperial se sentasse primeiro, Jake escolheu uma cadeira em frente à mesa, pegou um prato grande de pão e o entregou ao jovem com um sorriso nos lábios.

—Pão, general? Foi uma noite longa e tenho certeza de que você está tão faminto quanto eu.

Frankenstein olhou para o pão e depois para o americano. Encolhendo os ombros, ele levantou a mão e puxou o pão para perto de si. De repente, sorrindo e balançando a cabeça, von Frankenstein alcançou a garrafa de conhaque e encheu rapidamente dois copos. Pegando um copo, ele olhou para o suando Otto Rominger e entregou o copo ao general rechonchudo.

—Otto, deixe-me dizer que quando eu voltar para Berlim, vou entreter o Kaiser com uma história incrível sobre esta noite. Ele ficará tão encantado com o que tenho a dizer que tenho certeza de que não haverá mais conversa sobre punição.

—Por que... obrigado, Helmuth! Obrigado... eu acho— respondeu o comandante da divisão rechonchudo, pegando o copo e levando-o aos lábios gratamente.

Voltando-se para olhar Jake, Helmuth von Frankenstein levantou o copo cheio em direção ao americano e continuou.

—A você, meu companheiro ator. Parabéns! Seus esforços hoje à noite foram muito valiosos! Meus relatórios ao Kaiser mencionarão seu nome frequentemente, assim como descrevendo exatamente tudo o que ocorreu esta noite.

O sorriso de Jake se alargou enquanto ele pegava seu conhaque.

—Por favor, general, realmente não foi nada. Informe ao Kaiser que eu fiquei mais do que feliz em ajudar a remover o van Eck de sua casa ancestral. Não se esqueça de informá-lo sobre sua duplicidade nesse assunto também. Tenho certeza de que ele ficaria bastante interessado em ouvir sobre isso.

O general de monocle levantou a cabeça e explodiu em uma gargalhada genuína e balançou a cabeça com alegria enquanto começava a beber seu conhaque.

—Sim, tenho certeza de que ele ficará, capitão. Tenho certeza de que ele ficará mesmo.

Duas horas depois, o grande carro de equipe e seus ocupantes, escoltados por seis soldados alemães em motocicletas, chegaram a um grande campo ocupado por quatro esquadrões da Força Aérea Alemã e foram rapidamente direcionados para uma máquina de observação Rumpler de dois lugares, pintada de azul, que estava no meio do campo.

Seu grande motor Mercedes já estava funcionando enquanto dois mecânicos se ajoelhavam sob suas asas inferiores, esperando pelas ordens para retirar os calços de madeira das rodas da máquina. Parando, von Frankenstein e Jake saíram do carro e Jake ordenou que dois dos soldados carregassem o oficial britânico ferido no assento dianteiro do Rumpler. Em seguida, ele ordenou que outros dois prendessem firmemente uma caixa com uma pintura em uma das asas inferiores. Voltando-se para o general, ele disse ao homem grande para subir no assento dianteiro também.

Subindo no assento traseiro do Rumpler, Jake acenou para os soldados para limparem o campo e imediatamente puxou o acelerador do motor o mais longe que pôde. A grande máquina de nariz de tubarão começou a rolar pelo campo duro. Chutando os pedais de leme à direita, Jake trouxe a máquina para uma curva brusca à direita e depois empurrou o acelerador da máquina para marcha lenta.

—Saia agora, general! Seu trabalho está feito!— ele gritou, inclinando a cabeça para fora da cabine e observando o grande oficial rapidamente desamarrar-se e sair da cabine.

O belo general saltou para o chão e virou-se para encarar Jake. Levantando uma mão, ele saudou o americano e sorriu com conhecimento de causa.

—Até a próxima vez, capitão!— ele gritou sobre o rugido do motor Mercedes.

—Estou ansioso por isso!— Jake acenou enquanto puxava o acelerador da máquina e depois acenava enquanto a máquina começava a rolar pelo campo.

Von Frankenstein observou a grande máquina aumentar a velocidade e depois lentamente se elevar no crescente céu da manhã. A máquina fez uma curva para um lado e, no crepúsculo, ele viu o americano acenando para ele. Ele não retornou o gesto.

SETE

CÉUS VAZIOS. Tanto de nuvens quanto de máquinas patrulhando.

O nascer do sol foi espetacular de se contemplar.

Amarelos brilhantes e azuis impressionantes acima e o borrão de verdes e marrons terrosos abaixo capturaram a alma artística dentro dele.

Jake voou sem ser molestado para o sul e leste de onde deixou o general e eventualmente deslizou sobre as linhas aliadas um pouco ao sul dos baixos pântanos de St. Gond. Decidindo não tentar sua sorte enfrentando um destemido francês caçando os céus matinais em seus monomotores Nieuport, ele pousou o Rumpler graciosamente em um campo contendo mais de uma dúzia de fogueiras de um grande grupo de soldados franceses. Os homens carrancudos e cansados se revelaram ser Poilus franceses pertencentes ao Nono Exército do general Ferdinand Foch. Jake, sentado no controle de um biplano alemão e observando centenas de soldados correndo das fogueiras em direção a ele para olharem estupidamente maravilhados, parou calmamente e perguntou em francês perfeito se poderia encontrar Paris por perto.

Quatro horas depois, tanto ele quanto Smythe se encontravam sendo escoltados por guardas para um trem que os levaria de volta a Paris. De Paris, um carro de pessoal britânico estaria esperando por eles para levar Smythe a um hospital e, posteriormente, trazer Jake de volta a Coulommiers. Chegando no final da tarde do quinto dia, Jake se viu alegremente envolvido pelos companheiros de esquadrão. Os homens ficaram surpresos ao ver o alto americano vivo. Apertando sua mão e dando tapinhas nas costas repetidamente, os homens do esquadrão o levantaram do chão e o levaram para a tenda da refeição. Lá, alguém havia assado um enorme pato e outra pessoa havia encontrado um caso de bom vinho francês. Imediatamente uma festa começou quando alguém chegou com um gramofone e alguns discos. Levou mais uma hora antes que ele eventualmente se libertasse e caminhasse até sua tenda para desabar em sua cama. Ele estava dormindo antes mesmo de sua cabeça tocar o duro travesseiro improvisado que havia roubado das posses de uma das vítimas infelizes do esquadrão algumas semanas antes.

Na manhã seguinte, bem cedo, ele se viu completamente vestido e recém-barbeado, sendo escoltado ao escritório do coronel Wingate pelo sargento Burton. Mas, pela vida dele, ele não tinha nenhuma lembrança de ter se levantado, se vestido ou se barbeado.

—Ah, capitão!— exclamou Wingate ao entrar na pequena sala do coronel e fechar a porta atrás de si. —Parabéns! Você vai receber uma medalha pela sua pequena missão de resgate. Tanto os franceses quanto nós vamos prender medalhas no seu peito.

—Eu preferiria mais um dia ou dois de sono, coronel.

—Sim, dormir seria maravilhoso. Eu não tenho tido uma boa noite de sono desde que chegamos ao continente, e desde a morte do Sargento Grimms, tenho dormido ainda menos. Meu

Deus, capitão, precisamos encontrar o assassino antes que ele ataque novamente!

—Como está nosso prisioneiro?

—O rapaz alemão?— Wingate murmurou, servindo dois copos de vinho e entregando um a Jake. —O pobre rapaz está preso em um galpão e sob guarda armada dia e noite. Raramente é permitido sair de sua cabana com medo de que nosso assassino tente matá-lo. Ele está apavorado. Deveria ser um prisioneiro de guerra. Ele espera ser enviado para um campo de prisioneiros, mas a cada dia que passa conosco, ele fica mais temeroso.

—O quartel-general do exército ainda está ocupado demais para vir buscá-lo?

—Eles estão em estado de pânico, Reynolds. Os boches estão cambaleando por toda a região e aparentemente a luta se tornou feroz. Paris ainda está em jogo e nosso trabalho é manter o exército o mais próximo possível de Paris. Mas para adicionar a esses problemas há uma grande necessidade de suprimentos chegando à linha de frente. Entre os alemães respirando em nosso pescoço e nossos garotos não tendo munição suficiente para lutar e um assassino em nossas mãos, estou seriamente pensando em ter um colapso nervoso.

Jake concordou e levantou o copo de vinho para os lábios. O soldado alemão era a única testemunha da defesa de Oglethorpe. Sem sua história para apoiar a história do tenente, o jovem tenente Oglethorpe certamente seria condenado por assassinato.

Então, por que o jovem soldado não havia sido alvo de assassinato? Franzindo as sobrancelhas, Jake recostou-se e começou a pensar nesse problema.

—Decidi fazer algumas investigações na Inglaterra, capitão. Investigar discretamente o general. Tenho amigos que nos fornecerão as informações que precisamos. Presumindo, é claro, que encontrem algo interessante.

—Sim, e precisamos reunir informações sobre os homens também. Informações de antecedentes sobre de onde vieram e como foram designados para nós. Se o assassino faz parte do esquadrão, deve haver uma razão pela qual ele está tentando destruir a família Oglethorpe de maneira tão diabólica.

Terminando seu copo de vinho, Jake colocou o copo na mesa e se levantou.

—Vou encontrar o mordomo do Oglethorpe e conversar com ele. Seu envolvimento com a família Oglethorpe remonta a muito tempo atrás. Se alguém tiver uma ideia do porquê o tenente, ou seu pai, está sendo alvo, seria ele.

—Tenha cuidado—, Wingate murmurou em voz baixa, sentando-se lentamente atrás de sua mesa de maneira cansada. —Sabe, Capitão Reynolds, se não tomar cuidado, você pode ser a próxima vítima do nosso assassino. Fazer muitas perguntas pode convencer nosso louco de que você está se aproximando demais. Se eu fosse você, me armaria e nunca pararia de olhar por cima do ombro.

Jake parou no meio da porta, olhou para o coronel rechonchudo e sorriu enquanto acenava com a cabeça e alcançava atrás de si e retirava a Colt .45 automática de aço azul modelo 1911.

—Eu e Samuel Colt nos tornamos inseparáveis.

A primeira pessoa que Jake queria encontrar era o pequeno batman que se chamava Higgins. Mas por mais que tentasse, ele não conseguia encontrar o homem em nenhum lugar do terreno. Era como se ele tivesse desaparecido. Sentindo-se desconfortável com a habilidade do homem de aparentemente desaparecer no ar, Jake entrou na grande tenda e encontrou o sargento Lonnie Burton e alguns dos soldados trabalhando duro reconstruindo vários motores. O calor do dia tornava a tenda insuportável, mas o sargento e seus homens ignoravam o calor e seus corpos suados. Eles trabalhavam metodicamente tentando fazer com que alguns dos motores mortos voltassem a funcionar. Fazendo um sinal para o sargento sair da tenda com ele, Jake observou o sargento, que era fortemente construído, se afastar do motor Le Rhone desmontado e sair do hangar, enxugando vigorosamente as mãos encharcadas de óleo com um pano quase limpo.

—Senhor?

—Lonnie, vamos falar um pouco sobre o Sargento Grimms.

Burton assentiu enquanto tentava enxugar o suor da testa com o pano sujo. Mas o dia estava muito quente e ele havia passado muito tempo na tenda para parar de suar. Mal tinha limpado a testa e pequenas gotas de suor se transformaram em pequenos riachos, que por sua vez se juntaram em grandes gotas d'água que escorriam loucamente por sua testa e em suas sobrancelhas espessas.

—Estou contente que tenha perguntado sobre Grimms, senhor. Tenho pensado muito nele ultimamente e como costumava ser um fuçador.

—Fuçador?

—Sim, Grimms gostava de se meter nos negócios de todo mundo. Por alguma razão estranha, ele gostava de provocar o tenente. Mas havia vários de nós que Grimms gostava de irritar. Ele costumava deixar Randy... Erm... Randal, o sargento Holms... Completamente furioso. Mas quando o pequeno homem do tenente veio e se juntou a nós pouco antes de partirmos, pensei que Grimms fosse explodir.

—O que você quer dizer? Grimms ficou feliz em ver o sargento Higgins?

—Não sei se você pode dizer que ficou feliz, senhor,— suspirou o sargento, limpando o suor da testa novamente e olhando para o sol. —Meu Deus, o que eu daria por uma cerveja gelada. Mesmo uma morna!

Sorrindo, Jake inclinou a cabeça em um gesto indicando para o sargento segui-lo. Caminhando pelo campo vazio em frente à brilhante tenda vermelha, os dois homens seguiram para a grande tenda verde, muito retangular, usada como tenda da cantina. Ao entrar, Jake virou-se para olhar para um dos cozinheiros no fundo e levantou dois dedos. O cozinheiro acenou com a cabeça, sorriu com os dentes e desapareceu nos fundos da tenda.

—Eu dei uma tarefa para o Louie outro dia—, começou o americano grande, virando-se para olhar para o sargento e puxando uma cadeira de madeira simples na frente de uma mesa improvisada de tábuas de madeira brutas pregadas juntas. —Eu tenho um amigo em Paris que pode, digamos, adquirir certas necessidades se houver dinheiro envolvido. Então eu disse a Louie para entrar em contato com ele e ver se ele poderia nos encontrar uma caixa de gelo portátil.

Louie, o cozinheiro, sorrindo com uma boca cheia de dentes brancos brilhantes, reapareceu com duas garrafas grandes de cerveja. Cerveja que parecia ter acabado de ser retirada de um lago gelado.

—E voilà, sargento! Uma cerveja gelada, como você pediu.

Lonnie Burton só pôde olhar por alguns segundos, em espanto estupefato, para a garrafa de cerveja inglesa oferecida a ele por uma mão estendida. Ele pegou e imediatamente pressionou a garrafa fria em sua testa suada.

—Deus o abençoe, senhor. Cerveja gelada. Devo ter morrido e ido para o céu. Onde você encontrou essa cerveja celestial!

Louie sorriu e puxou um palito de dente de dentro do avental que envolvia sua grande barriga e piscou para um Jake sorridente. Jake riu e deu de ombros.

—Pergunte ao nosso chef residente. Eu disse a ele que se pudéssemos conseguir uma caixa de gelo grande o suficiente, encontraríamos uma maneira de fornecer cerveja. Aparentemente, o homem teve sucesso em sua busca.

—Enuf cerveja para todo o esquadrão.— Louie sorriu

enquanto se virava e voltava para sua cozinha. —E tenho um fornecimento chegando uma vez por mês.

Burton levantou a garrafa até os lábios e inclinou a cabeça para trás. O líquido gelado desceu pela garganta por vários segundos antes de ele baixar a garrafa e olhar para Jake. Recostando-se em sua cadeira, o mecânico-chefe do esquadrão suspirou contente e colocou cuidadosamente a garrafa meio vazia sobre a mesa.

—Caramba, cerveja gelada. Agora, se pudéssemos juntar alguns dos nossos velhos ônibus novamente, ou melhor ainda, conseguir alguns novos ônibus.

Jake deu um gole na cerveja e sentiu o líquido frio descer pela garganta. Realmente tinha um gosto bom. Isso faria os homens relaxarem um pouco quando fosse distribuído a eles nos próximos dias. Todos no esquadrão sabiam que havia alguém entre eles que era um assassino. Era difícil manter esse tipo de especulação longe de seus ouvidos. No entanto, surpreendentemente, os homens continuavam a trabalhar como uma unidade. Todo mundo designado para um trabalho específico estava fazendo o seu melhor para permanecer em seu posto. Para surpresa de Jake, ninguém havia solicitado uma transferência. Parecia haver essa determinação silenciosa de levar essa crise ao seu objetivo final. O esquadrão havia sido apressadamente montado na Inglaterra e imediatamente jogado no meio da luta. Parecia que esse batismo de fogo havia sido uma força forte o suficiente para forjar a unidade com algum tipo de vínculo invisível forte o suficiente para resistir a qualquer coisa.

Ocorreu a Jake que uma das principais razões pelas quais os homens se uniram em uma unidade coesa era devido a esse homem sentado na frente dele. Lonnie Burton era um homem trabalhador e determinado que tinha um talento natural para liderar homens. Quase todos os soldados olhavam para ele em busca de orientação. Quando o trabalho mais difícil tinha que ser feito, ou algum dever tinha que ser realizado que outros evitariam, esse homem daria um passo à frente e colocaria tudo em seus ombros sem pronunciar uma palavra de protesto. Em muitos aspectos, ele agia mais como um oficial de linha de primeira classe do que como um suboficial.

—Por que você acha que Grimms ficou feliz em ver o Sargento Higgins chegar, Lonnie?

—Lembra quando Higgins chegou? Estávamos de volta à Inglaterra na época. Foi talvez uma semana antes de partirmos. Estava chovendo naquela noite. Uma chuva forte que não queria parar. Grimms e eu e alguns outros homens estávamos terminando de envernizar as asas de um dos Farmans quando este grande caminhão de suprimentos veio arando pela lama na frente do hangar e freou bruscamente. Estávamos esperando algumas peças de motor. Mas o Higgins estava lá, sem peças.

Ele pegou a garrafa de cerveja e levou-a aos lábios para terminar rapidamente. A garrafa ainda estava fria o suficiente para rolar pela testa antes de ser colocada de volta na mesa. Abanando a cabeça em descrença, ele sorriu e olhou para Jake com apreciação.

—Meu Deus, todos vocês americanos são ricos?

—Nem todos nós, Lonnie. Alguns de nós tiveram que trabalhar para conseguir o que temos hoje.

—É? Engraçado. Eu trabalhei duro a vida toda e nunca serei rico.

—Se você encontrar um talento, ou tiver uma ideia que ninguém mais teve, ou melhor ainda... Se casar com alguém bonito e rico... Você pode se surpreender.

O NCO suado e sujo sorriu com prazer e balançou a cabeça.

—Sim, talvez.

—Então, o que foi tão interessante sobre a chegada do Higgins naquele momento?

—Ah. Sim. Bem, foi só estranho o que Grimms disse, só isso. Estávamos em pé na frente da tenda, trabalhando em alguns motores naquela noite e apreciando o ar fresco que a chuva estava trazendo, quando vimos Higgins sair da cabine do caminhão com uma grande bolsa. Grimms o vê, solta um grito de surpresa e sai correndo na chuva para apertar a mão do pequeno homem. Surpreendeu-me muito, senhor. Observando-os, você teria pensado que eram irmãos perdidos há muito tempo ou algo assim.

—Então, o que Grimms disse que foi tão interessante?

—Sim, é isso mesmo. Grimms e Higgins ficaram na chuva por cinco, dez minutos, ficaram encharcados e conversando seriamente um com o outro, e depois Higgins pegou sua bolsa e foi encontrar o tenente Oglethorpe. Grimms voltou para a tenda com um grande sorriso feio no rosto e fogo nos olhos, me piscou e disse: 'Vai ter uma dança animada para todos aqui nos próximos dias, Lonnie, meu garoto!' E isso é tudo que ele disse. Nem mais uma palavra.

Jake recostou-se na cadeira e olhou especulativamente para o sargento. Aparentemente Grimms e Higgins se conheciam de algum outro momento. Desde que Higgins estava na equipe do Sir John, isso significava que Grimms também estava? Jake estreitou os olhos quando uma ideia estranha explodiu em sua cabeça. Grimms era outro dos homens do Sir John inseridos silenciosamente no meio do esquadrão para manter um olho em seu filho? Talvez o general tenha ouvido algo que pudesse ameaçar seu filho?

Maldição. Ocorreu a Jake que ele daria quase tudo para poder descobrir do que Grimms e Higgins falavam naquela noite chuvosa.

— Então, por que Grimms irritou o Sargento Holms?

— Eu não sei. Grimms era esse tipo de cara, você sabe. Só funcionava nos nervos das pessoas. Mas quer saber algo estranho? Grimms realmente gostou do tenente, embora ele tenha tido algum prazer perverso em irritar o tenente. O tenente nunca estava muito longe da vista de Grimms, bem, não muito longe de sua vista até que Higgins apareceu. Depois disso, quase se podia dizer que os dois mantiveram o nosso tenente debaixo de olho. Entende o que quero dizer, senhor?

— Sim, acho que sei, Lonnie — respondeu Jake e virou-se para olhar para a frente da tenda quando o som inconfundível de alguém soprando alto o apito de um policial podia ser ouvido do outro lado do campo.

— Uh oh. Problemas — o sargento grunhiu, saindo de sua cadeira rapidamente e apressado pela porta da tela da tenda em um borrão de movimento.

Jake correu atrás de Lonnie, que já estava correndo desesperadamente pelo campo aberto e gramado na frente da tenda vermelho-sangue. Na frente do sargento estava uma figura solitária que estava em pé na frente de um grupo de árvores e acenando loucamente em direção a eles. Homens estavam correndo em direção ao único sentinela, com metade deles sendo a companhia de infantaria britânica designada para o dever de perímetro para o esquadrão. O soldado acenando para eles estava apitando alto enquanto continuava a acenar freneticamente para que todos se apressassem.

—Sargento! Sargento! Aqui! Meu Deus, que bagunça terrível. Você não vai acreditar no que eu encontrei!

Era uma bagunça terrível. Era o corpo do pequeno assistente pessoal de um oficial, deitado em posição fetal em uma poça seca e preta de sangue na base de uma grande árvore. Sua garganta havia sido cortada. Mas não apenas cortada. Mais como se a cabeça tivesse sido decapitada. A única coisa que mantinha a cabeça do homem no corpo era o cabo escuro visível da coluna vertebral do homem. Jake e o sargento deslizaram para um fim e olharam para baixo para o corpo.

—Lonnie, isole esta área. Consiga que alguns dos homens isolem esta área imediatamente.— Jake gritou, olhando rapidamente para o sargento e depois se ajoelhando para olhar mais de perto o corpo. —E traga o coronel aqui o mais rápido possível!

—Sim, senhor!

Mais homens corriam para ver o que estava acontecendo e a multidão começou a crescer rapidamente em tamanho.

—Leve um suboficial até a cabana onde está nosso prisioneiro com mais guardas armados, sargento. E rápido, droga, rápido!

Jake olhou furiosamente para os homens antes de olhar para o vislumbre horrível deitado no chão. Com uma compreensão sombria, ele percebeu que poderia ser tarde demais. Encontrar Higgins morto com a cabeça cortada atrairia todos para este local. Incluindo, talvez, os guardas encarregados de proteger o prisioneiro alemão.

—Meu Deus, é Higgins— Wingate sibilou enquanto abria caminho pela multidão, apenas para parar de repente e olhar com espanto sem cor para baixo, para o corpo. —Maldição, capitão. Outro maldito assassinato. Outro assassinato.

Jake não estava ouvindo Wingate. Em vez disso, ele começou a inspecionar o corpo do pequeno batman. Enquanto os homens gemiam e até corriam para vomitar violentamente atrás de uma árvore, ele começou a revolver as roupas do homem. A primeira coisa que Jake notou foi que o homem estava de pijama. Nos pés de Higgins havia um par de chinelos, e caída no chão, logo abaixo do seu corpo, havia uma grande vela recentemente usada. Parecia muito estranho um homem morto ser encontrado de pijama em uma zona de combate. Mas então, por que não? Isso só acrescentava ao estranhamento deste caso bizarro.

—O que diabos você está fazendo?— gritou Wingate quando os sons do motor de uma motocicleta começaram a rugir do outro lado do campo em direção a eles.

—Procurando evidências, coronel— grunhiu Jake, sem olhar para cima, mas continuando a trabalhar com calma e imperturbável na tarefa macabra. —Posso sugerir que mandemos os homens saírem daqui e voltarem para seus trabalhos? Uma sugestão adicional pode ser cancelar todas as permissões e manter todos confinados à base.

—Ah, você tem uma boa cabeça, capitão. Vou cuidar disso imediatamente—. Wingate grunhiu, levantando-se de repente e dando ordens, forçando os homens a se dispersarem rapidamente.

Alguém deslizou pelo meio da multidão dispersa e se ajoelhou ao lado dele. Era Burton e ele parecia aliviado.

—Capitão, nosso prisioneiro está vivo e bem. Bobby Bibbins estava de guarda vigiando ele, senhor. Ele não deixou o posto quando a confusão começou. Bobby disse que nada de incomum, além de ouvir os apitos de alarme tocando, aconteceu durante todo o dia. Mas apenas por precaução, eu atribuí quatro homens a mais para vigiar o rapaz.

—Bom—. Jake acenou com a cabeça enquanto lutava silenciosamente para abrir a mão direita do homem morto, que estava em um punho cerrado. —Encontre um grupo de homens em quem você possa confiar e comece uma busca imediata nas tendas de todos.

— Sim, senhor, mas o que devo procurar, senhor?

—Uma faca ensanguentada. Botas cobertas de sangue. Roupas. Qualquer coisa, Lonnie, que possa parecer suspeita. Quero que todos sejam responsabilizados. Todos, você entende!

—Sim, senhor, vou começar imediatamente.

O grande sargento saltou para os pés e correu apressadamente de volta para a motocicleta. Enquanto o motor da motocicleta se dissipava ao longe, Jake finalmente descascou um par de dedos da mão direita do homem morto, que estava cerrada em um punho. A mão agarrava um pedaço rasgado de pano que Higgins deve ter arrancado da roupa de seu atacante. No pedaço de pano havia uma espessa mancha de graxa, juntamente com o distintivo de patente de sargento.

Alguns minutos depois, Jake se levantou e se afastou do corpo e depois olhou para o pano com a patente de sargento costurada. Deve ter sido arrancado da roupa do assassino sem que ele percebesse que havia acontecido. Alguém vestido com um uniforme de sargento, alguém que, pela aparência do solo e pela forma como a cabeça foi cortada de forma tão selvagem, era consideravelmente mais alto e forte do que Higgins, de alguma forma atraiu o pequeno servo para este local isolado e o matou. O assassinato deve ter acontecido tarde da noite ou de madrugada, enquanto todos ainda dormiam. Suspirando, Jake pegou uma toalha que um dos homens designados para guardar o corpo ofereceu e limpou o sangue de suas mãos.

Por que Higgins viria aqui no meio da noite, vestido com seu pijama, sabendo que havia um assassino à solta? O que levaria um homem naturalmente cauteloso como Higgins a correr um risco tão grande? Abanando a cabeça, Jake não conseguia ver isso acontecendo. Mas as evidências pressionadas na grama seca e espessa eram inegáveis. Alguém havia esperado pacientemente debaixo da árvore na escuridão antes de Higgins chegar. Eles conversaram por um momento ou dois antes que o agressor agarrasse o pequeno homem e o matasse. A maneira como o solo estava pouco perturbado indicava aos olhos atentos do americano que não houve muita resistência. Isso significava que Higgins veio aqui encontrar alguém em quem ele pensava que podia confiar.

Jake respirou fundo e soltou o ar lentamente. Droga. Agora era ele quem precisava de uma cerveja.

OITO

A CADA SEGUNDO QUE PASSAVA, o rosto vermelho do coronel ficava mais escuro.

Ficava mais irritado.

O Coronel Wingate sentou-se atrás de sua mesa com o telefone de campo em sua orelha e uma expressão de raiva sombria lentamente agitava suas entranhas em uma fina fúria. Jake sentou-se do outro lado do coronel, uma perna cruzada sobre a outra, a cadeira inclinada para trás e apoiada na parede. Atrás do coronel estava a única janela do quarto. Enquanto o coronel continuava a segurar o telefone em sua orelha, Jake contava o número de caminhões que passavam lentamente pela estrada empoeirada, cheios dos feridos da batalha. Durante os vinte minutos em que o coronel estava conversando, o americano de olhos cinzentos contou trinta e sete caminhões. Trinta e sete grandes furgões cheios de mortos ou moribundos, enquanto a luta ao redor do Marne seguia em direção a Paris com sua carga sombria. Parecia não haver fim à vista do lento comboio em movimento. Com desprezo, o coronel grunhiu algo como um assentimento e bateu o telefone no gancho quando se virou para encarar o americano.

—A sede está ocupada demais para enviar alguém aqui para investigar os assassinatos. Ocupada demais, entenda bem — ele quase gritou, voando para fora de sua cadeira enquanto pegava dois copos limpos e uma garrafa de conhaque fresco de um arquivo. —O que é mais importante para eles é que coloquemos uma máquina em reconhecimento das posições do Heine, a oeste de Chateau-Thierry. Eles acham que há um buraco se desenvolvendo entre dois exércitos boches e querem que confirmemos isso o mais rápido possível. Droga, estou lhe dizendo, capitão, este mundo está indo para o inferno em um cesto. Esta maldita guerra vai nos destruir a todos.

—Estamos reduzidos a apenas duas máquinas em condições de uso, Coronel. O restante foi desmontado para peças ou completamente destruído. Se não recebermos substituições em breve, é melhor pegarmos uma arma e nos juntarmos à pobre infantaria desarmada.

—Sim, e este é outro problema, capitão. Conseguir qualquer coisa de suprimentos tem sido uma grande dor de cabeça. Então vou mandá-lo diretamente para Villeneuve-le-Roi. Traga de volta o maior número possível de máquinas novas, mesmo que tenha que trazê-las de avião, uma a uma. Quanto à missão de reconhecimento, enviaremos McAdams na próxima hora.

Jake concordou com a cabeça e sorriu. Villeneuve-le-Roi ficava a apenas dez milhas ao sul de Paris. Isso apresentava uma oportunidade perfeita para ele fazer um desvio para a cidade com a Van Eck cuidadosamente escondida em uma valise. Ele sabia exatamente o negociante de arte com quem iria lidar. O negociante, por uma pequena porcentagem do lucro, não faria perguntas. Ele entregaria a pintura ao comprador que Jake sabia que pagaria muito dinheiro pelas três placas de madeira. O negociante, um velho amigo, até depositaria a transação na conta bancária suíça de Jake para ele.

Leve um dos mecânicos com você, caso tenha problemas na

volta. Eu já informei o depósito que você está vindo. Eles prometeram nos entregar quatro B.E.s novíssimos. Hum! Veremos.

Jake assentiu, terminou sua bebida, levantou-se e começou a se virar para sair, mas parou e olhou novamente para o coronel quando viu algo passar pelo rosto rechonchudo do homem.

—Oh, outra coisa, Reynolds. Aquelas investigações que fiz sobre Sir Oliver e sua família? Aparentemente algo realmente sério aconteceu. O pai do tenente está descansando em um hospital inglês e não pode ser contatado. Ninguém no QG sabe exatamente o que está causando a doença do general, mas pelo que entendi, parece ser muito grave.

—E a mãe do tenente?

—Hmmm,— murmurou o coronel, ficando ainda mais confuso enquanto olhava para baixo e para o seu copo meio vazio. —Parece haver alguns problemas conjugais entre o general e sua esposa. Ninguém conseguiu entrar em contato com a mãe do tenente nas últimas duas semanas.

Estreitando os olhos, Jake pensou nas últimas palavras. A esposa de Sir John era a contraparte feminina do filho. Vivaz, espirituosa, charmosa e teimosa, a mãe do tenente havia sido, nos últimos quarenta anos, uma combinação à obstinação sombria de seu pai. Sua família percorria as fileiras da elite do poder da Inglaterra ainda mais facilmente do que a de Sir John. Ela era, sem dúvida, a anfitriã mais renomada de toda Londres. Quando Margaret Oglethorpe dava uma festa, geralmente se tornava o evento social da temporada. Ela mimava seu único filho e havia salvado James Oglethorpe da ira de seu pai inúmeras vezes. De repente estar desaparecida agora, com seu filho na linha de frente e seu marido no hospital, parecia claramente fora de caráter.

—Ainda estou buscando mais informações—, continuou o

coronel, olhando para cima do copo e para Jake. —Mas vai levar tempo.

—E não temos tempo, coronel. A pergunta a ser feita é por que Higgins teve que morrer. O assassino teve que ter um motivo para fazer um ato tão imprudente e ousado, e obviamente, ele deve atacar novamente, seja em nosso prisioneiro alemão ou no próprio tenente. Os próximos dias serão muito perigosos, acho eu, para o tenente.

—Eu concordo— assentiu Wingate antes de rapidamente terminar sua bebida. —Vou pedir a Burton que duplique a guarda em torno de ambos os homens. Sinto que temos o sargento encarregado de proteger o tenente e nosso prisioneiro. Uma pena. Ele teria sido um excelente oficial.

Jake assentiu e abriu a porta, pisando na ampla sala usada pelos escriturários do esquadrão. Por um momento, ele ficou parado na frente da porta, observando distraído os cinco escriturários trabalhando em suas mesas. Seu cérebro estava processando a conversa que acabara de terminar.

O general estava doente e incomunicável, e sua esposa estava desaparecida. O que isso significava? O que havia de errado com o homem de ferro e sua vontade de ferro indomável? Onde estava a esposa de Sir John? Foi a mulher desaparecida que fez Jake ficar parado na frente da porta do coronel e não se mover. No fundo de sua mente, ele tinha esse sentimento inquietante, esse alarme silencioso de algo que estava terrivelmente errado. Na verdade... Ele tinha dois sentimentos separados assim. Um deles era definitivamente sobre a revelação do desaparecimento da mãe do tenente. Havia algo muito ameaçador nessa revelação. Não saber a fonte de suas preocupações deixava Jake ainda mais inquieto.

Mas foram as segundas séries de alarmes mentais que o perplexiam. Eles eram vagos, sem forma e não tinham relação com nada. No entanto, eram bastante fortes e insistentes. Eram o tipo de alarmes mentais que não desapareceriam. Ao longo dos anos, ele aprendeu a confiar em seus instintos. Especialmente em confiar nesses alarmes vagos e indefinidos. Quase invariavelmente, eles o salvaram de inúmeras armadilhas. Mas qual era a fonte? Onde ele procuraria, como poderia ser cauteloso, se não tivesse ideia do que o perigo poderia ser?

Abanando a cabeça em desgosto, ele saiu da casa de fazenda e começou a caminhar pela fileira de hangares de lona. Encontrando o Sargento Holmes e outro mecânico, o Cabo Walter Mathes, ambos mergulhados nos meandros de um motor Le Rhone, ele disse ao sargento para fazer as malas e estar pronto para sair em meia hora.

—Ah, desculpe, senhor, mas eu realmente tenho que ficar aqui — Holmes começou, sorrindo com desculpas enquanto recuava da mesa cheia de peças na qual o motor Le Rhone estava desmontado. —Eu tenho um negócio em andamento com um esquadrão francês próximo. Estou tentando trocar uma caixa de bom bourbon canadense por algumas peças para os Farmans. Se eu conseguir ir lá esta tarde, talvez consiga arranjar peças suficientes para fazer os dois Farmans voltarem ao ar até amanhã. Mas se o senhor precisar de um bom homem para ir com o senhor, leve o Wallie aqui. Ele é tão bom quanto eles vêm com uma chave de boca. O senhor mesmo sabe disso, senhor.

Jake concordou com a cabeça. O cabo Walter Mathes era apenas um garoto loiro de dezoito anos, com um sorriso cheio de dentes, recém-chegado das ruas de Calgary. Mas ele tinha um talento para consertar coisas e era uma pessoa agradável para todos. Concordando, ele disse ao cabo para estar pronto para sair dentro de uma hora antes de se virar e dirigir-se a uma tenda singular que ficava afastada das fileiras de tendas usadas pelo pessoal do esquadrão.

Os soldados rasos haviam erguido uma tenda sob a sombra de um grande carvalho próximo a um riacho de água corrente.

A sombra fresca combinada com a brisa que vinha do córrego quase tornava a tenda de Oglethorpe habitável. Quando ele se aproximou, Jake notou dois soldados de infantaria corpulentos de guarda. Os soldados se colocaram em posição de sentido rapidamente e Jake prestou continência enquanto abaixava a cabeça para entrar na tenda.

James Oglethorpe estava sentado em sua cama com os cotovelos apoiados nas pernas e segurando a cabeça entre as mãos, olhando fixamente para o chão em total e completa desolação. Com apenas um olhar, Jake soube que era mais do que a dor física que estava afetando o tenente. Muito mais do que apenas dor física. Era fácil ver que algo estava corroendo o homem por dentro e que estava prestes a matá-lo no processo.

—Jim, ouça, vou estar fora por alguns dias, então antes de partir eu queria sentar com você e ver se podemos reunir mais informações.

—Que informações?— o tenente murmurou. Até mesmo o espírito do homem parecia estar quebrado. —O que posso dizer que trará Higgins de volta?

Jake sentou-se na cama oposta e olhou para o jovem. Oglethorpe continuou sentado com a cabeça entre as mãos e parecendo a essência do desespero em pessoa. Pálido e magro, Jake sabia que o tenente não tinha comido nada nos últimos dois dias. Ainda envolto em bandagens ao redor da caixa torácica, o jovem parecia incrivelmente magro e incrivelmente fraco.

—Para começar—, Jake começou cruzando os braços na frente dele, —você pode me dizer o que aconteceu com sua mãe.

Distintamente ao longe, Jake ouviu o assobio de projéteis de artilharia alemãs de 155 mm arqueando pelo ar e depois caindo com explosões ensurdecedoras logo ali na estrada. Cada explosão fazia com que o conteúdo da tenda e tudo o que havia dentro dela tremesse, com a última bomba caindo bem perto.

Tão perto que fez a tenda oscilar visivelmente como se estivesse em um terremoto.

—Cristo, é tudo o que precisamos agora!— sibilou o tenente, de repente sentando-se e olhando fixamente para a saída da tenda. —Mas o que diabos? Talvez uma bomba tenha o meu nome escrito e me encontre. Explodido em um instante. Sem dor. Sem bagunça. Apenas obliteração instantânea.

—Jim, e sua mãe? Onde ela está? Por que ela não está com seu pai enquanto ele fica no hospital?

—Hospital?

As últimas palavras de Jake trouxeram a atenção total do tenente de volta para o grande americano. Ele parecia surpreso e confuso.

—O pai está no hospital? Onde? Qual é o problema?

—Estamos tentando descobrir— respondeu Jake enquanto percebia que isso era uma surpresa genuína por parte de Oglethorpe. Ele obviamente não sabia nada sobre a doença do general. —É difícil obter detalhes agora. Tudo o que sabemos é que ele está em um hospital em algum lugar da Inglaterra e não pode ser contatado. Sua mãe também não pode ser encontrada.

Lágrimas brotaram nos olhos do tenente e começaram a rolar por suas bochechas. Ele levantou um braço e as enxugou com as costas da mão. Jake sentou-se em silêncio e assistiu o jovem homem se desmoronar emocionalmente. Enquanto assistia, ele notou que a mão do tenente tremia visivelmente com o esforço.

—Jake, eu estraguei minha vida. Arruinei meu pai. Pior do que isso, eu o envergonhei. Fui a causa da minha mãe deixar meu pai e agora parece que eu vou ser a fonte da morte do meu pai!

—Como, Jim? Fale comigo. Vamos colocar tudo isso em aberto. Pode muito bem ser a coisa que precisamos para encontrar o nosso assassino.

James Oglethorpe olhou para Jake de repente com os olhos brilhantes da febre, levantou a cabeça e começou a rir histérico. Jake, surpreso, nada disse, mas assistiu e esperou até que a crise de riso passasse. Mas enquanto assistia, um arrepio frio correu pela sua espinha.

—Você acha que vai encontrá-lo, não é!— o jovem homem explodiu entre acessos de riso insanos misturados com a dor de suas costelas doloridas. —Você acha que vai detê-lo antes que ele mate novamente?

Acima, os gritos feios da queda da artilharia boche abafaram os delírios loucos de Oglethorpe e foram imediatamente seguidos pelo rugido ensurdecedor de uma explosão a poucos metros da entrada da tenda. A concussão da concha explodindo arrancou a lona da tenda de seus postes e jogou ambos os homens seis pés no ar. Ao cair de costas, Jake ficou momentaneamente atordoado e não conseguia respirar ou se mover. Mas ele estava ciente do som de mais conchas vindas. As concussões de cada explosão seguinte o lançaram novamente e novamente no ar com cada impacto do aço boche no solo francês. Era como se ele fosse uma bola de pingue-pongue insignificante sendo batida por deuses antigos. Ao cair no buraco recém-escavado pela concha, enquanto as terras caídas o espancavam impiedosamente, Jake rolou de costas e se forçou a se levantar. Cambaleando para fora do buraco, ele começou a procurar Oglethorpe enquanto mais conchas continuavam a cair sobre o campo de aviação.

Do outro lado do campo, ele viu a figura de Lonnie Burton e alguns homens alistados esquivando-se do inferno que explodia e da chuva de torrões de terra enquanto corriam em sua direção. O inferno de Dante estava explodindo ao seu redor enquanto ele se virava e gritava o nome de Oglethorpe. Mas o barulho das conchas explodindo o silenciava, e os torrões de terra que caíam o derrubavam e o jogavam de joelhos novamente... E então ele viu uma mão se levantando de um buraco.

Levantando-se, Jake correu para o buraco e encontrou Oglethorpe deitado de lado e coberto por um espesso rasgo carmesim de sangue fresco. Curvando-se, Jake levantou o tenente ferido da lama e o jogou sobre seu ombro. Ele começou a correr o mais rápido que pôde. As bombas estavam caindo por toda parte e rasgando o campo em pedaços. Buracos enormes apareceram em todos os lugares ao redor do americano correndo. O forte aroma de cordite queimado era sufocante. Os homens estavam correndo em busca de segurança. Mas não havia segurança a ser encontrada. As bombas Boche de 155 mm estavam rasgando o mundo em pedaços. Árvores estavam sendo arrancadas e arremessadas para o alto nos céus. A chuva de torrões e tufos de terra era interminável enquanto ele corria, esquivando-se de uma explosão após outra.

Uma bomba caiu a poucos metros de distância com um estrondo terrível. Ela enviou Jake e o tenente voando pelo ar, direto em direção a Burton e seus homens. Eles caíram na grama macia do campo, e Jake sentiu mãos agarrá-lo e levantá-lo de pé. Meio tonto e inconsciente, ele não resistiu.

Quatro horas depois, ele se encontrava sentado à mesa em uma calçada no meio de Paris. Era um pequeno café de calçada do qual ele gostava muito, e estava tomando café quente com o Cabo Mathes. Ele se encontrava desfrutando o passatempo ocioso de observar as mulheres bonitas passeando na escuridão que ia caindo. Grandes olhos o olhavam sugestivamente, sorrisos insolentes em seus lábios maravilhosos ofereciam certas possibilidades. Era quase oito horas da noite. A noite quente de verão trazia a promessa de se refrescar; eles se sentaram cercados por civis, mulheres e uma pitada de homens em vários uniformes entre as muitas mesas na calçada. Mas enquanto ele se sentava na mesa tomando café, o primeiro café de verdade que tinha em semanas, a mente de Jake continuava a voltar para aquela tarde.

Jake percebeu, logo antes das bombas começarem a cair como convidados indesejados, que James Oglethorpe estava escondendo algo dele. Escondendo informações importantes que eram cruciais para encontrar o assassino. Ele não conseguia se livrar da ideia de que era possível, apenas possível, que o tenente fosse o assassino e que o que quer que estivesse afetando sua mente estivesse fazendo-o cair lentamente em uma cova de insanidade. Será que o homem ia confessar seus pecados? Ou havia uma possibilidade ainda mais sinistra aqui? Oglethorpe conhecia a identidade do assassino e estava sendo mantido em segredo por algum meio nefasto? Alguma grande angústia mental estava destruindo o tenente em pedaços. O americano de cabelos escuros tinha a sensação de que o tenente estava prestes a revelar isso. Mas graças à exibição de artilharia indireta de Heine, tais revelações teriam que esperar até que ele voltasse ao esquadrão no dia seguinte.

Mais tarde naquele dia, ele e o soldado Mathes partiram depois que o bombardeio cessou e o dano coletivo do esquadrão foi avaliado. Oglethorpe foi gravemente ferido no ataque. Um pedaço pontiagudo de estilhaço se enterrara profundamente na coxa do tenente, atingindo uma artéria no processo. O jovem estava sangrando até a morte quando o Sargento Burton e seus homens finalmente os alcançaram e os levaram para um lugar mais seguro. Agora, descansando confortavelmente em um hospital de campanha temporário a apenas dois quilômetros do campo, Oglethorpe estava deitado em sua cama inconsciente e muito fraco para falar. Os médicos informaram que o tenente ficaria muito fraco para falar por vários dias. Com essa notícia, não restava nada para Jake fazer a não ser concluir a missão que o coronel havia lhe atribuído.

O bombardeio kraut foi lançado para atacar o quartel-general do BEF em Coulommiers. Mas em seu ataque, os boches basicamente caminharam pelo fogo da artilharia de uma extremidade da pequena vila francesa até a próxima, na esperança de explodir o QG do Exército e qualquer outra coisa que pudesse ter sido valiosa. O esquadrão foi apenas um alvo secundário. Exceto pelo campo que foi severamente perfurado pelos projéteis que caíam, muito pouco dano foi absorvido na propriedade física. O trabalho árduo dos membros do esquadrão logo teria o campo reparado para as operações.

Amanhã, cedo e brilhante, Jake e o cabo Mathes iriam subir na motocicleta com sidecar que usaram e deixar Paris em direção a Villeneuve-le-Roi. A partir daí, Jake tomaria posse de um novo B.E. 2c e voaria de volta para Coulommiers, com o cabo seguindo na motocicleta. Seria um processo lento transportar os quatro novos aviões de volta ao esquadrão. Ele teria que voar devagar e baixo para que o sargento, que estaria perseguindo-o na motocicleta, pudesse manter contato visual com ele. Mas Jake esperava que até o final do dia todas as quatro máquinas estivessem com o esquadrão e ele pudesse voltar a encontrar o assassino antes que outra vítima fosse descoberta.

—Cabo, tenho alguns negócios para cuidar— disse Jake, levantando-se e colocando a pequena valise na mesa enquanto retirava dinheiro e pagava a conta. —Vou encontrá-lo no hotel em duas horas. Precisamos pegar a estrada antes do amanhecer, então devemos dormir o máximo que pudermos. Francamente, um banho quente e lençóis limpos parecem o paraíso para mim agora. Estou ansioso por uma boa noite de sono.

—Eu também, senhor!— concordou o mecânico sorridente enquanto se recostava na cadeira com um copo cheio de vinho na mão. —Vou apenas sentar aqui no frescor da noite e assistir o mundo passar, se o senhor não se importa. Mas vou fazer com que a equipe do hotel traga a água quente que o senhor precisa para seu banho. Não se preocupe com isso.

Sorrindo, Jake assentiu e jogou algumas notas na mesa.

—Compre algumas garrafas de vinho bom para si mesmo, filho. Não fique muito bêbado. Mas divirta-se esta noite. Pode ser um longo tempo antes de vermos Paris novamente.

Mathes levantou o copo e acenou com prazer enquanto Jake agarrou a valise e começou a caminhar pela avenida congestionada. Não mais do que quatro quarteirões de distância, ele encontraria a loja do negociante de arte. Sorrindo, Jake achou a caminhada sob a avenida arborizada, um relaxamento que ele havia perdido há muito tempo. Ao redor dele, caminhando de braços dados, havia jovens em uniformes e suas jovens damas, cada um olhando para o outro com um amor mal dissimulado nos olhos. A guerra, parecia, tinha uma maneira de quebrar as concepções normais de etiqueta quando se tratava de romance. Havia uma sensação de urgência para esses amantes. Com a promessa de não sobreviver à guerra se tornando uma realidade sombria, era difícil para os amantes se conterem.

Por outro lado, a guerra também garantia que quase todo homem observado na rua estaria usando um uniforme. Apenas os muito velhos ou deformados não estavam usando um tipo de uniforme ou outro enquanto caminhava tranquilamente pela calçada. Poucos dos uniformes que ele viu eram dos uniformes de unidades de combate. Apenas oficiais de estado-maior e pessoal, com uma dispersão de alguns pilotos que haviam sido feridos e estavam se recuperando de seus ferimentos, pontilhavam as ruas. Homens em uniformes atribuídos a unidades de combate, especialmente unidades de infantaria, não eram vistos. Ficou claro com uma clareza sombria que todos os jovens entre dezoito e quarenta anos haviam sido enviados ao norte para salvar Paris da aproximação dos hunos.

Virando uma esquina e seguindo por uma pequena rua lateral, carregando a valise com as três pinturas da Madonna e da Criança escondidas com segurança, Jake parou subitamente ao ouvir o lamento de uma sirene alta.

—O Pombo-Tartaruga!— alguém gritou quando ele entrou na rua e apontou para cima.

Centenas de homens e mulheres correram para a rua e olharam para cima na semiescuridão, assim como Jake ouviu o inconfundível ruído do motor de quatro cilindros de um Taube alemão acima dele. Saindo para a rua, Jake estremeceu e quase se jogou nas pedras da rua, quando vários dos homens fardados ao seu redor puxaram suas várias armas laterais e começaram a atirar na máquina boche lenta que voava sobre suas cabeças. Mas, acalmando-se, ele virou sua atenção e olhou para cima na noite e viu o Taube diretamente acima dele.

O Taube - alemão para Pomba - era um monoplano elegante de dois lugares com asas e uma cauda montada para se parecer com um pássaro. Voando em círculos lentos e preguiçosos acima da cidade, e apenas a algumas quadras da torre Eiffel, que surgia imponente, ele assistiu com fascinação enquanto o observador no cockpit traseiro se inclinava sobre o lado do avião com algo pesado nas mãos. Enquanto vários homens nas ruas ao redor disparavam com revólveres, vários holofotes poderosos espalhados pela cidade de repente perfuravam a noite com colunas brancas de luz cegante e rapidamente silhuetavam o Hun na escuridão aveludada acima. Em pé na rua e olhando quase diretamente para cima, Jake assistiu o observador alemão abrir uma pesada bolsa de couro e despejar o conteúdo na noite. Mas antes de acabar com o entretenimento da noite, o Heine acenou para todos abaixo, enquanto seu piloto se virou e partiu em direção à massa de ferro forjado da Torre Eiffel.

Em uma chuva de folhetos caindo, o ar quente da noite foi preenchido com o ruído de papel suave e sussurrante. Agarrando um no ar, Jake leu com espanto antes de explodir em risadas roucas.

Povo de Paris! Rendam-se!
Os alemães estão às suas portas!
Amanhã vocês serão nossos!

Meu Deus, Jake pensou enquanto ria tanto que as lágrimas começaram a encher seus olhos. Certamente o diabólico Heine transformaria a cidade em terror absoluto caindo do céu! Ameaças em papel! Em vez de jogar bombas, eles estavam jogando ameaças em papel. A mente diabólica do Heine não conhecia limites! Com uma arma tão terrível lançada impiedosamente sobre as massas indefesas abaixo, o que mais os corajosos franceses poderiam fazer!

Corram! Corram! Salvem-se! O céu está caindo! O céu está caindo!

NOVE

SOMBRAS ESCURAS o escondiam da vista imediata.

Parando, ele tomou o tempo para estudar atentamente a rua atrás e à sua frente.

Paris - à noite e no meio de uma guerra - era muito escura e ameaçadora.

As ruas estavam desertas dos pedestres usuais e dos amantes passeando em direção ao Sena ou a algum novo bistrô ou clube. Não nesta noite. A guerra tinha uma maneira de fazer as ruas da cidade muito desertas. Satisfeito de que não estava sendo seguido, ele colocou a pesada maleta de tapete que estava carregando em um degrau e tirou do bolso interno de seu uniforme um maço de cigarros e uma caixa de fósforos. Acendendo um cigarro, ele exalou fumaça azul e permaneceu na escuridão enquanto seus ouvidos e olhos continuavam a vigiar seus arredores imediatos.

Ele não conseguia se livrar da sensação de estar sendo seguido.

Ele se sentia nervoso e inquieto. Desde que deixou o sargento no café, ele teve essa sensação de tripas de que alguém o seguia pelas ruas escuras de Paris. Mas isso era tudo. Uma sensação de tripas. Três vezes ele voltou atrás, cruzou ruas e mudou de rumo - e parou em lugares onde não podia ser visto e esperou que quem quer que fosse se revelasse. Mas nenhum ser misterioso se revelou. As ruas nesta parte residencial de Paris estavam quase desertas. Sem luz e desertas. Se alguém o estivesse seguindo, ele o teria observado agora. Mas não havia ninguém.

Nada.

Ainda assim. Ele continuava a se sentir tenso - desconfiado.

O peso pesado do Colt Government Model semi-automático calibre .45 feito nos Estados Unidos que ele tinha escondido debaixo da túnica parecia bem. Dentro da bolsa de lona estava o van Eck que havia sido retirado recentemente do exército alemão. Se ele conseguisse chegar ao seu apartamento, poderia fazer os arranjos para enviar a valiosa obra de arte para um comprador que sabia que pagaria generosamente por ela. Sem perguntas. Do outro lado da rua e a meio quarteirão estava a Rue de Compiegne 15, a sua residência permanente em Paris. Era um grande edifício de quatro andares situado no meio de uma rua residencial tranquila e arborizada, a apenas dois quarteirões do Sena e a menos de dois quilômetros da Torre Eiffel. Ele comprou-o pouco antes do início da guerra; era um edifício que ele usava como sua residência e como negócio.

O andar térreo era uma galeria de arte com peças raras à venda - legítimas obras de arte raras. Também exibia alguns dos melhores talentos encontrados na Europa. O último andar era seu apartamento e estúdio. O segundo e terceiro andares eram pequenos apartamentos alugados para vários indivíduos e casais que haviam sido cuidadosamente avaliados pelo gerente da galeria. O corpulento homem de bochechas de morsa e sua esposa alegre e sociável eram dois velhos amigos dos dias em que ele era um estudante de arte lutando para sobreviver dia após dia. Monsieur Gerrard tinha sido um dos seus instrutores de arte na academia. E ele e sua esposa - assim como Jake - lutavam para sobreviver diariamente.

Mas isso foi antes de Jake descobrir seus talentos latentes em forjar obras-primas. Não muito depois de fazer sua primeira peça e encontrar um certo tipo de cliente que precisava, ele comprou o prédio na Rue de Compiegne 15 e convenceu o Monsieur Gerrard e sua esposa a trabalharem para ele.

Agora, eles eram funcionários e confidentes confiáveis em seus vários negócios. Mais importante ainda, o velho artista e professor alegre era um hábil homem de negócios e um talentoso mensageiro. Ele sabia como mover peças raras de arte dentro e fora de países de maneiras quase infalíveis. Ele seria o responsável por mover o van Eck para a Suíça. O velho homem chegaria a Zurique primeiro, seguido logo em seguida pela pintura. A partir daí, um comprador adequado seria contatado e as transações financeiras seriam concluídas. Todo o processo seria realizado silenciosamente, discretamente, sem o menor indício de impropriedade. Todo o processo levaria menos de duas semanas para ser concluído. E Jake ficaria cinquenta mil dólares mais rico.

Jogando o cigarro de lado, ele se curvou e pegou a valise e começou a se mover. Somente o som de seus sapatos no pavimento da rua chegava aos seus ouvidos enquanto ele se aproximava de sua residência. Subindo os três degraus até a porta da frente do prédio, ele parou de repente e se virou para a direita.

A sombra dentro de uma sombra tremeluziu no canto do seu olho. Ou... ele pensou que era uma sombra. Descendo uma rua lateral à direita das altas residências de tijolos, desapareceu. Mas sem fazer nenhum som. Nenhum som mesmo. Franzindo a testa, segurando a chave da porta da frente em sua mão, ele não conseguia decidir se realmente viu uma sombra se movendo - ou talvez fosse apenas seu nervosismo brincando com ele. Abrindo a porta, ele entrou e fechou a porta atrás dele. Certificando-se de que a porta estava trancada com segurança, ele silenciosamente começou a subir as escadas até seu apartamento. Entrando em seus aposentos, ele gentilmente depositou a valise na mesa de jantar e depois se dirigiu às grandes portas francesas que davam para a varanda do apartamento e puxou as cortinas antes de acender as luzes.

Tirando seu uniforme, ele ergueu a grande Colt em uma das mãos e começou a colocá-la na mesa ao lado de sua cama antes de ir tomar banho. Mas ele pausou. A sensação de que algo estava errado ainda o incomodava. Mas ele deu de ombros e decidiu que não poderia tomar banho e segurar a arma na mão ao mesmo tempo. E além disso, se houvesse problemas, ele realmente não queria usar a Colt de qualquer maneira. O barulho seria ensurdecedor e acordaria todo mundo no prédio. A polícia seria chamada. Haveria uma investigação. Perguntas seriam feitas. Perguntas que eventualmente levariam ao que estava dentro da valise sentada na mesa de jantar. Não. Era melhor manter a polícia afastada do 15 Rue de Compiegne.

Ele sorriu travesso. Era apenas seus nervos brincando com ele. Ele estava nervoso por carregar a obra-prima roubada pelas ruas vazias da cidade tão descaradamente. Ele estava nervoso por causa do que o coronel havia mencionado casualmente antes - que o assassino poderia estar caçando-o como sua próxima vítima. Sua imaginação estava ficando fora de controle. Um longo e quente banho o acalmaria e dissiparia seus nervos. Sorrindo para si mesmo, ele se virou e foi em direção ao chuveiro.

Mas não funcionou. Se alguma coisa, ele se sentiu ainda mais agitado. Ele tinha visto uma sombra se mover lá fora? O que o havia feito ter tanta certeza de que estava sendo seguido mais cedo hoje à noite? Por que ele não conseguia se livrar desse sentimento? Enquanto se secava, ele não conseguia relaxar. Ele sabia que algo estava errado. Voltando para o quarto, ele se vestiu com um conjunto de pijamas limpos e depois se virou para a cama. Estendendo a mão para puxar as cobertas para baixo, ele parou. Franzindo a testa, ele olhou para as grandes janelas. Pesadas cortinas escondiam a luz da vista. Mas ele ia apagar as luzes, jogar as cortinas para trás e depois abrir a janela para respirar um pouco de ar fresco.

Com um movimento rápido e decidido, ele pegou vários travesseiros na cabeceira da cama e os enfiou rapidamente na roupa de cama antes de cobri-los com as cobertas. Batendo neles com as mãos, Jake rapidamente moldou os travesseiros para parecer que um corpo estava deitado na cama e em sono profundo. Dando um passo para trás, ele pegou a Colt que estava na mesa e depois alcançou e apagou a grande luminária ao lado da arma. Desligando a luz e segurando a arma na mão, ele atravessou o quarto e deslizou a primeira cortina e abriu a grande janela.

Do outro lado da rua, a fileira de altos edifícios residenciais que a ladeava estava negra e silenciosa. O ar da noite era tranquilo e decididamente quente. O panorama da cidade à noite era estranhamente escuro, onde normalmente seria iluminado alegremente com luzes brilhantes por toda parte.

Prestes a se afastar da janela, ele ouviu o uivo repentino de um gato - como o uivo se alguém tivesse pisado no seu rabo - e depois o som de uma lata de lixo sendo atingida com um peso considerável. Tensionando, segurando sua arma, ele afastou o corpo da janela aberta e inclinou a cabeça apenas o suficiente para espiar na escuridão e na direção de onde o som vinha. No entanto, ele relaxou quando ouviu um cachorro latindo animado. Um cachorro latindo enquanto perseguia um gato.

Sorrindo, passando uma mão por seu cabelo encaracolado desgrenhado, ele balançou a cabeça em desgosto consigo mesmo e suas preocupações e caminhou pelo quarto até a grande poltrona estofada em frente à sua cama. Mas antes de se sentar, ele caminhou até um armário e pegou um cobertor pesado. Sentando-se na cadeira, ele colocou os pés no banquinho à sua frente, embrulhou-se no cobertor e colocou o pesado Colt no colo.

Ele dormiria algumas horas na cadeira antes de se levantar para encontrar o cabo.

Pelo menos foi o que ele pensou.

Duas vezes durante a noite ele acordou alerta e tenso com algum som estranho. A primeira vez foi duas horas depois que ele tinha apagado as luzes e enrolado na cadeira. O barulho do mesmo cachorro e gato se perseguindo novamente do outro lado da rua fez com que ele alcançasse o semi-automático de arma pesada. Mas uma rápida varredura na escuridão que envolvia seu quarto disse-lhe que tudo estava bem. Suspirando, ele relaxou e se acomodou de volta na cadeira.

A segunda vez que ele acordou foi muito diferente. Algo - suave e mal perceptível - o fez abrir um olho e deslizar uma mão em direção à sua arma. E lá, diretamente na frente dele, preto no preto, estava a forma de um homem parado na escuridão ao lado de sua cama, levantando um braço acima da cabeça com algum objeto longo e estreito nele! Duas vezes o braço subiu e desceu, esfaqueando brutalmente a roupa de cama. Saindo da cadeira, arma na mão, Jake jogou o cobertor para o lado e saltou diretamente para a figura escura!

Mas o assassino, percebendo que tinha sido enganado, reagiu rapidamente. Da mesa de cabeceira ao lado da cama, a figura escura agarrou a pesada lâmpada e, virando-se, a jogou direto na cabeça de Jake. Jake se esquivou, mas não a tempo. Um golpe raso do lado da cabeça o fez cambalear para um lado. A figura escura, não esperando correr mais riscos, correu para a janela aberta e desapareceu na noite antes que Jake pudesse se recuperar. Correndo para a janela, ele arriscou e olhou para um lado e depois para o outro para ver se podia ver a figura saindo. Mas como um espectro, a criatura havia desaparecido. Desaparecido completamente na escuridão da noite.

Praguejando silenciosamente consigo mesmo, Jake fechou e

trancou a janela, fechando as cortinas com raiva e, em seguida, caminhou pelo quarto e acendeu a luz. Ele parecia sombrio quando olhou para a cama. O colchão havia sido rasgado com dois longos golpes do assassino empunhando a faca. Ainda segurando a colt, ele se virou e desligou as luzes e voltou para a cadeira.

As chances eram de que o assassino não voltaria para uma segunda tentativa naquela noite. Mas ele sabia que o sono não viria quando envolveu a manta em torno dele novamente. O assassino sabia quem ele era e onde morava. De alguma forma, ele havia sido seguido de Coulommiers até Paris, invisível e inesperadamente. Uma realização que Jake não apreciava. Daqui em diante, ele teria que estar duplamente em guarda. Quem matou o Sargento Grimes agora estava caçando-o.

O jogo ficara infinitamente mais pessoal nos últimos minutos.

DEZ

ELE ESTAVA SENTADO NA CABINE, seu uniforme encharcado de suor. Quando o avião parou lentamente, ele sabia que iria atrás de outro. Sorrindo, ele desprendeu os encaixes de sua boina de voo. Três máquinas a mais o aguardavam no depósito.

Jogando sua boina na cabine de observação dianteira, ele usou um pano para enxugar o suor do rosto antes de sair do novo B.E. O sol mal havia aparecido no céu e o calor do dia, combinado com o calor do motor do avião, já o transformara em um trapo molhado no curto trajeto do depósito de suprimentos até o esquadrão. Ouvindo seu nome ser gritado com entusiasmo, ele olhou para a direita e notou vários dos soldados correndo animados em sua direção. Ao se aproximarem, eles continuaram gesticulando em direção a um dos hangares.

—Capitão, capitão!— um dos homens gritou enquanto pulava na asa inferior do novo B.E 2c e apontava atrás dele com um dedo insistente. —É o general French, capitão, o general French! Aquele general francês está com ele também. Eles precisam de você, capitão. O intérprete do general French ficou subitamente doente e o general Joffre está tentando falar com o velho. O general não fala francês e está uma confusão dos infernos.

Saindo da cabine e pulando da asa para a grama, Jake virou e viu o grupo de oficiais britânicos e franceses parados na frente de um dos Henry Farmans. Eles aparentemente estavam em uma acalorada discussão, com vários oficiais da equipe de Joffre apontando dedos com raiva para vários dos oficiais britânicos, enquanto o marechal de campo Sir John French olhava com irritação evidente no rosto. Ele também viu o coronel Wingate sair do grupo de oficiais e caminhar rapidamente pelo campo marcado em sua direção, parecendo um vulcão prestes a entrar em erupção.

—Reynolds, é melhor você ir lá— Wingate bufou, sentando-se na asa inferior do B.E. e enxugando a testa suada com um lenço. —Sir John não tem ideia do que o General Joffre está tentando dizer a ele. Meu francês é muito limitado para traduzir rapidamente o suficiente para obter o significado completo. Eu entendo que Joffre quer que o maldito exército ataque rápido e forte os Krauts e Sir John não está se movendo rápido o suficiente para satisfazer o General em liderança. Você tem que resolver essa bagunça, capitão. Se eu conheço John French, ele está prestes a explodir, e Deus sabe o que ele vai dizer se perder a paciência!

—Como ambos os generais decidiram se encontrar aqui, coronel?

—Meu Deus, que confusão— suspirou Wingate enquanto olhava para o rosto sujo de óleo do americano. —Sir John decidiu vir pessoalmente ver as fotografias que McAdams e seu cinegrafista trouxeram das linhas. Joffre dirigiu até o QG do exército e descobriu que Sir John estava aqui. Ele e sua comitiva acabaram de chegar momentos antes de você pousar. Mas se não resolvermos isso imediatamente, tenho medo que Sir John ordene que a BEF ataque os franceses!

Foi pior do que isso quando Jake se inseriu no meio do

grupo de oficiais gritando e se apresentou calmamente a Joffre em francês impecável.

—Joffre era um grande urso sociável com um bigode de morsa branca surpreendente. Quando ele falava, era expressivo com suas grandes mãos. Ele falava com paixão e quando o fazia, sua tez facial ficava levemente vermelha. Por outro lado, Sir John French era um homem pequeno, elegante e compacto, e distintamente taciturno em seu comportamento. Desprovido de qualquer personalidade extravagante, Sir John, como se rumoreava desde o início, tinha uma verdadeira antipatia por Joffre e achava extremamente difícil trabalhar com o Comandante Chefe dos Exércitos Aliados Franceses. No meio dessa troca acalorada de palavras, e com nenhum lado compreendendo totalmente o que o outro estava tentando dizer, os ânimos estavam fervendo enquanto eles ficavam sob um sol quente e cozinhavam lentamente sob seus uniformes pesados.

—Senhor— disse Jake, virando-se para Sir John e fazendo uma saudação. —Permissão para traduzir?

—Sim, sim, droga!— disse Sir John enquanto se aproximava para ouvir o que Jake tinha a dizer, enquanto o resto do grupo de oficiais continuava a se atacar com acusações escandalosas.

—O general está perguntando por que você não está atacando com seu exército? Ele diz que há uma grande oportunidade diante de você e que o exército britânico está se movendo a passos de tartaruga.

—Não posso atacar se não souber onde o inimigo está ou como ele está implantado. Diga ao general que esta é a razão pela qual estou aqui. Preciso de informações.

Jake traduziu rápida e concisamente e depois absorveu a barragem de maldições francesas que Joffre lançou em direção ao comandante britânico.

—General Joffre—, começou Jake, decidindo

deliberadamente editar a mais colorida profanidade francesa da tradução para manter as relações de trabalho mútuas entre os dois exércitos, —gostaria de salientar que o Primeiro Exército de Von Kluck está recuando em direção ao norte e o Segundo Exército de Von Bulow está recuando para o leste. Entre os dois exércitos boches há apenas um grande contingente de cavalaria Húngara. Ele diz que se você puder mover suas tropas um pouco mais rápido em direção ao rio Petite Morin, há uma oportunidade de cercar o exército de Von Kluck e destruí-lo completamente.

Os oficiais subalternos de ambos os funcionários gerais ainda estavam discutindo acaloradamente e os temperamentos começavam a sair do controle. Mas através deste barulho de cacofonia vituperativa, o americano ouviu as palavras de Sir John.

—Diga ao idiota francês que eu não posso me mover mais rápido. Meus homens estão em movimento há duas semanas e estão exaustos. Minha artilharia ainda está se organizando e meus suprimentos são abismais. Não posso pressionar demais, ou perderei todo o exército.

Jake traduziu, deixando de fora a frase descritiva que Sir John havia usado para descrever o general francês e esperou que o inglês limitado de Joffre não o informasse sobre o insulto. Mas não importava. Desta vez, Joffre explodiu de indignação.

—Descanso! Descanso!— gritou a voz de touro do francês, seu rosto ficando quase florido de raiva. —Diga a esse idiota e seus homens que eles estão sentados em suas bundas há quase duas semanas enquanto meus exércitos têm lutado e morrido em suas botas tentando evitar o desastre! Informe o seu general que ele deve agir como o oficial de cavalaria que já foi e não como uma empregada doméstica imbecil que de alguma forma perdeu sua virgindade.

Jake traduziu, gritando sobre os gritos dos homens ao redor deles, e tentou não explodir em risadas no processo. Joffre acabara de chamar Sir John basicamente de prostituta, e uma prostituta de movimento lento, e o alto americano achou toda a cena ao seu redor incrivelmente hilária. Aqui estavam os dois oficiais militares mais poderosos que os Aliados haviam selecionado para comandar seus exércitos, e eles estavam em pé, cara a cara, gritando insultos como dois meninos indisciplinados no meio de um pátio de escola. Enquanto eles gritavam e lançavam insultos vulgares, com Jake no meio tentando traduzir, a poucas milhas ao norte, homens estavam morrendo em grande número na batalha do Marne.

—Informe o general—, disse o general britânico, aproximando o rosto do ouvido de Jake para que pudesse ser ouvido sobre o barulho das vozes e parecendo que poderia ter atirado em Joffre com seu próprio revólver. —Assim que eu confirmar que há cavalaria à frente dos meus homens, darei a ordem para sair imediatamente. Mas eu não vou me mover, senhor, nem um centímetro, até ter certeza absoluta de que não estou enviando meus homens para uma armadilha. Diga ao general isso, capitão. E diga a ele que desejo encerrar esta conversa e voltar ao meu comando.

Jake acenou com a cabeça e se virou para o general francês, informando rapidamente Joffre da decisão do Sir John. Joffre olhou com raiva para o pequeno general britânico e assentiu bruscamente com a cabeça antes de se virar e se afastar em direção à fila de carros que haviam trazido seu séquito para o campo. O grande urso de um homem já estava a meio caminho do campo quando o resto de sua equipe percebeu que seu comandante estava se retirando para os carros. O silêncio que desceu sobre o campo à medida que as duas partes se separavam foi ensurdecedor para todos.

—Lá vai um idiota tagarela, capitão. Com ele no comando, esta guerra vai se arrastar para sempre—, rosnou Sir John enquanto observava o grande trem de carros de equipe de Joffre rolar para fora do campo e desaparecer pela estrada do campo.

O general se virou e olhou pela primeira vez para o americano que havia assumido tão facilmente o papel de intérprete.

—Você é muito bom no idioma deles, jovem. Eu o elogio por sua calma diante de toda essa fúria. Você é um piloto neste esquadrão?

—Sim, senhor. Reynolds, Jake Reynolds, senhor.

—Ah, sim, lembro-me.— O general sorriu de repente enquanto estendia a mão para apertar a mão de Jake. —Você foi aquele oficial que trouxe Smythe de volta para nós vivo naquela noite. Meu Deus, homem. Que aventura, hein? Trabalho soberbo, capitão. Soberbo! Eu o indiquei para uma comenda, sabe disso.

—Obrigado, senhor.

—Certo— assentiu Sir John, sorrindo novamente, antes de se virar e ir em direção ao carro de sua equipe, —Continue com o bom trabalho, capitão. Por favor, tente se manter vivo. Precisamos de homens como você nesta guerra.

A multidão de oficiais virou e apressou-se para seus carros enquanto Sir John subia no seu e sentava-se no banco de trás. Em momentos, eles se foram, deixando o aeródromo finalmente quieto e tranquilo.

Quando o último dos carros da equipe britânica saiu da estrada e virou em direção a Coulommiers, o ronco surdo da motocicleta de dois cilindros do Cabo Mathes rugiu pela estrada antes de frear para virar no campo de aviação. Acelerando rapidamente sobre o campo gramado, o jovem soldado tinha um grande sorriso em seu rosto sujo de poeira enquanto freava e parava em frente a Jake.

—Desculpe, senhor, mas esta moto antiga não é tão rápida como um B.E.

Jake passou a mão pelo rosto suado e disse que era hora de pegar a estrada para buscar o segundo B.E. de volta. Subindo no sidecar, o americano de olhos cinzentos disse que ia tirar uma soneca e pediu para não ser acordado, a menos que fosse importante. Mathes, acelerando o motor da moto algumas vezes, sorriu como uma criança e colocou os óculos sujos de volta nos olhos e assentiu. Em segundos, o cabo fez a moto e a sidecar gritarem pela estrada empoeirada a uma velocidade furiosa, levantando uma grande nuvem de poeira voando por uma milha ou mais em seu rastro.

A guerra, como vários analistas ao longo dos tempos frequentemente apontaram, é um inferno. Em setembro de 1914, os Aliados tiveram uma rara oportunidade de infligir um golpe severo na máquina de guerra alemã. O general Joseph Joffre estava correto. Frequentemente descrito como um homem que não conseguia ver muito além do seu nariz e era totalmente míope ao ver a grande imagem diante dele; no entanto, de 5 a 8 de setembro de 1914, ele foi repentinamente preenchido com inspiração divina. Seus exércitos, e sua liderança, haviam sido severamente abalados pelo tratamento ríspido que haviam sofrido por mais de um mês do avanço feroz do Hun. Mas, de repente, com as costas contra a parede proverbial, Joffre viu uma oportunidade de virar e esmagar o inimigo desprevenido com uma terrível ferocidade. Uma ferocidade que, se empurrada para seus extremos assassinos, literalmente prometia encurtar a guerra.

A máquina de guerra da Alemanha estava sendo esticada perigosamente em seu esforço para lutar em dois fronts. No Ocidente estavam os franceses e britânicos. No Leste estavam os russos. Em ambos os teatros de guerra, o Hun estava mobilizando exércitos o mais rápido possível na esperança de evitar o desastre. Ao lutar essa guerra em dois fronts, a Alemanha não tinha a luxúria de cometer um grande erro. A perda de equipamentos e cavalos poderia ser substituída, mas a substituição de mão de obra já estava revelando sua ameaça feia para a equipe imperial alemã. A conflagração ao redor do Marne estava rapidamente se transformando em uma série de tiroteios aleatórios para os alemães, e a crescente ferocidade da batalha era algo que eles sentiam que não tinham nenhum controle real. Em particular, um buraco grande estava se abrindo bem no meio dos exércitos alemães combinados. Um buraco grande o suficiente para um exército inteiro dos Aliados marchar e chegar à Alemanha se assim quisesse.

Entre a Primeira Arma de von Kluck e a Segunda de von Bulow, surgiu uma lacuna. Von Kluck era um comandante de exército impetuoso que ansiava por glória. Bulow, por outro lado, era muito mais conservador e definitivamente mais cauteloso. Quando o recém-organizado exército francês sob Maunoury se deparou com o Sexto de von Kluck e começou a luta, a princípio von Kluck pensou ter visto uma oportunidade de reunir ao seu redor aquelas glórias marciais que tanto desejava. Mas Maunoury e seus homens se mostraram muito mais do que von Kluck havia previsto. Em questão de horas, nos dias seis e sete de setembro, von Kluck percebeu que precisava reajustar suas posições para proteger seu exército. Mas para se reajustar, ele precisava dar um passo tático para trás, para o norte e leste de Paris, uma manobra que bastaria para separar sua esquerda da Segunda Arma de von Bulow. Para preencher essa lacuna, o Alto Comando Alemão ordenou que a cavalaria cobrisse as laterais de ambos os exércitos.

Ao mesmo tempo, von Bulow começava a sentir a pressão em sua esquerda e decidiu dar um passo para o norte e nordeste. A lacuna se ampliou e esticou a tela de cobertura de cavalaria húngara perigosamente fina. Joffre, em um sentido de inspiração divina, percebeu a lacuna se desenvolvendo entre os exércitos alemães. Ele também viu, sentada ao sul desta lacuna em expansão, as três corporações do Exército Expedicionário Britânico comandado por Sir John

Em sua carreira anterior, o comandante britânico havia sido um daqueles oficiais de cavalaria ousados da Inglaterra vitoriana. Oficiais de cavalaria são, pela própria natureza de sua escolha de arma, supostos a serem cavalgantes, destemidos e dispostos a correr riscos. Joffre tinha certeza de que, uma vez que o comandante britânico visse essa oportunidade se abrindo diante dele, seu equivalente britânico conduziria seus homens com força total para essa lacuna escancarada e cortaria os alemães em pedaços sangrentos.

O que Joffre não havia previsto era a possibilidade de que Sir John não fosse mais o ousado oficial de cavalaria britânico de antes. O BEF não se movia com clareza e propósito. E certamente não se movia com nenhuma pressa. Quanto mais tempo o comandante britânico lingered e se acomodava em relativa conforto, enquanto todo o exército francês estava pressionando o máximo possível contra o inimigo, mais furioso Joffre ficava.

O olhar retrospectivo na história muitas vezes é uma piscina clara para se olhar. Às vezes, isso faz com que se pergunte o que teria acontecido se um evento histórico tivesse se desenrolado de maneira diferente. Na batalha do Marne, em setembro de 1914, se o BEF tivesse se movido com vigor e ousadia, o Primeiro Exército de von Kluck teria sido duramente espancado, se não totalmente cercado e destruído. Se isso tivesse acontecido, a máquina de guerra alemã na Frente Ocidental teria tido buracos gigantescos, com dezenas de milhas de largura, para preencher, e não haveria reservas suficientes para preenchê-los. A retirada até a Bélgica teria sido a única opção restante para os exércitos do Kaiser. Até mesmo terminar a guerra no inverno de 1914 era uma possibilidade remota. Certamente, a transferência de grandes quantidades de mão de obra do Teatro Oriental para o Teatro Ocidental, para evitar a derrota, teria tido grandes ramificações históricas para os russos.

Nenhuma dessas possibilidades se tornou realidade. O BEF se moveu, mas se moveu com extrema cautela, dando tempo para os Sexto e Segundo Exércitos Alemães se readaptarem e, por fim, para que todos os exércitos alemães recuassem de volta para o rio Aisne. Esse recuo solidificou as posições defensivas dos alemães e, consequentemente, estabeleceu a guerra de trincheiras ao longo de toda a Frente Ocidental. Essa alteração defensiva pelos alemães os moveu cerca de setenta milhas de distância de Paris. Eles nunca chegariam tão perto de capturar a capital francesa e vencer a guerra como fizeram nas primeiras semanas de 1914, quando estavam na batalha do Marne.

Mas Jake não sabia nada das grandes estratégias que se desenrolavam diante dele. Ele era apenas um capitão do Royal Flying Corps que teve o infortúnio de estar no lugar errado na hora errada. E este golpe infeliz de má sorte estava prestes a tocá-lo no ombro novamente.

Logo depois das uma da tarde, Jake pousou a segunda das cinco novas máquinas no campo. O frágil B.E. 2c parou ao lado da primeira máquina que ele trouxera mais cedo. Homens se apressaram para ajudá-lo a sair da cabine e o acompanharam até um dos hangares, onde haviam preparado um almoço com presunto frio, pão fresco e cerveja quente. Faminto e sedento, Jake comeu e bebeu enquanto aguardava a chegada do cabo Mathes com a motocicleta. O cabo, quando chegou, estava tão sujo e suado quanto Jake e igualmente sedento. Mas dentro de uma hora, ambos, com a sede saciada e a fome satisfeita, estavam na estrada e acelerando pelas estradas rurais de volta a Villeneuve-le-Roi quando o ataque aconteceu.

Ambos estavam cansados e se sentiam sujos e cheios de poeira de seus esforços. A estrada de terra em que estavam era dura e dolorosa de suportar enquanto andavam de motocicleta de volta ao campo de suprimentos. Nenhum deles estava esperando por problemas.

O que foi um erro fatal. Problemas sempre aparecem quando menos se espera.

Com Mathes pilotando a moto e sentindo-se meio sonolento e maravilhosamente satisfeito, ele nunca sentiu a bala atingi-lo em cheio no peito. Jake, dormindo no sidecar, ouviu o som agudo de um tiro de fuzil, um fuzil Lee-Enfield britânico, e então sentiu-se voando pelo ar, assistindo com interesse enquanto a moto e o sidecar voavam pelo ar ao seu lado.

A moto e Jake caíram em um desfiladeiro cheio de arbustos. Os arbustos foram apenas o suficiente para amortecer a queda e salvá-lo de qualquer dano grave. Mas não o suficiente para impedi-lo de desmaiar. Estranhamente, pouco antes da escuridão o dominar, a última lembrança de Jake foi ouvir o som de uma bicicleta precisando de óleo em sua corrente. O ruído estava muito próximo de onde ele estava, mas estava desaparecendo rapidamente enquanto a escuridão o envolvia lentamente. Horas depois, ele se levantou do fundo do desfiladeiro e cambaleou até a estrada. Ele descobriu o corpo quebrado do corporal deitado no meio da estrada poeirenta. Os olhos sem vida do rapaz olhavam para o céu azul claro e pareciam surpreendentemente serenos. Tudo o que ele pôde fazer foi arrastar o corpo para o lado da estrada e afundar de joelhos em exaustão.

Seriam duas horas caminhando lentamente sob o sol escaldante da tarde até Jake chegar ao esquadrão e informar o Coronel Wingate sobre o último ataque do assassino. Seria o Coronel Wingate que, por sua vez, teria notícias sombrias para contar ao americano.

ONZE

A INCONFUNDÍVEL MARCA da guerra havia chegado.

O cheiro de cordite e gasolina queimada era avassalador.

Quando Jake pisou no campo após sua longa caminhada pela estrada rural, encontrou o campo em ruínas. Dois dos três grandes hangares de lona, incluindo as várias máquinas que estavam em cada um dos edifícios, eram nada mais do que restos carbonizados e fumegantes. A fumaça ainda saía dos restos negros enquanto ele caminhava ao redor dos buracos abertos na terra. Crateras foram escavadas no campo por algum gigantesco canhão boche. Os aromas de terra recém-cavada, misturados com os cheiros de terebintina, cabelo queimado e lona, pairavam no ar. Pior ainda, ambos os novíssimos B.E.2c que ele entregara esta manhã haviam sido atingidos pela barragem e eram nada mais do que milhares de estilhaços fragmentados de madeira, lona e arame espalhados pelo pasto. O campo parecia o pesadelo de um paciente de um hospício.

Todos os soldados estavam sentados na sombra do último hangar restante, sem camisa e pintados de preto como a meia-noite pela fuligem e cinzas dos incêndios. O cansaço estava claramente estampado em seus rostos sujos, enquanto eles sentavam ou deitavam no chão, tentando recuperar o fôlego. Mesmo o coronel Wingate e o sargento Lonnie Burton estavam sem camisa e cobertos de fuligem gordurosa.

—Pouco depois de você partir, capitão, o bombardeio começou. Foi incrível— disse o coronel em um sussurro rouco, seu rosto redondo negro e manchado de suor, seus olhos brilhantes olhando para o rosto do americano. —As bombas rasgaram literalmente a terra em alguma espécie de fúria bíblica. A segunda bomba atingiu o hangar três e o incendiou. Estamos lutando contra incêndios o dia todo.

—Receio que as novas máquinas se foram— disse Burton, parecendo ainda mais chamuscado e exausto do que o coronel. —De fato, não temos mais nenhuma aeronave que possa voar. Mas o que aconteceu com o senhor? Parece que também passou por dificuldades.

—O cabo Mathes está morto—, grunhiu Jake, olhando para o coronel e depois para o sargento. —Levou um tiro no peito do nosso amigo. Cerca de duas horas de distância. Ele esperou por nós na floresta e atirou no Mathes.—

—Mas por que o Mathes, senhor?— perguntou Burton, franzindo a testa, enquanto limpava a sujeira e fuligem da testa molhada. —O que o cabo sabia?

—A bala era para mim. Tinha que me errar por menos que a largura de um fio de cabelo. O Mathes teve a infelicidade de estar bem ao meu lado.

—O cabo estava dirigindo a moto— sussurrou Wingate, sua voz muito rouca e esgotada de dirigir os homens para extinguir o fogo.

—Sim. No momento em que ele foi baleado, a moto perdeu o controle e capotou. A moto e eu caímos em uma ravina profunda. Inferno, isso foi a única coisa que me salvou. Nosso assassino estava de bicicleta e veio para me matar. Mas eu estava coberto de arbustos e ele não conseguiu me encontrar. Coronel, eu preciso de transporte. Preciso voltar lá e examinar o lugar. Talvez eu possa encontrar algumas das pegadas dele e segui-lo de volta para o esquadrão. Se ele ficou esperando por nós, talvez eu possa reconhecer uma pegada ou algo assim. Mas preciso voltar lá antes do sol se pôr.

—Sim, sim,— concordou o coronel, franzindo a testa, hesitando um pouco e parecendo desconfortável. —Mas há mais notícias, capitão. Notícias que, temo, são difíceis de compreender completamente. Alguém tentou matar o tenente durante o bombardeio. Pior ainda, temo que durante o bombardeio uma das bombas atingiu a área onde estávamos mantendo nosso prisioneiro. O pequeno prisioneiro e dois de nossos homens foram totalmente obliterados num piscar de olhos.

Por um momento, os três homens ficaram em silêncio em frente ao hangar restante. Jake, passando uma mão cansada pelo cabelo, respirou fundo e soltou o ar lentamente. Burton fez uma careta, começou a dizer algo, mas pausou e, em seguida, lançou-se em algumas palavras rapidamente.

—Enquanto os krauts nos atacavam aqui, nosso assassino foi até o hospital de campanha e tentou matar o tenente por estrangulamento. Acho que ele fechou uma cortina para esconder a cama do tenente do resto do quarto. Ele estava prestes a colocar o travesseiro sobre o rosto do tenente, quando felizmente uma enfermeira da equipe do hospital abriu a cortina e o perturbou.

—Ele escapou?

—Desculpe, capitão,— resmungou o sargento Burton, balançando a cabeça com tristeza enquanto oferecia um sorriso fraco de arrependimento. —Inicialmente, a enfermeira não achou que havia algo de errado e simplesmente permitiu que nosso assassino saísse do hospital ileso.

—Você estava no hospital quando isso aconteceu?

—Não, senhor—, respondeu o sargento, abanando a cabeça e depois limpando fuligem e suor dos olhos com uma mão suja. —Randy... quer dizer, sargento Holmes me contou, senhor. Ele estava no hospital verificando um casal de nossos homens quando aconteceu. Randy disse que ele e toda a equipe do hospital procuraram por toda parte o sujeito. Mas não encontraram nada.

O americano acenou com a cabeça sombriamente e depois olhou para os hangares esburacados e fumegantes. Eles ficariam fora de ação por dias. Novas máquinas teriam que ser enviadas e substituir os grandes hangares de lona seria difícil. Com a Marne sendo destruída, cada grama de força e cada recurso disponível seria canalizado nessa direção.

—Vou usar uma motocicleta, coronel. É mais fácil passar pelas árvores se eu encontrar uma trilha. Devo voltar mais tarde esta noite, se não antes, com esperançosamente algo para compartilhar.

—Você deveria levar alguém com você—, sussurrou Wingate. —Leve um soldado armado. Dois de vocês na trilha fornecerão algum nível de proteção.

—Mas isso também vai nos atrasar—, respondeu Jake, abanando a cabeça. —Sozinho, posso me mover mais rápido e cobrir mais terreno. Nosso assassino teve que sair às pressas, então ele não teve tempo de cobrir sua trilha. Vou encontrar algo lá fora e quero ir para o hospital. Talvez eu possa encontrar aquela enfermeira e ela possa me dar uma descrição de quem ela viu se curvando sobre Oglethorpe.

—Muito bem—, acenou o coronel. —Vou impor quarentena ao esquadrão e postar guardas armados. Ninguém entrará ou sairá do nosso pequeno campo até você voltar.

Jake acenou com a cabeça e correu para trocar de uniforme. Ele teria preferido vestir algo mais confortável. Mas tão perto das linhas aliadas enquanto uma grande batalha estava ocorrendo e rastreando pelas árvores sozinho, ele não queria correr o risco de ser visto por algum Poilu ou Tommy com dedo nervoso no gatilho. A ideia de ser confundido com um espião era uma preocupação que ele não queria. Lavando a sujeira e o sangue seco do rosto, ele rapidamente se vestiu e, em seguida, se armou com a colt calibre .45 que ele preferia a todas as outras armas. A grande semi-automática americana poderia atirar um enorme projétil revestido de cobre com alguma precisão, e porque era um semi-automático, ele podia disparar três tiros para cada um que alguém usando um revólver pudesse disparar. Deslizando os cartuchos sobressalentes nos bolsos, ele saiu de sua barraca e dirigiu-se para o último hangar restante.

Um pouco mais de uma hora depois, e adentrando profundamente a floresta ao lado da estrada que ele e o cabo haviam recentemente percorrido, ele encontrou o local onde o assassino havia se sentado ao lado de um grande carvalho e esperado por eles passarem. Ajoelhando-se ao lado da árvore nas profundezas das sombras da floresta, ele tocou a cápsula vazia do cartucho de calibre .303 Enfield. Ele examinou de perto um dos dois cigarros que o assassino havia descartado. Eles eram da marca típica emitida para o pessoal do exército. Em um trecho de terra nua ao lado de uma árvore, ele encontrou a pegada de uma bota grande direita. No meio da sola havia um grande buraco que ainda não havia completamente desgastado o couro. Mas o que mais intrigou o americano de olhos azuis foi um entalhe que o assassino deixou em uma árvore. Profundamente gravadas na casca estavam três palavras. A primeira palavra era 'Morte' e havia sido esculpida com calma, até mesmo com carinho, em letra uniforme. A segunda palavra era 'Morte!'... Com um ponto de exclamação... Mas desta vez era letra grande, nada uniforme, e mais cortada na casca com raiva do que esculpida cuidadosamente. A terceira palavra era 'Jocko'. Foi cortada apressadamente na casca grossa, como se o entalhador estivesse furioso. Quando terminou com a última palavra, usou a ponta da faca para cortar o nome repetidamente, em uma espécie de frenesi insano de destruição. Cerca de um metro da base da árvore havia sido rasgado em pedaços, com longas fitas de casca cortada penduradas no ar e espalhadas pelo chão da floresta.

Jocko era o apelido dado a Sir John Oglethorpe quando ele havia sido um jovem oficial de cavalaria na Índia. Era óbvio que quem quer que fosse o assassino, ele era um louco. Franzindo o cenho, Jake levantou-se e começou a procurar o local onde o assassino havia deixado sua bicicleta. Enquanto procurava, ele manteve seus sentidos aguçados. Através do espesso bosque de árvores, raios de luz da tarde cortavam brilhantemente pilares iluminados pelo clarão através da escuridão. Pássaros voavam e chilreavam enquanto ele examinava o chão da floresta. Duas vezes ele viu pequenos cervos correrem pela floresta de uma sombra escura para outra. Enquanto os pássaros cantavam e os animais se moviam, ele sabia que estava seguro. A velha experiência em caçar como criança havia lhe ensinado isso. Quando a floresta de repente ficou em silêncio e nada se moveu, ele sabia que poderia estar em perigo. De alguma forma, os animais sabiam quando um humano estava na floresta para desfrutá-la ou caçar. Não importava se o humano estava caçando animais selvagens ou outros humanos. A floresta sabia e segurava a respiração coletivamente até que a caçada terminasse.

Mas a floresta estava atenta apenas aos sons suaves que apenas um lenhador experiente entenderia. Ajoelhando-se novamente, Jake sentiu-se relativamente seguro enquanto alcançava as primeiras marcas de pneus da bicicleta do assassino. No denso emaranhado do chão da floresta, ele encontrou as duas marcas de fita das indentações onde os pneus da bicicleta haviam passado recentemente. Fácil de discernir, Jake notou que elas cortavam entre as árvores em uma rota geralmente nordeste. Também era fácil ver que a roda dianteira da bicicleta estava um pouco torta. Ela oscilava erraticamente enquanto se movia pela grama. Voltando-se para a árvore onde o assassino havia se sentado e esculpido, Jake observou a peça notavelmente cruel e branca, sua mente girando em um turbilhão de perguntas fervilhantes. Os assassinatos tinham uma relação direta com o pai de Jimmy Oglethorpe. O assassino era definitivamente um membro do esquadrão e alguém que conhecia todos os detalhes íntimos da investigação. Mas o que motivava esse maníaco?

As perguntas originais permaneciam sem resposta. Por que James Oglethorpe e o Sargento Grimms estavam em seus respectivos cockpits do velho B.E.2c lutando pelo revólver do tenente? Grimms estava tentando matar o tenente? Ou havia algo mais? Por que Oglethorpe não se lembrava dessa luta? Ou ele se lembrava e se recusava a admitir qualquer culpa? James Oglethorpe era um assassino? Se esse fosse o caso, significaria que ele tinha um cúmplice dentro do esquadrão, um cúmplice que estava disposto a assassinar também.

Mas por que o cúmplice estaria disposto a correr riscos tão extremos e tentar matar o tenente no hospital? Os ferimentos do tenente pelo primeiro bombardeio colocaram o jovem em coma. Pela angústia mental que Jake testemunhou no tenente pouco antes do bombardeio começar, ele não ficaria surpreso se o tenente nunca saísse do coma. Oglethorpe agiu como um homem que queria morrer. Parecia-lhe que a culpa fermentava na alma do tenente, o que seria a causa da morte.

Voltando para a bicicleta, que ele tinha encostado em uma árvore distante, a mente de Jake examinava dois pontos repetidamente. Quem na esquadrilha estava naquela fatal partida de cartas quando o tenente fez sua ameaça de morte? Qual deles teria acesso a informações privilegiadas sobre a investigação? Ele teria que ser um atirador decente com um rifle Lee-Enfield e, ao mesmo tempo, ter a liberdade de se mover sem despertar suspeitas. Apenas dois nomes continuavam surgindo em sua cabeça. Apenas dois... E ele não gostava de pensar em nenhum deles.

Com um pé, ele abriu o kick-start da bicicleta, depois saltou ligeiramente para cima para descer com força. O motor roncou com vontade. Colocando a bicicleta em marcha, Jake começou a seguir lentamente as marcas de pneus da bicicleta através das árvores.

Por alguns momentos, Jake seguiu a bicicleta através das árvores, lentamente tecendo a bicicleta pelas árvores grossas. Diminuindo a velocidade, ele parou e desligou o motor. Olhos azuis percorreram a crescente escuridão da floresta do final da tarde. Os ouvidos estavam fortemente sintonizados para ouvir qualquer coisa fora do comum. Ele tinha certeza de que o assassino voltaria para tentar uma segunda vez para acabar com ele. Essa era a razão pela qual o cabo Mathes tinha morrido. O rapaz estava no lugar errado na hora errada.

O assassino tinha que atacar novamente. Atacar logo antes que o tempo passasse. Jake estava ficando muito perto. Seria apenas uma questão de tempo antes que sua identidade fosse descoberta. Então, por que não atacar aqui, na floresta, longe de todos, e acabar com isso? Puxando seus lábios finos para trás em um sorriso cruel, quase rosnando, Jake se perguntou quando a bala chegaria. Ele usaria o rifle Enfield novamente? Ou ele armaria uma emboscada e usaria alguma técnica que fosse silenciosa em seu golpe mortal? Não importava. Em algum momento, antes de retornar à esquadrilha, Jake sabia que outra tentativa seria feita. Ele estava esperando por isso. Ele sabia que estava chegando. Tudo o que ele tinha que fazer era manter sua guarda e seus sentidos sintonizados com o perigo.

Mas quando a noite caiu, Jake saiu da pequena floresta e entrou na estrada de terra que levava de volta ao esquadrão.

Ninguém tinha atirado nele. Nada fora do comum havia acontecido dentro das árvores. Parando a moto antes de subir na estrada, Jake jogou uma perna para fora e ficou em pé na moto, sentindo-se um pouco confuso. O campo vazio e a estrada cortando a planície agrícola eram claramente visíveis à sua frente. Atrás dele estava a massa escura da surpreendentemente vazia floresta. À sua esquerda, a poucos quilômetros da estrada, estaria Coulommiers. Do outro lado da vila, estaria o esquadrão. Neste lado da vila, estaria o grande hospital de campanha onde o tenente estava descansando. Jake sentou-se novamente na moto, acelerou o motor algumas vezes e se perguntou se o assassino tentaria atirar nele enquanto ele rugia pela estrada de volta para a vila. Colocando o motor em marcha, ele sorriu e decidiu ir descobrir.

O motor da moto ronronou com um doce rugido de autoridade entre as pernas dele enquanto ele acelerava pela estrada de terra macia. O vento quente de setembro soprava em seu rosto e trouxe consigo todos os aromas de mais um dia de verão morrendo. As estrelas estavam surgindo rapidamente e a noite prometia ser sufocantemente quente, sem a menor promessa de uma brisa fresca. À sua direita, ao longe, ele podia ver os flashes cintilantes do fogo ininterrupto da artilharia, a voz da batalha massiva que estava ocorrendo no momento. Esse ronco constante logo se tornou uma parte normal do ruído de fundo que ele nem ouvia mais. Mas nenhum outro som o perturbou enquanto ele inclinava a moto em uma curva após a outra e seguia em direção ao hospital de campanha. Meia hora depois, e surpreso por ainda estar inteiro, Jake entrou no hospital e encontrou o jovem tenente na cama.

O hospital era como um forno com seu calor incrível. Filas e filas de homens gemendo em leitos mal fortes o suficiente para segurar um adulto preenchiam o sombrio interior. As laterais da tenda haviam sido levantadas para permitir a entrada de uma brisa, mas a noite de setembro estava muito quente e mortiça. Apenas os gemidos abafados daqueles que estavam em dor agitavam a crescente escuridão do lado de fora. Entrando na tenda, ele perguntou a um ajudante onde encontraria o tenente, e depois caminhou silenciosamente pelos longos corredores de homens enfaixados e ensanguentados até onde uma área fechada por cortinas separava várias camas do resto do hospital.

James Oglethorpe estava na terceira cama atrás da cortina. De ambos os lados dele estavam soldados inconscientes deitados apenas com um lençol fino de algodão cobrindo-os. Ambos tinham grandes ataduras de gaze ensanguentada enroladas em partes do corpo que faltavam. Cada um tinha uma combinação de braços ou pernas sendo amputados. O soldado à direita do tenente teve as duas pernas e um braço cortados. O da esquerda tinha apenas uma perna e nada mais. Ataduras ensanguentadas ao redor dos tocos de seus membros contavam uma história sombria enquanto ele fechava silenciosamente a cortina atrás dele.

—Posso ajudá-lo, capitão?— uma voz francesa suave sussurrou para a noite em inglês claro.

—Sim, mademoiselle— Jake acenou com a cabeça, virando-se e sorrindo para o rosto de uma loira de olhos verdes que mal chegava aos seus ombros. Ela tinha um rosto agradável, embora comum, que de alguma forma se encaixava perfeitamente nesse horror. Em seus olhos e em sua presença, ele sentia que os homens sob seus cuidados estavam nas melhores mãos possíveis. —Eu estava me perguntando se poderia falar com o tenente por um momento.

—Desculpe, capitão. Mas o jovem está com febre e delirando. Eu não acredito que ele vá quebrar a febre e começar a se recuperar por um bom tempo ainda.

—Ah—, murmurou Jake, olhando para o jovem oficial emaciado, franzindo a testa. —Ele vai sobreviver?

—Isso está nas mãos de Deus, temo eu. Ele está muito fraco

e não bebe ou come. Ele continua tendo dificuldade para respirar também. Os médicos acham que ele pode ter perfurado um pulmão em um acidente anterior. Eles acreditam que o pulmão possa estar lentamente se enchendo de sangue. Não parece bom.

O americano assentiu, sem tirar os olhos de Oglethorpe.

Cristo!

Sir John Oglethorpe estava em um hospital do país de volta na Inglaterra. A mãe do tenente estava misteriosamente desaparecida, e agora James Oglethorpe, o único herdeiro da fortuna dos Oglethorpe, jazia aqui em delírio febril e possivelmente em seu leito de morte. Em algum lugar na noite, o demônio que parecia estar perseguindo a família Oglethorpe provavelmente estava rindo com prazer de como seu plano insano parecia estar se concretizando. Olhando para a noite, Jake balançou a cabeça, virou-se e começou a sair. Mas ele parou e se virou para olhar para a enfermeira novamente.

—Ontem à noite, entendi que alguém entrou e tentou matar o tenente?

—O quê?— a jovem enfermeira de olhos verdes brilhantes gritou, assustada, enquanto se virava para encarar Jake. —Capitão, o que você está dizendo? Alguém entrou aqui e tentou matar um dos meus pacientes? Isso é absurdo! Ninguém veio ver o tenente. Eu estava de plantão ontem à noite, das seis até meia-noite. Eu asseguro que o tenente foi atendido de perto por mim ou um de meus assistentes a noite toda. Ninguém veio aqui para visitar alguém ontem à noite. Ninguém.

—Você tem certeza? Ninguém mesmo?

—Tenho certeza, capitão!— a firme resposta veio quando ela se aproximou mais de Jake com os olhos ardendo de convicção. —Por que alguém iria querer matar o tenente?

—Eu temo que ele esteja de alguma forma envolvido com uma série de assassinatos que aconteceram recentemente. Meu coronel e eu estamos preocupados que o assassino tente atacar novamente, e atacar o tenente.

Os olhos raivosos da enfermeira fitaram o rosto de Jake por um ou dois momentos enquanto ela tentava ler o rosto do americano, aparentemente chegando à conclusão de que o bonito americano era um homem honesto. Sua raiva diminuiu e foi substituída por uma expressão de curiosidade.

—Ah, talvez agora algumas das suas divagações comecem a fazer sentido— ela refletiu, balançando a cabeça enquanto se aproximava ainda mais de Jake. —Nas últimas duas noites, ele tem sofrido com uma febre muito alta e tem estado semiconsciente. Quando ele sonha, ele repete essa frase estranha várias vezes. Eu achei tão estranho que escrevi em um pedaço de papel. Hum, o que eu fiz com ele?

Ela estava vestindo um uniforme com vários bolsos grandes. Rapidamente, ela vasculhou todos eles antes de finalmente descobrir um pedaço de papel dobrado. Satisfeita com sua descoberta, ela entregou a Jake e então olhou para o tenente.

—Ele repetiria essa frase várias vezes e depois chamaria pelo pai. Triste. Muito triste.

Jake desdobrou o papel e leu o que a enfermeira havia escrito apressadamente na noite anterior. Franzindo a testa ao ler uma segunda e terceira vez, ele olhou para ela novamente.

—Um camaleão? 'Ele não é o que você pensa! Ele é um camaleão'. É isso que ele continua murmurando?

—Sim— ela respondeu, acenando com a cabeça e olhando para Jake novamente. —De vez em quando, ele mencionaria alguém pelo nome de Jake e depois chamaria pelo pai, e por vários minutos seguidos ele diria 'Ele não é o que você pensa! Ele é um camaleão! Ele não é o que você pensa! Ele é um camaleão!'

Jake olhou para o pedaço de papel novamente. Um

camaleão. Alguém que poderia se disfarçar tão bem que se misturava diretamente ao seu ambiente. Mas quem? Quem?

—Obrigado, enfermeira— ele murmurou, dobrando o papel e colocando-o no bolso da calça, —mas o que eu disse sobre a vida do tenente estar em perigo é verdade. Receio que nosso assassino tente entrar nesta área e silenciar o tenente. Precisamos tomar precauções para evitar isso.

—Informarei imediatamente o nosso comandante. Vamos postar guardas armados em toda a ala para garantir que nenhum dano adicional seja infligido ao seu amigo.

Jake acenou com a cabeça e deu uma última olhada em Oglethorpe. O suor cobria o rosto do jovem e a respiração curta e superficial, que sacudia através dos curativos do jovem, era uma explosão rápida de energia e nada mais. Ele duvidava que o jovem sobrevivesse a noite. Sussurrando um obrigado para a enfermeira, Jake virou-se e saiu do hospital.

Deslizando de volta para a moto quente, ele pausou antes de dar a partida. O sargento Burton havia dito a ele mais cedo naquela noite que uma enfermeira havia entrado na hora certa e salvado acidentalmente a vida de Oglethorpe de ser extinta pelo assassino. Mas essa enfermeira acabara de dizer que tal incidente nunca aconteceu.

Lonnie Burton estava mentindo? Ou Randal Holmes estava mentindo? Por que qualquer um deles mentiria de maneira tão flagrante? Poderia um deles ser o camaleão elusivo do qual o tenente falava? Deus sabia que Burton agia mais como um oficial e era muito mais educado do que o NCO normal. O que o coronel disse casualmente outro dia? Algo sobre ser uma pena que o sargento não fosse um oficial?

Mas e Holmes? Ele parecia agir como um homem simples com um objetivo simples na vida. Sobreviver à guerra e voltar para casa em sua simples garagem. Poderia haver mais nesse homem do que aparentava?

Dando partida na moto, ele a engatou e começou a curta viagem pela estrada escura em direção ao campo. Com a única testemunha da confrontação do tenente com o Sargento Grimms morta e o tenente aparentemente em seu leito de morte, era mais importante do que nunca descobrir o que havia acontecido na vida de Sir John Oglethorpe que poderia ser a fonte desse enigma.

Também era importante lembrar que ele próprio estava sendo perseguido por um assassino.

DOZE

QUEM MATOU O SARGENTO GRIMMS?

Quem estava tentando matar James Oglethorpe?

Quem estava perseguindo a família Oglethorpe com uma malevolência maníaca inegável? Todas essas perguntas continuavam girando na mente de Jake enquanto ele cavalgava lentamente pela vila semi-deserta de Coulommiers montado em uma motocicleta pesada construída pelos britânicos.

A noite estava quente. Incrivelmente escura e silenciosa.

Sempre que uma brisa leve se movia, era como se o sopro do inferno estivesse se agitando com intenção maliciosa entre as casas e pelas ruas estreitas da vila. Nenhuma luz podia ser vista em nenhum dos prédios. Ele sabia que não haveria luzes acesas. Coulommiers ficava apenas a cinco milhas da linha de frente. Em uma noite escura como esta, uma única lanterna acesa e pendurada em uma janela poderia ser vista com facilidade. Assim, cada casa e cada edifício emergiam das trevas parecendo desolados e desertos, como reféns sombrios esperando que seus destinos fossem decididos.

Quem estava no esquadrão que teve a oportunidade de desaparecer de bicicleta e ir para o local do acidente onde

Oglethorpe e o sargento Grimms estavam desacordados na pilha de destroços e atirar no sargento? Mais importante, como essa pessoa desconhecida sabia exatamente onde o B.E.2 iria cair? Foi um acidente planejado? Se sim, para qual propósito? Quem tinha a capacidade de sair à vontade e persegui-lo e ao Cabo Mathes? Quem poderia convencer o Sargento Higgins a caminhar diretamente até seu assassino e ter a garganta cortada sem suspeitar de nada? Finalmente, por que o Sargento Lonnie Burton mentiu para ele sobre uma tentativa de assassinato do tenente quando nenhuma tentativa foi feita?

Diminuindo a velocidade, Jake inclinou a moto e virou na estrada que o levaria sobre o rio Morin por uma antiga ponte de pedra. Apenas um quilômetro adiante ele encontraria seu esquadrão, ou o que restou dele depois do bombardeio desta manhã, e esperançosamente uma cama quente e lençóis limpos para se jogar. Ele estava exausto. Seus solavancos e contusões da quase colisão desta manhã com uma bala de assassino estavam incomodando-o e precisavam de atenção imediata. Mas à medida que ele acelerava em direção à alta e arqueada ponte de pedra do século XIV, a mente de Jake não estava pensando em seu corpo dolorido. Em vez disso, ele pensava que aquele era um lugar perfeito para uma emboscada potencial. A ponte arqueava tão alta que ele não conseguia ver o outro lado do rio. Neste ponto, o Morin tinha margens íngremes e a escuridão das águas calmas corria profundamente. Um assassino com um rifle sentado do outro lado perto da estrada teria um tiro perfeito em alguém andando de bicicleta pela ponte e sem suspeitar de nada. Tudo o que o assassino teria que fazer seria esperar a bicicleta e o ciclista chegarem ao topo da ponte. Mesmo na escuridão mais profunda da noite, ele seria momentaneamente destacado por um céu cheio de estrelas. O tiro viria no momento em que a forma do ciclista fosse destacada no céu. A melhor chance para concluir uma tentativa fracassada seria aqui - nesta ponte - nesta hora de escuridão.

Jake, com a boca seca e sentindo-se tenso, de repente girou o acelerador no guidão e fez a pesada máquina saltar como um cavalo de corrida para a noite. O motor de dois cilindros da moto explodiu em um rugido estrondoso enquanto a moto disparava para frente e acelerava como um galgo sobre a ponte. Deitado para a frente sobre o tanque de gasolina da moto, a forma de Jake misturava-se à da própria moto e não oferecia, na escuridão, um alvo claro. A moto atingiu quarenta milhas por hora quando voou sobre o centro da ponte e realmente voou por alguns metros pelo ar antes de os pneus tocarem novamente a ponte.

Crack! Crack! Dois tiros rápidos de um Enfield .303 rasgaram a noite enquanto a moto de Jake ainda estava no ar. Uma das balas tão perto que puxou na perna direita e folgada de sua calça, perfurando um buraco de bala limpo através do tecido e mal perdendo a coxa no processo. Com um estrondo, a moto pousou em pé nas rodas e acelerou pelo outro lado da ponte e através do rio. Jake, ainda se abraçando ao tanque da máquina, olhou para a esquerda e depois para a direita na esperança de encontrar algo que lhe desse uma ideia de onde o atirador estava escondido. Mas deste lado do rio havia um bosque sinuoso de carvalhos e bétulas espessos. Na escuridão das árvores, ele não conseguia ver nada.

Pisando forte no freio, Jake deslizou com a moto até parar no meio da estrada. Uma espessa cortina de poeira alcançou a moto agora imóvel e envolveu completamente homem e máquina. Talvez o meio segundo de repente obscurecido tenha salvo a vida de Jake, pois de repente um terceiro tiro rasgou a noite em um estrondo ensurdecedor. A bala do rifle bateu no tanque de gasolina largo da moto e o aroma de gasolina crua imediatamente encheu o ar. Um segundo depois, o tanque de gasolina rompido explodiu em uma bola cegante de fogo e fúria. A explosão iluminou momentaneamente a noite escura com uma sinistra bola amarelo-branca de luz em expansão. A pesada moto foi lançada quase cem pés no céu noturno em uma língua de fogo ardente. Ela arqueou sobre o rio e depois caiu ainda em um furioso inferno em direção ao rio. Com um enorme splash, a moto desapareceu debaixo das águas escuras.

No momento em que a bala atingiu o tanque de gasolina, Jake se jogou para um lado, caindo em uma espessa esteira de grama, onde se enrolou sobre um ombro e se levantou correndo em um único movimento acrobático suave. Quando o tanque de gasolina explodiu, ele estava a alguns metros de distância da explosão, de joelhos na grama, com a arma na mão, e examinando a área imediata em busca do assassino.

Por alguns segundos, ele não viu nada, mesmo que a bola de fogo da explosão iluminasse a maior parte das imediações. Mas então, enquanto a moto mergulhava no rio negro, ele de repente vislumbrou uma sombra se mover de uma árvore para outra dentro de uma pequena área de árvores. Segurando a respiração, Jake desejou que o espectro se movesse novamente, oferecendo a menor oportunidade de atirar nele com sua colt. Quando isso aconteceu, a grande semi-automática explodiu duas vezes na noite com raiva.

As balas ricocheteando em troncos de árvores assobiavam na noite enquanto Jake pulava de sua posição e começava a correr pela estrada em direção à mata de árvores. Mantendo-se baixo e mudando de direção enquanto corria, Jake mergulhou nas árvores esperando ver o clarão do fuzil do assassino a qualquer momento. Mas nenhum tiro de retorno veio em sua direção. Pior, nada podia ser visto ou ouvido na densidade do ar noturno enquanto ele se agachava ao lado de uma árvore e esperava alguém se mover. Controlando sua respiração, Jake permaneceu imóvel na escuridão da floresta. Segurando a arma perto do rosto, ele apertou o gatilho apenas o suficiente para eliminar a folga no movimento do gatilho em seus limites.

Ele queria disparar rapidamente no momento em que encontrasse algo para atirar. Por mais de vinte minutos ele permaneceu imóvel. Mas nada aconteceu. A noite estava absolutamente parada. Nenhum inseto cantava ou piava. Nenhum vento sussurrava pelos galhos. Nada se movia. Com gotas de suor rolando livremente pela ponte do nariz, ele arriscou e se levantou. Começou a se mover cautelosamente pelas árvores.

O assassino havia sumido. Evaporado na noite como o fantasma que era. Furioso por mais uma vez sua presa ter escapado dele, Jake procurou pelos arbustos por mais alguns minutos. Mas não havia nada para encontrar.

—É a segunda vez no mesmo dia que esse filho da puta tenta me matar— Jake rosnou enquanto servia uísque em um copo e se virava para olhar para Wingate. —Duas vezes ele veio atrás de mim com aquele Enfield e duas vezes colocou uma bala tão perto que deveria ter me acertado.

Wingate olhou para o buraco da bala na perna da calça de Jake e se perguntou como a bala tinha perdido a perna. Balançando a cabeça, o coronel rotundo caminhou até sua mesa e aumentou a chama na lanterna que estava sobre sua mesa e, em seguida, certificou-se de que a espessa lona que cobria a única janela de seu escritório estava bem vedada.

—Grimm está morto, o Mathes está morto, o Higgins foi cruelmente assassinado e o tenente está praticamente morto. Não morrendo em guerra, entende, mas pelas mãos de um louco. Incrível!

Jakerapidamente terminou o copo de uísque e depois se serviu outra medida generosa antes de se virar para olhar para o coronel.

—Fui ao hospital hoje à noite. Tentei falar com Oglethorpe,

mas ele está fora de si com febre. Mas descobri duas coisas interessantes.

—Sim?

—A enfermeira encarregada de Oglethorpe me disse que ninguém tentou matá-lo na noite passada. O tenente está em uma ala do hospital com pacientes que precisam ser monitorados vinte e quatro horas por dia. Ninguém entra ou sai sem uma enfermeira ou um assistente por perto.

—O quê?— Wingate murmurou, levantando uma sobrancelha de forma interrogativa. —Mas o sargento tinha uma história detalhada sobre o assassino tentando sufocar o tenente com um travesseiro.

—Ou Lonnie Burton ou Randal Holmes mentiram— respondeu Jake, pausando enquanto levantava o copo de uísque aos lábios. —Precisamos descobrir quem e por quê.—

A expressão interrogativa de Wingate se transformou em total perplexidade. Coçando o queixo, ele pensou sobre o que Jake tinha insinuado e depois balançou a cabeça em descrença.

—Você acha que um desses dois pode ser nosso assassino?

—Agora eles parecem ser nossos melhores candidatos, coronel.

—Mas não o Sargento Burton. Pelo menos, ele certamente não pode ser a pessoa que atirou em Mathes. O sargento estava aqui lutando contra os incêndios comigo desde o momento em que o primeiro projétil caiu até o último balde de água jogado na última chama.

—Você tem certeza, coronel? Em nenhum momento ele saiu durante a confusão e correu para me dar um tiro?

Wingate piscou algumas vezes para o grande americano enquanto pensava sobre isso e depois balançou enfaticamente a cabeça negativamente. Levantando-se de trás de sua mesa, ele se dirigiu à garrafa de uísque canadense que estava em cima de um arquivo.

—Capitão, o sargento não poderia tê-lo feito. Se ele pedalasse uma bicicleta até esta posição na floresta para esperar por você, significaria que ele teria que sair cedo de manhã. Eu sei com certeza que Burton estava trabalhando com um grupo de outros homens para colocar um dos velhos B.E. para funcionar. Quando o bombardeio começou, foi o sargento que estava no meio do campo dirigindo a brigada de incêndio. Meu Deus, sua voz ecoou sobre os projéteis, pelo amor de Deus. Você podia ouvir a voz do sargento sobre os abismos do inferno! Depois que os incêndios foram apagados, fiz Burton cercar o perímetro do campo com sentinelas armados. Eu o vi várias vezes caminhando de um posto para o próximo para se certificar de que ninguém fugiu daqui.

Jake observou o coronel por alguns momentos e depois rapidamente virou o pulso enquanto esvaziava seu copo. Colocando o copo vazio na mesa do coronel, ele se virou, respirou fundo e pensou sobre isso.

Alguém nesta esquadrilha saiu cedo de bicicleta e correu para encontrar o local perfeito para atirar. Essa pessoa sabia qual estrada ele e Mathes iriam seguir em sua jornada até o depósito de suprimentos. Encontre essa pessoa que saiu e que não poderia ter estado por perto quando os incêndios começaram, e você terá seu assassino.

Mas ainda havia a questão de por que o sargento teria acreditado tão implicitamente na história que lhe foi dada sobre uma tentativa de matar o tenente Oglethorpe sem verificar pessoalmente.

—Precisamos falar com Burton e Holmes. Vamos falar com Burton primeiro. Se ele não for nosso assassino, pelo menos ele pode nos dizer por que acreditou na história de Holmes sobre uma tentativa de vida do tenente.

Wingate assentiu e baixou seu copo de uísque.

—Tão logo ele retorne do esquadrão francês lá em cima, conversaremos com ele.

—Pensei que você tivesse dito que ninguém deveria deixar o campo?

—Sim, eu disse— concordou o oficial careca e rechonchudo. —Mas logo antes de você chegar, recebemos um chamado urgente de um comandante de esquadrão francês. Ele ouviu de alguma forma sobre suas aventuras de voo noturno. Seu esquadrão de Henry Farmans deve fazer um ataque de bombardeio ao amanhecer em uma base de suprimentos muito importante perto de Reims. Ele ligou e perguntou se você seria tão gentil em liderar o caminho. Tomei a liberdade de aceitar a missão em seu nome, capitão. Os franceses em sua ala direita desta batalha estão sendo massacrados pelos boches. Se pudermos atacar essa base e desativá-la, o quartel-general acredita que o inimigo recuará para uma nova posição.

—O sargento foi ao esquadrão francês fazer o quê, senhor?

—Ele e Holmes foram até lá. Eles têm algumas peças sobressalentes que estão dispostos a nos dar para consertar o único Henry Farman que temos voando novamente. A ideia é que você lidere as máquinas deles até a base de suprimentos e as traga de volta. Eles farão o bombardeio. Assim que ele voltar, vamos colocar Holmes e alguns outros homens para fazerem o Farman funcionar, enquanto você e eu fazemos algumas perguntas diretas ao sargento.

—E essa missão deve partir quando?

—Ah, sim—, suspirou o coronel, sorrindo fracamente e terminando apressadamente sua bebida. —Às 03:00 horas, capitão. Eles querem chegar à base de suprimentos exatamente às 05:00 horas para fazer o bombardeio. Logo que o crepúsculo se tornar suficientemente brilhante para distinguir o terreno abaixo.

Jake olhou para o relógio. Eram dez minutos depois das oito. Em oito horas, os soldados alistados iriam reconstruir o motor da última máquina voadora disponível, e ele iria liderar um esquadrão francês inteiro, profundamente no território inimigo, no meio da noite. De repente, ele se sentiu cansado e exausto. Ele queria um banho e queria comer algo. Mas mais importante de tudo, ele queria dormir.

Dizendo ao coronel que ia comer alguma coisa e depois descansar, Jake virou-se e saiu da pequena sala e dirigiu-se à tenda do refeitório.

Mas como ele iria descansar com sua mente correndo em um milhão de direções diferentes ao mesmo tempo? Como ele iria dormir sabendo que alguém dentro do esquadrão era um assassino múltiplo e estava mesmo agora tentando descobrir como matá-lo neste exato momento?

TREZE

LONNIE BURTON FICOU em posição formal de frente para a mesa de Wingate.

Sentado em uma cadeira, encostado na parede ao lado da única janela que adornava o escritório, Jake olhava para o mecânico simpático e bem-apessoado com um olhar simpático. Ele não acreditava que Burton fosse o assassino louco do esquadrão. Mas, por outro lado, não podia ter certeza. Quem quer que tivesse matado Higgins tinha que ser uma pessoa grande e muito forte. Não se corta casualmente a cabeça de um homem com uma baioneta como arma. Além disso, o assassino era um atirador de elite com um rifle. Deus sabia que todos no esquadrão tinham visto, em mais de uma ocasião, a habilidade habilidosa de Lonnie Burton com um rifle. Nublando a questão estava a realidade de que, em várias ocasiões, o paradeiro de Lonnie o levou para longe das imediações imediatas do esquadrão. A oportunidade de cometer um assassinato estava presente.

Mas a questão era o motivo.

Se este grande galês era um assassino, tinha que haver uma

razão, uma razão que o ligasse de alguma forma a Sir John Oglethorpe e sua família.

—Sargento— começou Wingate quando o coronel saudou e pediu ao sargento que se sentasse em uma cadeira vazia diretamente na frente da mesa. —Esta é, por enquanto, uma investigação não oficial sobre as mortes do sargento Grimms, do cabo Mathes e do sargento Higgins. A investigação oficial não pode começar até que o QG do Exército envie alguém com autoridade para investigar essa bagunça. Mas como você sabe, o QG está atualmente ocupado em vencer uma grande batalha.

Burton, parecendo um pouco desconfortável sentado em sua cadeira, sorriu, no entanto, com as últimas palavras do coronel enquanto dobrava as mãos em um monte arrumado e as colocava em seu colo.

—Você está aqui para responder algumas perguntas generalizadas, sargento. Perguntas que podem ou não nos ajudar a encontrar o assassino.

—Coronel, eu sou considerado um suspeito?

—Lonnie, todos são considerados suspeitos— Jake rosnou um pouco irritado, empurrando a cadeira para trás e se levantando para caminhar até a beirada da mesa do coronel e sentar-se. —Mas nossa investigação tem estreitado o campo. Sabemos algumas coisas que podem ajudar a focar a investigação. Mas não sabemos o suficiente.

—Entendi— concordou o sargento, parecendo desconfortável e vago ao mesmo tempo. —O que vocês querem saber de mim?

—Bem, para começar— o coronel começou, franzindo a testa enquanto se levantava e caminhava até a janela aberta e olhava para fora antes de se virar para olhar Burton, —você usa bicicleta?

—Uma bicicleta?

—Sim, você usa bicicleta extensivamente quando viaja para longe da unidade?

—Bem... Sim. Às vezes. Conseguimos coletar algumas bicicletas desde que chegamos aqui, coronel. Elas são úteis quando precisamos ir atrás de peças de unidades vizinhas. Se um esquadrão não estiver muito longe, é mais fácil pedalar e buscar a peça do que encontrar um caminhão ou um cavalo.

—No dia em que o Sargento Grimms e o Tenente Oglethorpe partiram para a missão de reconhecimento, você saiu do esquadrão por algum motivo de bicicleta?— perguntou o coronel, cruzando os braços sobre sua larga circunferência e observando o sargento atentamente.

—Sim, eu... Hum... Estava procurando pela região por um transporte grande o suficiente para empacotar nossos equipamentos e sair o mais rapidamente possível. Com os boches se movendo, eu suspeitava que teríamos que sair a qualquer momento. Tínhamos mal o suficiente de caminhões e carroças. Então decidi ver se podia encontrar mais.

—Então você não estava no campo quando o tenente e o sargento caíram fora de Epernay?— Wingate perguntou novamente.

—Isso está correto, senhor. Eu não estava lá.

Wingate olhou para Jake com uma expressão de descontentamento antes de virar-se para encarar a janela aberta novamente. Jake, olhando para o coronel por um momento, manteve seu rosto neutro e voltou seu olhar para o sargento.

—Antes de se juntar ao esquadrão, Lonnie, você conhecia o sargento Higgins e o sargento Grimms de algum outro lugar?

O grande e bonito sargento não respondeu imediatamente. Seu rosto ficou vermelho e ele parecia estranhamente envergonhado enquanto olhava para suas botas gastas. Mexendo-se desconfortavelmente na cadeira, ele limpou a garganta e começou a dizer algo. Mas hesitou, e sua hesitação fez Wingate olhar para ele com interesse.

—Eu... Uh... Sim, conhecia os dois homens antes de vir para

o esquadrão. Higgins era o secretário particular do Sir John Oglethorpe na Índia, logo antes do general se aposentar do serviço. O sargento Grimms estava na unidade em que eu servi na época.

—Você conhecia pessoalmente o Sir John Oglethorpe?— Wingate perguntou enquanto se sentava no canto oposto da mesa e observava o sargento. —Explique, em detalhes, seu relacionamento com o general.

—Eu era um oficial júnior na equipe do general na Índia, senhor. Acabei de sair da escola de oficiais e fui imediatamente designado para a Índia e a divisão de cavalaria do general.

—Você era um oficial?— O coronel murmurou confuso, sacudindo a cabeça na tentativa de clarear sua confusão. —Devo confessar, sargento, que não entendo. Se você era um oficial de linha em 1905 com a divisão de cavalaria do general na Índia, como acabou em uma unidade da RFC como um NCO servindo como mecânico?

Burton olhou lateralmente primeiro para o coronel e depois para Jake, antes de olhar para suas mãos novamente. Respirando fundo, o homem desconfortável exalou lentamente e depois levantou a cabeça para olhar diretamente para Wingate.

—Eu me apaixonei, coronel. Apaixonado por uma mulher acima de meu posto na vida. Surpreendentemente, ela se apaixonou por mim. O senhor sabe que eu sou galês. Minha família é tão pobre quanto eles vêm. Meu pai morreu antes de eu nascer. Minha mãe e dois tios foram os únicos em nossa casa enquanto eu era uma criança. Como eu entrei em Sandhurst ainda me confunde. Mas para Sandhurst eu fui e me formei com honras. Fui imediatamente enviado para a Índia para a divisão do general e fiquei tão feliz quanto uma cotovia. Eu estava em uma terra colorida estrangeira, servindo em uma das melhores unidades da Índia, e esfregando cotovelos com algumas das melhores sociedades da Inglaterra que momentaneamente se encontravam longe de sua sociedade rarificada.

—Mas então esta menina de olhos castanhos, ruiva, a filha mais nova do secretário do representante britânico na Índia, decidiu fazer com que eu me apaixonasse por ela. Pior ainda, ela ficou grávida. Havia um inferno sangrento para pagar por isso. Um escândalo de proporções olímpicas foi evitado por pouco graças à intervenção de Sir John. De alguma forma ele convenceu o pai de Adele de que seria melhor para todos se Adele se casasse comigo e nós dois desaparecêssemos tranquilamente para o Canadá. É claro que eu teria que renunciar à minha comissão e nenhum de nós jamais voltaria à Inglaterra novamente. Mas inferno, para Adele eu teria de bom grado caminhado através dos poços de alcatrão do Hades! Eu faria qualquer coisa para pagar a dívida que devo ao general ao conseguir a Adele e a mim mesmo permanentemente juntos.

—Hmmm, interessante — rosnou o coronel enquanto ele olhava o sargento com desconfiança. —E por que você voltou para a Inglaterra e se juntou ao RFC?—Adele e eu mudamos para o Canadá e compramos uma pequena fazenda nos arredores de Saskatoon. Tivemos três filhos. Nossas vidas estavam cheias e nos encontrávamos aparentemente abençoados na vida. Adele, embora vinda de um lugar na vida onde nunca teve que trabalhar fisicamente por nada, tornou-se uma maravilhosa esposa de fazendeiro. Ela ainda é! Ela e os meninos estão de volta ao Canadá esperando por mim. Mas coronel, até um cego poderia ver que a guerra estava se aproximando. Uma grande guerra. Eu me encontrava inquieto com a ideia de que uma guerra pudesse ameaçar minha família enquanto eu estivesse a salvo do perigo no Canadá. Adele percebeu minha crescente tristeza. Um dia, ela veio para o campo em que eu estava trabalhando com uma mala pronta e um bilhete de trem para Toronto. Ela disse que tinha entrado em contato com o general. Ele prometeu que eu poderia voltar para a Inglaterra. Ele tinha conexões para me colocar de volta no exército. É verdade, eu não sou mais um oficial, mas estou nessa guerra e fazendo o meu melhor para vencê-la.

—Sir John o colocou no esquadrão, Lonnie?— Jake perguntou calmamente.

—Certamente. Fui o primeiro homem a ser designado para o esquadrão. Eu estava aqui antes de você chegar, coronel, antes de qualquer pessoa chegar.

Jake assentiu, franzindo a testa e esfregando uma mão pensativamente no queixo. A história do sargento era uma história maravilhosa de amor e devoção. Mas era verdadeira? Sem uma maneira de verificar factualmente sua história, Jake percebeu que poderia ser uma história fantástica e nada mais. Com a batalha de Marne em andamento, ninguém na sede tinha tempo para verificar com as autoridades no Canadá. Então, onde isso os deixava?

—Lonnie, por que você achou que Grimms foi designado para o esquadrão?

—Puxa, senhor, a princípio eu não pensei em nada— respondeu o sargento, encolhendo-se timidamente antes de se sentar na cadeira. —Não me ocorreu que o general tinha um filho. Eu pensei que o nome era apenas uma coincidência. Mas então, Grimms entrou na oficina em que eu estava trabalhando um dia e me deu uma piscadela conspiratória. Ele me disse que o Velho tinha o mandado para esse trabalho fácil com ordens de vigiar seu filho bebê. Essa foi a primeira vez que percebi que o tenente e o general eram parentes.

—E naquela noite chuvosa quando Higgins chegou?

—Assim como eu disse a você outro dia, senhor— respondeu Burton, balançando a cabeça.

—Aconteceu exatamente como eu disse a você. Eu nunca descobri sobre o que os dois conversaram. Mas então, eu realmente não precisava saber, não é mesmo? Higgins estava aqui para ser o ajudante do tenente. Eu não sabia nada sobre a briga que o tenente teve com seu pai até depois que os assassinatos começaram. Quando o pequeno homem chegou, eu assumi que o general estava estabelecendo um elo com seu filho em casa.

—Hmmm— murmurou Jake pensativo e acariciou o queixo novamente com uma mão. —Outro dia, quando Mathes morreu, você saiu do esquadrão por algum motivo?

—Absolutamente não, senhor. Foi quando os alemães começaram a nos atacar com seus grandes canhões. O inferno se soltou por aqui. O coronel e eu lutamos por horas tentando apagar todos os incêndios e salvar o máximo que podíamos do esquadrão.

—Eu posso afirmar isso, capitão— disse Wingate em voz baixa, confirmando a declaração do sargento. —O sargento estava perto de mim durante todos os incêndios. Pelo menos metade do esquadrão poderia testemunhar que o sargento estava no meio de tudo por mais de vinte e quatro horas seguidas. Não há como ele ter deixado o campo naquele momento. Absolutamente nenhum.

Jake balançou a cabeça e se levantou. Coçando a parte de trás da cabeça, ele se virou e caminhou para um lado da sala e pausou, depois se virou e olhou para o grande galês.

—Acho que é isso, então. Exceto uma pergunta, Lonnie. Você sabe tanto quanto nós sobre o que aconteceu. Certamente você tem suspeitas. Quem você acha que matou o sargento Grimms?

Lonnie Burton olhou por cima do ombro para Jake e depois para o coronel. Havia uma expressão de preocupação no rosto do homem grande. Era óbvio que ele não queria responder à pergunta de Jake. Curioso, Jake cruzou as mãos sobre o peito e esperou por uma resposta.

—Sargento, o Capitão Reynold pediu uma opinião. Você mostrou evidências de ser um homem inteligente. Concordo com o capitão, você provavelmente suspeita de alguém. A questão é, quem você suspeita?

—Coronel... capitão,— começou o homem grande, sorrindo timidamente e levantando-se da cadeira para encarar os dois oficiais diretamente. —O que minhas suspeitas podem provar? Precisamos de provas absolutas e irrefutáveis para encontrar nosso assassino. Mencionar nomes de pessoal que suspeito pode fazer mais mal do que bem.

—O que você quer dizer, Lonnie?

—Suponha que eu mencione o Sargento Holmes como um possível suspeito. Eu sempre suspeitei dele, para ser franco, mas isso não significa nada. Eu sei que o Holmes fala latim e grego e adora ler. Mas por que ele age como um simples mecânico me deixa perplexo. Esse foi o primeiro sinal que me fez suspeitar dele. Também sei que ele já esteve no exército e serviu na Índia. Mas o que isso significa? E se o verdadeiro assassino plantou evidências para fazer parecer que o Randy é culpado? Nós acusaríamos e condenaríamos um homem inocente.

—Então você suspeita do Sargento Randal Holmes, é isso, sargento?— perguntou Wingate de forma incisiva.

—Sim, é isso. Já me ocorreu que ele foi o único com autoridade para sair da unidade em quase todos os momentos em que você esteve fora, senhor. Eu sei que ele pode pegar um rifle Enfield e disparar cinco ou seis tiros tão rápido que seu tiro quase parece uma metralhadora. Como eu disse, senhor, ele não gostava nem um pouco do Grimms. Tive a suspeita de que ele não gostava muito do tenente também. Embora isso não possa ser completamente verdade, já que vi o Randy entrando e saindo do alojamento do tenente muitas vezes antes do assassinato do Grimms. Mas quanto a provas de que ele é o assassino, não tenho uma única peça de evidência para apoiar minhas afirmações. Nenhuma.

Jake assentiu e ficou em silêncio por um momento ou

dois enquanto pensava nas palavras do sargento. Olhando para o coronel, viu que o oficial corpulento estava fazendo a mesma coisa. Suspeitas eram uma coisa. Mas provas irrefutáveis eram outra coisa completamente diferente. Para levar um assassino à justiça, era necessário ter provas inequívocas.

—Obrigado por responder às nossas perguntas, sargento. Acho que por enquanto é isso.

—Sim, você pode ir, sargento— Wingate concordou e voltou para sua mesa, mas parou e olhou com firmeza para o sargento novamente. —Mas o que foi dito nesta sala será mantido em segredo por enquanto, entendeu? Não fale com ninguém e não responda a perguntas.

—Sim, senhor— respondeu o sargento, vindo à atenção e saudando inteligentemente antes de se virar e deixar os dois homens em pé no escritório.

Por alguns segundos, nenhum dos homens disse nada. Levar alguns segundos para absorver e ajustar todo o testemunho do sargento levou alguns segundos para ambos. Mas finalmente Wingate suspirou, balançou a cabeça e desabou em sua cadeira. Ele jogou as botas na borda de sua mesa enquanto se inclinava para trás na cadeira.

—Bem, o que você acha?

Jake olhou para o coronel e deu de ombros antes de caminhar até a janela e olhar para fora, através do campo.

—A menos que possamos verificar muita coisa de sua história, acho que não podemos descartá-lo como suspeito.

—Mas ele não poderia ter atirado em você quando Mathes foi morto. A tentativa de ontem à noite foi igualmente impossível. Nós dois estávamos aqui quando você voltou da sua pequena aventura.

—Mas e se ele tivesse um cúmplice, coronel?— Jake perguntou em voz baixa enquanto observava o sargento caminhar pelo campo em direção à tenda do circo. —E se o sargento Burton e o sargento Holmes estiverem trabalhando juntos.

—Bah!— explodiu Wingate com raiva, deixando os pés caírem ruidosamente no chão e saindo da cadeira. —E se, e se, e se...! Caramba, capitão! Poderíamos continuar assim para sempre, criando teorias fantásticas. O que precisamos é encontrar a prova para apontar para um ou ambos os homens. Vou pegar o telefone e ver se consigo uma linha direta de volta para a Inglaterra. Se pudermos provar, ou desmantelar a história do sargento Burton, então talvez tenhamos algo. Enquanto isso, acho que é melhor você encontrar o sargento Holmes e interrogá-lo.

—Sim, isso é o próximo da lista.— Jake concordou, virando-se da janela e abrindo a porta antes de pausar e olhar para Wingate. —Você percebe, não percebe, que uma vez que o tenente morra, não haverá nada que obrigue nosso assassino a ficar por perto. Se ele veio aqui apenas para destruir a família Oglethorpe, eu teria que dizer que ele fez um trabalho admirável. A única razão pela qual ele fica aparentemente é para testemunhar a morte do tenente. Mas quando isso acontecer, nosso homem vai desaparecer e provavelmente nunca o encontraremos.

—Sim, cheguei a essa mesma conclusão, Reynolds.— O coronel assentiu sombriamente enquanto pegava seu telefone de campo. —Então é nosso trabalho encontrá-lo antes que o tenente sucumba aos seus ferimentos.

CATORZE

ELE ENCONTROU o Sargento Holmes na tenda do circo.

O suboficial tinha as mãos enfiadas em um balde de gasolina fresca, esfregando vigorosamente uma série de engrenagens para se livrar da ferrugem. Holmes era tão grande quanto Burton, mas com mais músculos embalados em seus braços grossos. O cabelo escuro desvanecendo rapidamente dava ao homem grande uma testa alta e inteligente. Olhos castanhos-escuros viram rapidamente Jake entrar na tenda parcialmente vazia e parcialmente queimada.

—Em que posso ajudá-lo hoje, senhor?— Holmes grunhiu casualmente enquanto continuava a esfregar as peças da transmissão desmontada de um caminhão que jazia eviscerado em suas várias peças no chão ao redor dele. —Diga, ouvi sobre sua cavalgada selvagem na noite passada. Droga, capitão. Você deve ter as vidas de um gato. Qualquer outra pessoa já teria morrido até agora.

Jake sorriu, encontrou um galão vazio de cinco litros e baixou-se em posição sentada, perguntando a si mesmo se talvez houvesse um tom de sarcasmo nas palavras do sargento.

—Não sou um gato, sargento. Apenas tenho sorte. Sorte demais. Mais cedo ou mais tarde, a sorte assim acaba.

Holmes olhou para Jake, sorriu ironicamente e continuou a limpar.

—O coronel e eu começamos a fazer algumas perguntas sobre os recentes assassinatos. Queria fazer algumas perguntas antes de sair para a missão de hoje à noite.

—Indo bombardear algo, hein? Caramba. Você deve gostar de voar no escuro.

A tenda estava vazia, exceto por ele e pelo sargento. Lá fora, nada se mexia, mas ao longe alguém estava disparando artilharia novamente. Holmes não disse nada enquanto continuava a lavar as peças na gasolina escura. Com habilidade praticada, ele usou habilmente a escova de aço nas engrenagens como um cirurgião usava um bisturi. Quando terminou, ele cuidadosamente enxugou cada engrenagem e as empilhou ordenadamente em uma caixa de madeira à sua direita. Consciente do silêncio, Jake notou algo mais. Enquanto Lonnie Burton parecia nervoso ao pensar em ser interrogado, Randal Holmes era exatamente o oposto. Ele parecia quase entediado.

—Você é bom com um rifle, sargento?

Aquele sorriso sarcástico atravessou os lábios finos do sargento novamente. Mas ele não olhou para cima do seu trabalho enquanto respondia em uma voz suave, uniforme e sem graça.

—Eu costumava ser, senhor. Lá em casa, costumava caçar muito.

—É bom o suficiente para acertar um alvo em movimento a mais de quarenta milhas por hora?

—Bem... talvez, capitão. Se eu achasse que precisava. Isso me torna um suspeito?

—Todo mundo é um suspeito.

Aquele sorriso enigmático passou pelos lábios finos do

sargento enquanto ele olhava para baixo para o balde cheio de gasolina e procurava por outra peça para limpar.

—Bem, para responder a sua pergunta, senhor. Sim. Sim, eu acho que poderia acertar um alvo em movimento a essa velocidade. No entanto, a pessoa que tentou atirar na noite passada errou. Eu não acho que teria errado.

—Todo mundo tem direito a um erro, sargento. Mesmo um atirador experiente às vezes perde o alvo.

—Sim, até o Papa comete um erro ou dois de vez em quando, suponho. O que, francamente, é um pensamento refrescante. Sempre se pode corrigir um erro, não é? Eu suspeito que a pessoa que atirou em você e errou possa considerar isso um erro. Talvez um erro caro.

Jake inclinou-se sobre os cotovelos e olhou atentamente para Holmes. O homem não havia olhado diretamente para ele nem uma vez. A voz do homem não variou de forma alguma em seu tom monótono e calmo. Além daquele sorriso esquisito e irritante que brincava nos lábios do homem de vez em quando, o sargento poderia muito bem ter sido um disco de gramofone. Ele estava desprovido de qualquer emoção.

—Sargento, me diga. Por que Grimms o fez sentir... Oh, qual foi o termo usado? Chateado. Sim, isso mesmo. O que o deixou chateado com Grimms?

—Eu nunca fiquei chateado com Grimms. Por que eu deveria estar? Ele e eu servimos juntos por anos na Índia. Eu gostava do cara, embora admita que ele tinha um jeito de irritar os outros. Se você quiser falar com alguém que não gostava de Grimms, deveria encontrar Burton.

—Você esteve na Índia?

—Sim. Grimms, eu e Higgins.

—Você serviu na divisão de cavalaria do Sir John Oglethorpe?

—Oh não, não na unidade desse famoso homem— respondeu o sargento, meio sorrindo e balançando a cabeça enquanto começava a limpar um grande pedaço de metal. — Nós estávamos em uma unidade de infantaria perto do Afeganistão. Os três de nós estávamos. Nunca montei em um cavalo na minha vida, capitão. Nunca quis.

—Isso é estranho. O sargento Burton disse que ele, Grimms e Higgins serviram em um regimento de cavalaria. O sargento disse até que era um oficial servindo no estado-maior da divisão do Sir John. Mas se Grimms e Higgins estavam com você no norte da Índia, isso significa que o sargento Burton mentiu. Por que o sargento mentiria sobre algo assim?

Holmes deu de ombros, colocou a peça de metal e enfiou as mãos de volta na lata de gasolina. Os olhos do homem olharam casualmente para a esquerda e para a direita. Mas Jake notou que eles nunca o olhavam diretamente. Era como se o sargento estivesse deliberadamente tentando não olhar para ele.

—Não posso responder pelo Burton, senhor. Você terá que perguntar a ele. Assim como terá que perguntar por que ele estava caminhando de volta daquela linha de árvores, ali onde Higgins morreu, algumas horas depois que o corpo foi descoberto. Caminhando com uma pá sobre o ombro e parecendo ter acabado de cavar um buraco fundo ou algo assim.

—Você viu o sargento Burton com uma pá?

—Sim. Parecendo cansado e bastante sujo. Eu estava sentado aqui quando ele voltou andando rapidamente, parecendo o gato que acabou de comer o canário. Era bastante tarde e tenho certeza de que ele não me viu.

Jake sorriu e olhou para baixo, abanando a cabeça em divertimento. Ele tinha certeza de que poderia enviar alguém para procurar por terra recentemente revirada e encontrá-la. Ele também não tinha dúvida de que escavar o buraco revelaria a baioneta usada para matar Higgins e possivelmente a túnica com um conjunto de chevron de sargento faltando. O que ele não encontraria seria evidências claramente apontando para Burton ou Holmes como o assassino.

—Diga-me, sargento—, Jake suspirou, levantando a cabeça e olhando para Holmes novamente. —O senhor conheceu o General Oglethorpe antes da guerra?

—Nunca, senhor. O que um general teria em comum com um simples soldado como eu? Não, eu não conhecia o general. Nem sequer pensava nele até que o tenente chegou. Pensei que vi uma semelhança familiar; acho que estava certo.

De sua própria maneira tranquila, o Sargento Holmes estava acusando o Sargento Burton de ser um mentiroso e possivelmente o assassino. Mas se Burton fosse o assassino, como ele teria atirado em Mathes? Como teria atirado em Grimms? No dia anterior, eles se retiraram e seguiram para sua residência nos arredores de Coulommiers, o sargento era um dinamo de energia e entusiasmo. Jake lembrou de Burton correndo por todo lugar tentando fazer os homens empacotarem e se prepararem para partir. Não haveria como o sargento ter pedalado até a floresta, matado o sargento Grimms e depois voltado ao esquadrão sem ser notado.

—Sargento, o senhor já mentiu para um oficial?

—Não sem uma razão, senhor— respondeu Holmes de maneira objetiva, sentando-se e limpando as mãos, e pela primeira vez, olhando diretamente para Jake com olhos firmes. —Você tem mais alguma pergunta, senhor? Se não, tenho que consertar esta transmissão. Estamos com apenas um caminhão pesado restante e precisamos dele para ir buscar suprimentos até amanhã à tarde.

Os olhos eram inabaláveis e sem brilho na cor. Eles nunca vacilaram. Eram apenas poças de vazio frio.

—Por enquanto, acabou para mim, Holmes. Mas quando eu voltar, terei mais perguntas.

—Sim, senhor—, disse o sargento, levantando-se e virando-se para pegar a caixa de peças da transmissão. —E boa sorte na missão desta noite. Espero que sua sorte não tenha acabado ainda.

Com isso, ele pegou facilmente a caixa pesada e a jogou sobre um ombro antes de se virar e sair completamente da tenda. Sozinho, Jake balançou a cabeça e se levantou. O que ele aprendeu? Nada. Ele estava mais perto de resolver o caso? Não realmente. Ele tinha uma sensação visceral de quem era o assassino? Absolutamente. Mas a questão era: como transformar essa sensação em evidências que ele pudesse apresentar a um tribunal de inquérito?

QUINZE

O RUGIDO saudável dos 80 cavalos do motor rotativo atrás dele foi firme e tranquilizador para os ouvidos de Jake enquanto ele espreitava pela borda de sua cabine e olhava para baixo durante a noite. Mas os controles preguiçosos do avião o preocupavam. O indicador de combustível quebrado só tornava a situação mais incômoda. O indicador estava funcionando quando ele levantou do campo no aeródromo francês, seguido por seis fazendeiros franceses carregados com bombas e lutando para subir no ar depois dele. Mas vinte minutos após o vôo, o calibre de repente mandou sua agulha deslizar para a extrema direita. Nenhuma batida no vidro do instrumento faria com que ele voltasse a funcionar.

Abaixo, a noite era tão negra quanto o abismo sem fundo mais escuro. Havia apenas uma escova ocasional de luar através da superfície de um rio para lhe dar uma vaga referência ao seu paradeiro. Olhando sobre seu ombro direito, ele viu as seis máquinas francesas empilhadas como uma longa fila de gansos fora de sua asa direita. Eles pareciam tão lentos e preguiçosos no ar quanto sua máquina sentia. Mas eles tinham uma desculpa. As máquinas francesas carregavam quatro munições de artilharia de 75 mm em seus cockpits para serem usadas como bombas. Cada bala era acionada pelo júri com um conjunto de barbatanas ad-hoc arrancadas de folhas de lata. Elas eram afixadas às conchas de artilharia num esforço para dar-lhes alguma forma de estabilidade quando eram lançadas sobre seus alvos.

No segundo mês da guerra, não havia bombas aéreas. Apenas semanas antes a idéia de usar um avião como arma de guerra parecia uma fantasia selvagem. Antes da guerra, a maioria dos especialistas e planejadores militares encaravam o avião como uma engenhoca que, na melhor das hipóteses, estenderia os olhos do exército no campo de batalha e agiria algo como uma cavalaria aérea. Ou, no seu pior, o avião acabaria não tendo qualquer importância. Mas como uma arma genuína que poderia ter verdadeiras capacidades ofensivas, os mesmos especialistas proclamaram em voz alta que estava além até mesmo do reino da fantasia. A idéia de derrubar explosivos sobre um alvo militar parecia ainda mais rebuscada.

Mas as necessidades da guerra têm uma forma de mudar as idéias de cada um. A guerra força os estáveis e complacentes, os generais congelados no tempo e os incompetentes a se tornarem criativos e inventivos, ou a se tornarem um dos milhões de historiadores de estatísticas que, anos mais tarde, citarão os alunos entediados nas salas de aula esquecidas. A guerra exige mudanças rápidas, mudanças rápidas, e é um mestre de tarefas impiedoso que não perdoa aqueles que não podem atender a seus desejos. Aqueles que podem mudar e se adaptar geralmente têm a vantagem de sobreviver.

No entanto, nas primeiras semanas da guerra, nenhum país tinha um suprimento, ou mesmo um projeto, para uma bomba aérea eficiente. É verdade que, em guerras passadas, alguns indivíduos corajosos tentaram usar balões para lançar dispositivos explosivos no inimigo. Na maioria dos casos, essas tentativas foram insignificantes. Mas agora, com o avião capaz de voo sustentado de longa distância, a ideia de bombardear o inimigo pelo ar se tornou uma realidade muito evidente. Por necessidade, cada serviço militar beligerante se tornou adaptativo e inovador. Alguns construíram dispositivos rudimentares usando dinamite e gatilhos de contato de conchas de artilharia. Alguns tentaram designs primitivos de coquetéis molotov, gasolina derramada em uma garrafa com um pedaço queimando de panos embebidos em combustível como fusível e lançados imediatamente no inimigo abaixo, no momento em que os panos eram acesos. Mas a maioria dos países simplesmente decidiu usar conchas de artilharia de vários tamanhos para cair sobre as cabeças da infantaria, bem como dos inocentes. Somente em 1915 as bombas projetadas para serem lançadas de cima foram fabricadas em quantidades.

O vento batendo no rosto de Jake era bom enquanto ele ajustava seus óculos de proteção e olhava para cima. Ao longe, a oeste, uma tempestade estava se formando, o horizonte literalmente brilhando com raios irregulares. Ele não queria que a tempestade que se aproximava apagasse o pouco de luz da lua que vinha do quarto crescente atrás de seu ombro direito. Se a luz da lua durasse até chegarem a Montmirail antes que as nuvens a encobrissem, ele pelo menos poderia usar a bússola. De Montmirail a Epernay, era um voo retilíneo nordeste. Uma vez que ele e seus colegas franceses chegassem a Epernay, seriam cerca de trinta minutos de voo diretamente para o norte até Reims. Com luz suficiente, ele e sua equipe poderiam seguir o contorno fraco da estrada que conecta Epernay a Reims. Mas olhando para as nuvens, ele podia ver que a lua seria permanentemente encoberta a qualquer momento. Franzindo a testa, ele olhou por cima do ombro novamente e olhou para o voo escalonado das máquinas francesas, depois olhou para baixo.

À sua esquerda, apenas um pouco, e momentaneamente

banhado por uma fina faixa de luz da lua, estava Montmirail. Mas o momento de iluminação foi breve. Assim que reconheceu a pequena aldeia francesa, as nuvens encobriram completamente o campo. Olhando de volta para seu voo, ele esperava que o francês mais próximo o visse começar sua descida rasa. Se ele o fizesse, esperava que os pilotos restantes o seguissem e o voo permanecesse junto. Ele tinha que descer mais baixo. Mas descer significava alertar os boches de sua abordagem. Os motores rotativos dos sete Farmans eram incrivelmente altos. Em uma noite de verão calma, eles podiam ser ouvidos por quilômetros se um piloto decidisse voar baixo. Jake, depois de ter seu avião destruído por um atirador alemão em uma torre de igreja apenas uma semana antes, sabia que teria que correr o mesmo risco novamente. Sem luz da lua, não havia como manter a orientação a seis mil pés de altura. Respirando fundo e expirando lentamente, ele empurrou o joystick para a frente e virou para ver se o Farman mais próximo o seguia.

Jake viu o biplano francês continuar próximo ao seu lado superior direito e sorriu aliviado. Na noite, ele viu os escapamentos ardentes das outras máquinas penduradas em uma formação perfeitamente escalonada atrás do avião francês. Com todos os seus —pintinhos— ainda juntos à sua máquina, Jake voltou à tarefa em mãos. Ele nivelou a duzentos pés acima das colinas rolando apenas a sudoeste de Montmirail e começou a tecer e balançar pelo terreno ondulado do campo em uma dança particularmente arriscada. À sua frente e ligeiramente abaixo, as massas escuras de árvores e casas deslizavam sob suas asas enquanto sua máquina corria a quase oitenta milhas por hora. Ele sabia que era uma insanidade voar tão baixo. Um único erro de julgamento seria a morte certa. Mesmo assim, a emoção de voar pela noite tão rápido quanto o velho Farman conseguia o fez sorrir com satisfação. Esquecendo-se dos outros atrás dele, Jake abaixou ainda mais a aeronave. Ele queria ver o quão perto podia chegar do terreno. As árvores agora passavam por baixo de suas rodas com menos de dez pés de distância, passando tão rápido que ele só viu formas ligeiramente mais escuras que a noite passarem por baixo dele. Encontrando-se gostando muito da experiência, Jake começou a assobiar uma música de um show da Broadway enquanto suas mãos e pés se moviam com agilidade felina em seus esforços para manter a máquina de colidir.

Breve feixe de luz da lua penetrou através de uma estreita fenda nas nuvens e iluminou a paisagem com luz prateada. Naquele breve lampejo de iluminação, Jake olhou para a esquerda e para a direita. Por pura sorte, estavam voando pelo meio da estrada que levava de Montmirail a Epernay e estavam, na verdade, quase chegando a Epernay. Puxando levemente o manche para trás, Jake queria alguns pés a mais de distância antes de sobrevoar a cidade. Se houvesse algum esconderijo de metralhadoras alemãs em janelas do segundo andar ou em torres de igrejas, ele queria que seus companheiros tivessem altura suficiente para dificultar que atirassem neles. Olhando por cima do ombro, viu que ainda tinha suas seis máquinas em formação apertada atrás dele. Acenando com satisfação, voltou a atenção para a tarefa em mãos e, de repente, viu Epernay diretamente na sua frente.

Movendo o joystick para a esquerda, Jake sentiu o velho Farman inclinar-se abruptamente para a esquerda, assim como a cidade passou rapidamente sob a ponta de sua asa esquerda. Uma ou duas milhas à frente, um pilar de luz da lua perfurou a cobertura de nuvens com uma coluna brilhante de luz. A luz da lua cortou a estrada de Epernay a Reims. Também revelou uma visão sinistra. A estrada estava cheia da massa negra de tropas alemãs, até onde a vista alcançava. Quase instantaneamente, a estrada abaixo iluminou-se com os brilhantes flashes de armas disparando na escuridão. Milhares de pequenas flores de luz e serpenteantes rastros de balas de metralhadoras raivosas começaram a cruzar o céu acima da estrada, tornando o ambiente imediato ao redor da máquina de Jake um inferno vivo. Lançando o manche para a direita, Jake inclinou o Farman o mais que pôde na tentativa de se afastar. Mas, à medida que a velha máquina deslizava sobre uma linha de árvores que delimitavam a estrada, ele sentiu as balas atingindo repetidamente sua máquina.

Endireitando-se, Jake empurrou o manche para a frente e baixou ainda mais a aeronave até o chão. Ao leste, havia manchas de florestas densas pontilhando a paisagem rural. Se ele pudesse manter a aeronave de colidir com uma parede de árvores, Jake iria usar as florestas como uma cobertura por alguns minutos antes de subir novamente e seguir em direção ao norte. Apenas alguns quilômetros ao norte das florestas, ele encontraria o rio Vesle. Se sua sorte durasse e nenhuma das balas tivesse atingido algo importante, ele sabia que o rio Vesle o levaria direto para Reims e para o depósito de suprimentos logo fora da cidade. Olhando por cima do ombro, ele viu apenas um francês ainda se aproximando de sua asa. Ele olhou para a esquerda e para a direita e viu que a noite estava quieta e vazia e ninguém estava atirando neles.

Puxando o manche para trás, ele subiu para quinhentos pés em uma subida suave e depois fez uma curva à esquerda. A primeira rajada da tempestade se aproximando atingiu seu avião de frente e fez a máquina desengonçada tremer de proa a popa. Não muito longe, a própria tempestade estava pintando a escuridão com uma fantástica exibição aérea de fogos de artifício eletrificados. Ignorando a tempestade que viu à distância, ele viu o rio Vesle serpenteando pelo campo e sorriu. Talvez sua sorte durasse. Mesmo um francês com quatro bombas poderia ter sorte o suficiente para acertar algo que explodisse e causasse consideráveis danos. No momento, no entanto, ele estava feliz por ninguém estar atirando nele. Voando sobre as margens do rio, ele fez outra curva à esquerda e começou a seguir o curso do rio em direção ao noroeste. Em menos de quinze minutos, eles estariam sobre Reims procurando pelo depósito de suprimentos. Seria quando o verdadeiro inferno se desencadearia. Neste ponto, todo comandante alemão deste lado do Reno sabia que bombardeiros franceses estavam voando na noite procurando algum alvo para bombardear. Jake sabia que o depósito de suprimentos estaria cercado por todos os tipos de armas que os krauts pudessem cavar em seus esforços para defendê-lo.

Suas suspeitas foram confirmadas apenas cinco minutos depois. Quando se aproximavam da cidade pelo sudeste, o ar noturno ao sul da cidade se transformou em um redemoinho mortal de fogos de artifício e poderosos holofotes cortando a escuridão acima na tentativa de encontrar intrusos aéreos. Após os fogos de artifício e holofotes iluminarem os céus noturnos, os rastros arqueados de centenas de metralhadoras disparando ao mesmo tempo fizeram a noite literalmente brilhar com exibições pirotécnicas de morte instantânea. Surpreendentemente, um ou mais de seus companheiros perdidos encontraram Reims por conta própria e estavam agora tentando encontrar seus alvos. Graças à massa concentrada de fogos de artifício enchendo o céu ao sul da cidade, não havia dúvida em sua mente sobre onde eles encontrariam o depósito de munições.

Três grandes explosões iluminaram o terreno com pronunciamentos estrondosos de destruição. Incêndios eclodiram em uma vasta conflagração, seguidos por centenas de explosões secundárias, e Jake percebeu que uma bomba devia ter acertado seu alvo. Mas não havia tempo para se vangloriar porque holofotes pegaram Jake e sua máquina, junto com o único Farman francês atrás dele, em uma coluna ofuscante de luz branca e imediatamente, de cem direções diferentes, traçadores de metralhadoras brilhantes abriram caminho pela noite na tentativa de derrubá-los.

Mas havia mais do que metralhadoras tentando derrubá-los. Os Krauts também estavam usando fogo de artilharia. Grandes rajadas de projéteis de canhão encheram o céu perto de Jake, suas explosões sacudiram seu avião quase fora de controle a partir de suas ondas de choque. Um desses projéteis explodiu logo abaixo de sua máquina e a virou de cabeça para baixo. Com apenas quinhentos pés de espaço livre abaixo dele, Jake sabia que não tinha muito espaço para erros. Com uma lentidão agonizante em seus movimentos, o velho Farman rolou sobre uma asa e se endireitou justo quando uma linha de fogo traçador subiu do chão e cortou suas asas esquerdas. Tremendo com o impacto, o Farman cambaleou no ar por um momento e caiu alguns pés antes de escapar do perigo.

Jake não esperou que outro boche acertasse seu alvo. Lançando o avião com força para a esquerda, ele fez uma curva acentuada e depois puxou o manche para ganhar altitude. Atrás dele, ouviu outra explosão gigantesca, seguida por várias centenas de explosões menores, e sorriu e gritou de alegria. Seu companheiro de asa francês também deve ter acertado o alvo. Mas ele não teve tempo de virar e observar os danos. A força da primeira explosão maciça atingiu seu avião por trás e ele se viu girando pelo céu noturno completamente fora de controle. Ele lutou com a máquina para recuperar o controle enquanto mais metralhadoras começavam a cantar suas músicas de morte em direção a ele.

De repente, ele percebeu que estava na escuridão novamente e sozinho. Nenhuma luz de baixo o delineava para as centenas de atiradores boche. Nenhum rastro de fogo de metralhadora saía da escuridão para derrubá-lo, e mais surpreendente ainda, não havia o som surdo do motor do seu avião zumbindo atrás dele. Apenas escuridão e silêncio total preenchiam o ar. Sem energia, a máquina começou a cair. Empurrando o manche para frente ligeiramente, Jake estabilizou a máquina e então olhou ao redor rapidamente para ver onde ele poderia estar. Duas coisas ficaram imediatamente aparentes. Primeiro, ele estava sobre a cidade em si. Reims se espalhava na escuridão abaixo dele à esquerda e à direita, a menos de cem pés abaixo dele. Em segundo lugar, emergindo da escuridão na frente dele, estava a alta e estreita massa da torre do sino da catedral de Reims. Com o motor destruído e mal velocidade suficiente para se manter sob controle, não havia nada que ele pudesse fazer além de mexer no manche e no leme na tentativa de guiar a fuselagem da máquina para a abertura da torre do sino.

Ao colidir com a estrutura de pedra, o som de madeira estilhaçando e lona rasgando em pedaços preencheu a noite. Segurando-se da melhor maneira possível, Jake foi jogado de um lado para o outro da sua aeronave. Mas o cinto de segurança em torno da sua cintura o segurou. As asas foram arrancadas da fuselagem e a própria fuselagem, livre de qualquer impedimento, deslizou pelo piso de carvalho da torre do sino antes de parar diretamente sob o enorme sino de bronze da torre. Surpreso por ainda estar vivo, Jake desabotoou o cinto e rastejou para fora dos restos esfacelados da máquina.

Abaixo, o ar noturno estava cheio do barulho estridente de centenas de homens soprando apitos de polícia, seguido pelo rugido ensurdecedor de botas com pregos correndo pelas ruas de paralelepípedos que rodeavam a catedral. Saltando para uma das aberturas da torre, ele olhou para baixo e examinou as ruas abaixo. Uma longa fila de soldados alemães corria pela rua e entrava nas ruínas da catedral. Atrás dele, ouviu homens correndo escada acima da torre. Correndo para a escada, Jake fechou a armadilha da escada. Pulando para o lado, ele empurrou uma grande pedra sobre a armadilha. Semanas antes, os alemães haviam sitiado a cidade e bombardeado Reims impiedosamente. Naquele bombardeio, conchas rasgaram a catedral do século XIII e a deixaram em completa ruína. Agora, era nada mais do que um amontoado de escombros. Somente a torre em que estava permanecia mais ou menos intacta.

Correndo para uma outra abertura da torre, Jake se apoiou e se inclinou para fora na noite para espiar o exterior da torre. Como todas as catedrais góticas, as paredes exteriores da torre foram esculpidas em padrões intrincados e adornadas com centenas de pequenas estátuas religiosas. Para uma pessoa com seus talentos, tal edifício ornamentado oferecia uma rota de fuga perfeita. Sorrindo finamente para a noite, ele não hesitou. Num piscar de olhos, ele estava escalando a parede externa e mergulhando na escuridão, movendo-se com uma velocidade incrível.

Em sua linha de trabalho, não só era preciso ser um excelente artista, mas também ter a habilidade de um acrobata. Normalmente não se podia entrar em palácios e museus na calada da noite, a partir do térreo. Um ladrão de arte raramente entrava pela porta da frente. Um ladrão tinha que ser um homem de segundo andar se quisesse exercer seu ofício. Acontece que ele era o melhor nos negócios.

Acima dele, ele ouviu o estrondo pesado de homens tentando quebrar o chão de carvalho da torre do sino. Abaixo dele, e ao longe, ele ouviu o rosnar dos caminhões alemães roncando pela rua da cidade em seu caminho. Ele sabia que só lhe restavam alguns segundos de liberdade. Se ele pudesse descer para uma das ruas laterais antes das tropas cercarem completamente a catedral, ele ainda poderia escapar. Mas ele tinha que se mover rapidamente e tinha que ter muita sorte. Saltando da base da torre para um segmento do telhado da catedral que permaneceu intacto, Jake deslizou sobre a borda do telhado e começou a descer em direção à rua abaixo.

Saltando silenciosamente da parede, ele pousou na calçada ao lado da catedral e se encostou à parede do prédio bombardeado. Enterrado no mais profundo das sombras, ele susteve a respiração e escutou. Do outro lado da igreja, ele podia ouvir os sons dos homens correndo e o ranger dos freios dos caminhões cheios de mais tropas. Mas, no momento, a rua à sua frente estava vazia de qualquer movimento. Olhando para a direita e para a esquerda, ele fez uma pausa. Na sua frente, do outro lado da rua, havia uma série de casas de negócios e apartamentos em três andares. A maioria delas eram conchas escavadas do cerco inicial, mas algumas permaneciam intactas e ainda ocupadas. Sua idéia era atravessar a rua e se esconder nas ruínas e esperar. Com sorte, ele poderia trocar o uniforme de seu oficial por algumas roupas civis emprestadas. Ele sabia que poderia se misturar com a população da cidade e nunca ser encontrado. Após alguns dias de espera pacientemente para que os alemães terminassem suas buscas, ele voltaria para a frente, encontraria uma brecha nas filas para se esgueirar, e eventualmente retornaria ao seu esquadrão.Ao atravessar a rua, ele começou a seguir em frente, mas parou e virou à direita. O ronco de um grande caminhão alemão rasgou o silêncio da noite, enquanto a máquina pesada virava na rua e acelerava em sua direção como um dinossauro pré-histórico. Rapidamente, deslizando de volta para as sombras escuras, Jake pressionou-se contra a parede da catedral e esperou.

Os freios do caminhão protestaram alto quando ele parou quase diretamente em frente a ele. Imediatamente, a parte de trás do caminhão foi aberta e vários grandes sargentos alemães pularam para fora na rua e começaram a dar ordens. Soldados saltaram do caminhão em duas colunas e começaram a correr pela rua. Mas não eram os soldados que chamavam a atenção de Jake. Em vez disso, a forma de um oficial alemão de grande porte saiu do lado do passageiro da cabine do caminhão. Na mão direita do homem estava a desajeitada pistola Mauser broom-handled enquanto ele caminhava ao redor da frente do caminhão e parava. Havia algo instantaneamente familiar sobre a silhueta escura. A forma como ele andava, a maneira como ele ficava com os pés separados e pendurava o cano de sua pistola sobre um ombro de maneira entediada, parecia tudo muito familiar para Jake.

—Saia, saia, onde quer que você esteja, capitão— a voz do general Helmuth von Frankenstein rosnou para a noite com facilidade casual e arrogante. —Eu sei que você está por perto e pode me ouvir. Não adianta tentar escapar. Desta vez, serei eu quem segura a arma e você será o prisioneiro. Então, facilite para si mesmo, meu amigo. Saia para a rua com as mãos acima da cabeça. Eu prometo que não vamos te machucar.

Jake olhou para a esquerda e para a direita e contou mais de trinta soldados alemães alinhados nas ruas, encarando a catedral. Na frente do grande caminhão, Frankenstein estava com os pés afastados e sua mão livre apoiada no quadril enquanto continuava a segurar sua pistola sobre o ombro direito. Nos lábios do homem estava aquele pequeno sorriso sardônico que irritava Jake imensamente. O homem era simplesmente muito confiante, muito autoconfiante. Mas, respirando fundo silenciosamente, Jake teve que admitir que o homem estava no controle da situação. Não havia nada a fazer além de se render.

—Meus cumprimentos, general— disse em voz alta o suficiente para que o general alemão pudesse ouvir.

Levantando as mãos bem alto, Jake saiu das sombras e entrou na rua.

—Ah, uma escolha sábia, capitão—, disse Frankenstein, acenando com a cabeça enquanto sorria ainda mais amplamente em prazer, mas sem fazer nenhum esforço para apontar a Mauser com cabo de vassoura para ele. —Eu disse que nos encontraríamos novamente, meu amigo. É uma questão de honra para mim sempre manter minhas promessas.

Homens o cercaram e jogaram suas mãos atrás das costas com força. Algemas apareceram do nada. Ele foi empurrado para o caminhão e jogado na parte de trás do veículo, cercado por vinte ou mais soldados de infantaria. Dois sargentos de aparência grisalha foram puxados para o caminhão, cada um apontando grandes rifles Mauser para ele, e sentaram-se dos dois lados do americano. Quando o motor do caminhão foi acionado novamente, ele ouviu o riso satisfeito da risada de Frankenstein enquanto o jovem general subia na cabine do caminhão e batia a porta.

—Bem, meu amigo americano— gritou Frankenstein da cabine enquanto continuava rindo. —Pelo menos você sobreviverá à guerra, né? Isso é, se você conseguir sobreviver a um dos meus interrogatórios.

A risada do homem explodiu em frenesi enquanto o grande veículo se movia à frente. Jake, algemado e cercado por seus captores, nada disse enquanto permanecia sentado, impassível, contra a cabine do veículo. Mas sua mente trabalhava freneticamente. Ele ia escapar. Ele ia escapar e ia encontrar uma maneira de acabar permanentemente com a arrogância de Helmuth von Frankenstein.

DEZESSEIS

NA ESCURIDÃO, ele ouviu vagamente o som de vários motores de avião alemão acelerando e depois desaparecendo ao longe. Pestanejando no escuro por alguns momentos para se orientar, as narinas de Jake sentiram o cheiro úmido e frio de um ambiente estranho. Deitado em algo duro e áspero, ele não podia ver absolutamente nada na escuridão ao redor dele. Mas ele podia sentir a dor começando a irradiar pelo lado direito do rosto. Levantando a mão para tocar a mandíbula, ele ouviu o ruído das pesadas correntes e sentiu o peso envolvido em seus pulsos. E então ele se lembrou.

Um soldado alemão usou a coronha de seu rifle e o acertou em cheio na mandíbula depois que ele disse algo que o general não gostou. Sorrindo, e gemendo de dor com o esforço, Jake se lembrou do que disse. Depois de duas horas sentado debaixo de uma luz muito brilhante com as mãos implacavelmente presas atrás da cadeira de madeira e sendo interrogado pelo próprio Frankenstein, Jake olhou para cima no rosto zombeteiro do arrogante general e disse:

—Será que sua mãe sabe que você está saindo à noite e sendo muito desagradável com os camponeses novamente?

Agora, gemendo novamente enquanto sorria e esfregava a mandíbula delicadamente, o general não gostou daquela observação. Empurrando-se para fora da laje fria, ele suspeitou que não seria convidado para a festa de aniversário do Kaiser no próximo ano.

Ao longe, ele ouviu outro motor alemão, um Daimler de quatro cilindros, pensou ele, acelerando e depois lentamente desaparecendo em silêncio. Olhando ao redor na escuridão, ele percebeu que devia estar perto de um aeródromo boche. Levantando-se, deu um passo à frente e foi imediatamente contido pelas algemas presas em seus tornozelos. Embora fosse muito escuro para ver qualquer detalhe ao seu redor, ele começou a usar as mãos para tocar as paredes e qualquer outra coisa que pudesse encontrar. Não demorou muito para ele perceber que estava acorrentado às paredes de uma adega de batatas. Num canto da sala, encontrou uma grande pilha de batatas endurecidas cobertas por um tapete de palha espessa. Na escuridão, ele encontrou algo mais.

Ele sentiu algo plano e duro sob a grossa camada de palha que cobria o chão da adega. Ajoelhando-se, suas mãos algemadas reviraram a palha até que ele encontrou o aço frio de uma faca quebrada. O pedaço de metal tinha cerca de quatro polegadas de comprimento e duas polegadas de largura. Sorrindo, ele começou a se levantar para colocar a lâmina na calça. Mas atrás dele, ele ouviu botas descendo rapidamente escadas de pedra e o som das chaves tilintando. Deixando o metal cair de volta no chão, ele o cobriu com palha com uma bota e se virou para encarar seus captores. Alguém destrancou um grande cadeado e o retirou de sua posição antes que a grande porta de madeira se abrisse. Uma mão grande, que precisava ser esfregada profundamente, empurrou um orbe cegante de luz para dentro da sala enquanto dois soldados alemães entraram na sala. Ele levantou as mãos algemadas para proteger os olhos da luz ofuscante. Os guardas, um segurando uma lanterna bem acima de suas cabeças e ambos segurando pistolas, se moveram cautelosamente de cada lado dele.

—Ah, você finalmente acordou— grunhiu o guarda com a lanterna. —O general quer vê-lo, americano. Saia da cela bem devagar. Não faça nenhum movimento estranho. Fomos avisados sobre você. Se você pensar em tentar escapar, nós atiraremos.

Sob a luz da lanterna, os guardas puderam ver a contusão negra cobrindo metade do rosto do americano. Mas eles também viram o americano sorrir dolorosamente e levantar as correntes que cingiam tanto seus pulsos quanto seus tornozelos em uma guia muito curta.

—Duvido que eu possa rastejar, muito menos andar, senhores. Posso persuadi-los a remover as correntes? Ou pelo menos me dar espaço suficiente para andar com alguma dignidade?

Ambos os soldados abanaram a cabeça em negação e fizeram sinal com as bocas de suas Lugers para que Jake prosseguisse. Vendo que nenhum deles iria acomodá-lo, o americano virou-se e pulou as íngremes escadas da adega e entrou na luz brilhante da cozinha de uma fazenda cheia de mecânicos e soldados da Boche. No ar pairava o cheiro de batatas e salsichas. O aroma de comida quente e café fresco fez a boca de Jake salivar. Mas ele mancou pela cozinha lotada enquanto os soldados observavam Jake em silêncio e continuavam a comer com a rapidez mecânica amortecida do cansaço.

—À esquerda e no andar de cima, americano— um de seus guardas resmungou atrás dele, fazendo sinal com a boca de sua Luger para subir uma escada que se apoiava em uma parede da grande sala de jantar. —O general está esperando por você no andar de cima. Primeira porta à direita.

Olhando para cima na escuridão do segundo andar, Jake

agarrou as correntes penduradas em seus pulsos e começou a pular um degrau de cada vez pela íngreme escada. Abaixo, os dois guardas esperaram até que Jake estivesse no meio do caminho antes que o que não segurava a lanterna dissesse ao parceiro que iria comer algo. O outro assentiu, mas não tirou os olhos de Jake, nem baixou o cano de sua Luger de 7,62 mm.

Vendo que seria observado de perto até entrar nos aposentos do general, Jake deu de ombros e voltou à tarefa de subir as escadas estreitas. No topo da escada, ele encontrou a porta à sua direita parcialmente aberta.

—Ah, Capitão Reynolds.— a voz do general ecoou jovialmente enquanto ele abria a porta e sorria. —Por favor, entre. Entre.

Foi necessário um esforço para Jake entrar no pequeno quarto. Mas, assim que o general se afastou da porta, ele entrou pela abertura. A cama havia sido retirada recentemente. No chão de madeira polida, Jake podia ver as marcas dos quatro postes da cama. Em vez da cama, havia uma mesa redonda e duas cadeiras com encosto alto. A mesa gemia sob uma variedade de comidas e vinhos, enquanto o general alemão, condecorado e vestindo um uniforme recém-passado, sorria calorosamente para Jake e sentava-se em uma das cadeiras.

—Por favor, sente-se. Coma. Lamento não ter muito tempo para passar com você. Mas o pouco tempo que temos, desejo saborear.

Jake sorriu e ergueu os pulsos acorrentados à sua frente.

—É difícil comer com toda essa ferragem, general.

—Ah, sim.— Frankenstein concordou, falando em inglês perfeito enquanto saía rapidamente de sua cadeira e produzia uma chave para os vários cadeados das correntes de Jake. —Peço desculpas, capitão. Achei necessário garantir que você estivesse firmemente preso. Você entende. Depois do nosso primeiro encontro, eu aprendi a apreciar sua agilidade bastante surpreendente, assim como sua capacidade de criar algo do nada.

Livre da servidão, Jake esfregou um pouco de vida de volta em seus pulsos e sentou-se em frente ao general. Mantendo os olhos fixos no oficial alto da Junkers, ele nada disse enquanto o general servia vinho para os dois.

—Com fome? Pessoalmente, estou faminto. Quero comer alguma coisa. Mas em menos de trinta minutos, tenho que voltar para Rethel e embarcar em um trem que me levará de volta a Berlim. Mas antes de ir, há uma proposta de negócio que gostaria de discutir com você.

Frankenstein entregou a Jake seu copo de vinho e depois se virou e sentou-se em sua cadeira, cruzando uma perna sobre a outra enquanto erguia seu copo para um brinde.

—Aos nossos interesses mútuos no mundo clandestino, capitão.

Retribuindo a saudação, Jake levantou o copo e esvaziou-o rapidamente antes de colocá-lo na mesa.

—Por favor, sirva-se. Não me importo se você come enquanto discutimos negócios.

Jake serviu-se de mais vinho e sorriu. Colocando a garrafa na mesa, ele pegou uma faca de cortar carne e rapidamente cortou uma grande fatia de presunto fumegante. Ele não havia comido por mais de doze horas e se encontrava faminto.

—Você conhece meu nome, general. E estamos falando em inglês americano, em vez do inglês do rei. Eu diria que você esteve ocupado nessas últimas horas—

Os olhos escuros de Frankenstein arderam em chamas enquanto observava Jake encher o prato. Vestido com um uniforme sob medida, com a cruz azul brilhante do Pour le Merit pendurada na garganta, o general parecia um homem que havia sido criado para liderar em tempos de guerra. Havia aquele ar de confiança suprema que Jake achava tão irritante.

Aos olhos de Jake, era evidente que o altivo prussiano se sentia infinitamente superior a qualquer um dos soldados.

—Estive no telefone por horas, meu amigo. Devo dizer que, à medida que o tempo passava, fiquei ainda mais impressionado com seus talentos.

—Talentos? Que talentos?— Jake perguntou antes de enfiar metade de um purê de batatas com manteiga na boca.

—Através de um amigo, de um amigo, de um amigo ... Você sabe como essas conexões não oficiais funcionam ... Fui informado de seus talentos como adquirente de belas obras de arte. Certamente testemunhei com meus próprios olhos sua habilidade para tais transações. Fiquei impressionado desde o primeiro momento em que nos encontramos. Minha admiração por suas habilidades únicas cresceu consideravelmente depois de fazer algumas perguntas.

—Tenho certeza de que não faço ideia do que você está falando, mas não pare; estou curioso para ouvir sobre essa proposta de negócio.

O general sorriu enquanto servia-se de uma segunda taça de vinho e sentava-se em sua cadeira. Jake continuou comendo, ignorando completamente o general.

—Minhas fontes me informaram que isso é sua ocupação, capitão. Você rouba peças de arte e as substitui por falsificações. Falsificações muito boas. É uma pena que você não tenha tido a oportunidade de substituir o van Eck.

Jake não disse nada enquanto pegava seu vinho e bebia. Mas seus olhos estavam no general, e o general tinha um sorriso fino, quase sarcástico, nos lábios.

—De fato, algumas das minhas fontes me informaram que usaram seus serviços em várias ocasiões. Bem, sendo uma pessoa que tem um respeito genuíno por um artesão consumado e especialmente por um ladrão consumado, gostaria de adquirir algumas seleções para a minha coleção pessoal. Ah, você não precisa se preocupar com o reembolso. Posso pagar, como os americanos dizem, o preço justo.

—Você deve estar me confundindo com outra pessoa, general. O que eu fiz naquela noite foi uma oportunidade que surgiu. Estou tão surpreso quanto você que tenhamos tido tanto sucesso.

—Eu não acredito nisso— disse o general, balançando a cabeça e sorrindo como uma víbora pronta para atacar. —Você sabia o que era o van Eck e tinha um plano assim que subimos no meu carro. Um simples ladrão não tem, como eu descreveria, o talento que você demonstrou? Não, capitão, você é muito mais engenhoso. É por isso que desejo abrir negociações com você sobre uma determinada peça de trabalho que tenho estado ansioso para obter.

Com sua fome satisfeita, Jake afastou a cadeira da mesa e cruzou as pernas enquanto dobrava os braços sobre o peito. Observando o general com curiosidade moderada, ele não disse nada, mas esperou... Esperou e pensou consigo mesmo que esse homem não parecia nem agia como o tipo de cliente que ele atendia. Não havia a mancha de fanatismo controlado no homem que a maioria dos colecionadores irradiava quando a conversa girava em torno de arte. No general, Jake viu um reservatório controlado de poder e confiança ilimitada. Mas não fanatismo. Não loucura.

Então, o que o general realmente desejava?

—Meu caro capitão— começou o oficial prussiano, sorrindo agradavelmente. —Você percebe, é claro, que a Pátria vai ganhar esta guerra. Para aqueles que ajudam a Pátria em certas operações clandestinas, tenho certeza de que o Kaiser será bastante generoso.

—Por que, general— disse Jake, fazendo uma expressão exagerada de surpresa em seu rosto robusto, —você está sugerindo que eu me torne um espião?

—Hmmm— refletiu Frankenstein, estreitando os olhos

enquanto passava um dedo pela borda de sua taça de vinho. — Isso é o que eu gosto em vocês, americanos. Direto e objetivo. Sem rodeios em torno de um assunto delicado. Sem referências oblíquas e insinuações. Direto ao ponto.

—Sim, é isso que somos... grosseiros. Eu até diria descarados.

—Talvez grosseiros às vezes, eu concordo. Mas eficientes, e no seu caso, capitão Reynolds, uma oportunidade que não pode ser ignorada. Com seus talentos em falsificação e sua bravura, você seria o agente duplo perfeito. Não prejudica, aliás, que seu esquadrão esteja baseado em Coulommiers e a apenas alguns quilômetros do quartel-general do exército do Sir John French.

Jake sorriu e, em um gesto juvenil, passou uma mão por seus cabelos negros e grossos. O general estava observando-o de perto e, para surpresa de Jake, aquela horrível massa preta de um Mauser broom-handle automático materializou-se do nada e agora estava sobre a mesa na frente do general sorridente.

—Vamos supor que você esteja certo e que eu seja um ladrão. Não que eu esteja admitindo algo, entenda. Mas, por argumento, vamos apenas seguir esta linha. Você mencionou algo sobre compensação. Compensação generosa. Você pode ser um pouco mais específico?

O general levantou a cabeça e riu de forma divertida, parecendo muito com um homem que acabara de ganhar no pôquer. Mas, enquanto Jake sorria e relaxava, ele observava a mão direita do general. Ela permaneceu próxima ao Mauser.

—Se, após a conclusão bem-sucedida da missão, eu acreditar que a quantia de meio milhão de dólares americanos foi sugerida.

—Meio milhão— ecoou Jake, parecendo impressionado. — E o que eu teria que fazer para ganhar isso?

—Sim. Uma fortuna por qualquer padrão, meu caro capitão. Mas seria apenas o começo. Apenas o começo.

Lá embaixo, a voz de um sargento alemão rude ordenando que os soldados saíssem da casa chegou aos ouvidos de Jake. Os homens reclamaram e resmungaram, mas começaram relutantemente a sair do conforto de uma casa cheia de aromas de comida recém-cozida e café fresco.

—Em seu quartel-general do exército, existem planos para qualquer ofensiva que os britânicos e franceses vão lançar nos próximos dias contra nós. Com suas habilidades sorrateiras e talentos enganosos, acredito que você poderia adquirir uma cópia desses planos em questão de horas, sem que ninguém suspeite de nada. Acredito que seria fácil para você, capitão.

—E se eu adquirisse os planos? E daí?

A mão direita de Frankenstein deslizou um pouco mais longe do grande automático enquanto sorria de maneira relaxada e satisfeita. Servindo-se de um copo de vinho, ele se recostou na cadeira e esvaziou metade do copo antes de responder.

—Uma missão por cima das linhas e um encontro em um local previamente combinado, onde você entregaria os planos para um dos meus homens, é o cenário que tenho em mente.

Jake observou o general de perto enquanto ele levantava o copo e sorria. Frankenstein estava começando a acreditar que havia convencido o americano a se tornar um espião. O homem estava relaxando e baixando a guarda. O Mauser ainda estava sobre a mesa. Mas a mão do general estava agora em seu colo. Jake olhou para a janela aberta do quarto. Lá fora, o silêncio da noite se misturava com a suave brisa quente da noite de verão. Ao longe, ele ouviu a tosse sibilante de um motor de avião boche, sullenly, chutando a vida e se perguntou se esse campo de aviação estava perto de Reims. Se assim fosse, ele se sentia confiante de que poderia encontrar o caminho de volta para as linhas se pudesse encontrar uma maneira de comandear uma máquina.

—Suponhamos que eu diga que estou interessado em sua proposta, general, e concordo em fazer seu trabalho. E então?

—Eu fiz arranjos para que você seja escoltado através de nossas linhas, criando, é claro, apenas a devida encenação para indicar aos franceses que você estava fugindo. Vinte e quatro horas depois, você entrega os bens no ponto de encontro. Quarenta e oito horas depois, você receberá um telegrama de um banco suíço com a notícia de que uma conta foi aberta em seu nome. Meu caro capitão, é um plano simples. Eu acho planos limpos e descomplicados que funcionam eficientemente.

Jake sorriu e coçou o lado de sua barba por fazer. Ele tinha que admitir que o plano do general era bastante elegante em sua simplicidade e viabilidade. Realmente funcionaria. E tinha a vantagem adicional de oferecer-lhe uma renda que, francamente, compensaria a rude interrupção da guerra em seus ganhos.

Mas havia apenas uma coisa errada. Apenas uma. Ele não gostava de Helmuth von Frankenstein. Ele especialmente não gostava da superioridade cultural do general. Ainda sorrindo, Jake empurrou a cadeira para trás e levantou-se, e enquanto o fazia, ele viu o sorriso do general se tornar frágil e sua mão começar a deslizar pela mesa em direção ao Mauser.

—Legal, general,— disse Jake, concordando com um aceno enquanto caminhava até a janela aberta e se curvava para olhar para a noite. —Muito legal. Meio milhão de dólares é bastante tentador. Mas uma pergunta. Como você garante que eu farei seu trabalho assim que atravessar as linhas? Eu poderia apenas dizer sim, deixar você me deixar ir, e então esquecer você e sua oferta completamente.

Ao longe, ele podia ver o brilho laranja-avermelhado opaco de fogueiras ardendo e franzia a testa. Fogueiras da reserva queimada? Ele não conseguia ver nada de Reims. Mas isso poderia significar qualquer coisa. Ele estava certo sobre uma coisa, no entanto. Ele estava sendo mantido prisioneiro em um aeródromo alemão. Um aeródromo alemão bastante grande e permanente pelo número de máquinas estacionadas em linhas eficientes e retas no lado oposto do campo.

—Sim, isso é uma possibilidade— começou Frankenstein, a voz do general parecendo despreocupada e até mesmo levemente divertida atrás de Jake. —Mas eu não acho. Você concordará com minha proposta ou a rejeitará firmemente. Em cada vida há aquelas indiscrições, aqueles pequenos esqueletos sujos escondidos em nossos armários, que todos nós queremos esconder do mundo. No seu caso, meu caro capitão, você tem um conjunto bastante intrigante de indiscrições que poderiam ser usadas por alguém tão sem escrúpulos como eu.

—Indiscrições?— O americano sorriu, virando-se para olhar o grande oficial alemão atrás dele. —Você está falando dessa fantasia de eu ser um ladrão de arte? Por que, general, nego essas alegações. Mesmo que eu fosse esse mestre ladrão que você pensa que sou, eu garantiria que nenhuma evidência fosse deixada para me incriminar.

—Eu não disse que você fez isso—, respondeu o general, levantando um pouco o rosto bonito e rindo facilmente. —Mas um homem na minha posição pode ser capaz de puxar alguns fios aqui e ali e talvez criar essa peça de evidência incriminatória. Eu entendo que você tem sido bastante bem-sucedido na França com suas aquisições, capitão. Talvez as autoridades de arte francesas ficassem felizes em receber uma comunicação anônima informando sobre suas atividades pré-guerra.

Frankenstein continuou a rir enquanto Jake se levantava e se afastava da janela. Sentando-se, ele franziu a testa e esfregou o queixo pensativamente com uma mão. Os olhos do general estavam brilhando enquanto ele olhava para Jake. O general acreditava ter vencido e estava abertamente se regozijando com sua vitória. Havia um sorriso nos lábios do prussiano quando Jake pegou uma garrafa de vinho.

—E se eu simplesmente recusar, general?

—Amanhã, ao amanhecer, você será levado diante de um pelotão de fuzilamento e morto. Ficarei triste, é claro. Mas não posso arriscar nada com você e sua, uh, experiência, capitão. Você já me custou caro com suas escapadas. Mas ao contrário de você, eu não tenho um osso magnânimo em meu corpo. Vivo claramente pelo ditado de remover os obstáculos o mais rápido e cruelmente possível. Você pode se tornar um obstáculo muito perigoso em meu trabalho. Muito perigoso.

Servindo um copo de vinho, Jake balançou a cabeça em reconhecimento ao elogio indireto do general e então levantou seu copo para um brinde.

—Bem, general, há pouco a ser dito.

Frankenstein pegou seu copo, sorrindo ainda mais satisfeito consigo mesmo, e o levantou no ar.

—Você tomou uma decisão?— ele perguntou, enquanto levava o copo aos lábios.

—Sim, eu tomei— disse Jake depois de beber rapidamente seu vinho e virar o copo nas mãos, colocando-o de cabeça para baixo na mesa. —General, vá para o inferno. Leve seu dinheiro e seu Kaiser, e saia pela noite como os bandidos que vocês são. Eu prefiro enfrentar o pelotão de fuzilamento.

O punho de Frankenstein bateu na mesa com tanta ferocidade que pratos e garrafas de vinho caíram no chão. Levantando-se, o general pegou a Mauser de cabo de vassoura da mesa e deu um passo em direção à porta, abrindo-a com estrondo.

—Heinz! Heinz!— Ele gritou aos berros para o corredor antes de se virar para encarar Jake com uma malevolência radiante.

Botas subiam as escadas em uma cacofonia rápida de

pressa. Os mesmos dois soldados alemães que o haviam escoltado para o general entraram na sala com Lugers em suas mãos.

—Leve este pedaço de imundície para baixo e jogue-o na adega. Diga ao sargento Berthold que o pelotão de fuzilamento se reunirá pontualmente ao amanhecer amanhã. Quero este homem morto antes que alguém se sente para o café da manhã, entendido!

—Sim, Herr General!— o sargento assentiu, parecendo aterrorizado com o oficial prussiano.

Agarrando Jake com força por um braço, o sargento quase o jogou para fora da sala e depois o empurrou violentamente escada abaixo. As correntes enroladas em suas pernas o fizeram perder o equilíbrio e ele rolou escada abaixo em uma cortina estridente de correntes voando e braços se agitando. Acima, Frankenstein, com uma expressão de malícia pintada em seu rosto bonito, saiu de seu quarto e encarou a bola caída do americano no chão no fundo das escadas.

—É uma pena que eu tenha que sair em alguns minutos, capitão. Eu adoraria ficar e assistir você morrer. Ah, que prazer seria vê-lo sendo despedaçado. Mas que desperdício. Nós poderíamos ter nos tornado uma equipe muito interessante, Capitão Reynolds, e muito rica.

Os dois soldados se aproximaram de Jake e o levantaram bruscamente. Em ambos os homens havia um anel de chaves penduradas em seus cintos, enquanto Jake era violentamente empurrado contra um e depois contra o outro. Sem muita paciência, eles começaram a empurrá-lo pelo piso térreo agora vazio e escuro da casa. Jogando-o escada abaixo, os três tiveram que ficar muito próximos enquanto um deles destrancava a porta da adega, enquanto o outro cobria Jake com sua arma.

—Jogue-o lá dentro, Karl— rosnou o sargento enquanto abria a porta e se afastava. —Tenho que acordar logo o motorista do general. O general tem que estar em Rethel até meia-noite de hoje e pegar um trem de volta para Berlim. É melhor você ficar na cozinha acima e permanecer de guarda até que venham buscá-lo amanhã. Não queremos que nosso amigo americano escape. Se ele escapar, seremos nós que estaremos diante do pelotão de fuzilamento ao amanhecer.

O homem mais jovem empurrou Jake para a escuridão da adega. Tropeçando em suas correntes, Jake caiu na palha espessa do chão, e ao mesmo tempo, ouviu a porta pesada de carvalho atrás dele bater e o som do pesado trinco se encaixando firmemente no lugar. O som de botas se afastando pelas escadas da adega e uma porta sendo fechada com firmeza foi claramente ouvido quando Jake rolou sobre um ombro e sentou-se na escuridão.

Encostado na fria pedra da parede da adega, Jake sorriu. Em sua mão direita estava um conjunto de chaves que ele havia tirado do mais jovem dos dois guardas. Na confusão e tropeção, Jake certificou-se de ter fisicamente esbarrado em ambos os homens. Do cinto do jovem alemão, ele habilidosamente surrupiou o anel de chaves pensando que seria o sargento quem iria primeiro pegar as chaves para abrir a porta da adega. Na escuridão, ele tentou todas as chaves nas fechaduras que prendiam as algemas em seus pés e tornozelos. Encontrando a certa, ele rapidamente se desvencilhou e saltou para a porta da adega trancada.

Na escuridão, Jake correu as mãos pela madeira áspera da porta e sorriu aliviado quando encontrou o que procurava. No meio da porta, à altura dos olhos, havia uma pequena abertura grande o suficiente para enfiar a mão e o braço. Ele teve que torcer e virar, e eventualmente ficar na ponta dos pés, enquanto se apoiava na porta e enfiava o braço pela abertura e alcançava o cadeado. Mas alcançar o cadeado ele conseguiu, e um por um, ele experimentou todas as chaves na fechadura até encontrar a que funcionou.

Gritando quando o cadeado bateu no chão de pedra, ele

empurrou a porta e saiu da cela. Silenciosamente, ele subiu os degraus de pedra e parou em frente à porta da adega. Lá fora, ele ouviu o ronco de um grande motor circulando a casa em primeira marcha e parando. Através de uma série de rachaduras na porta da adega, ele viu Frankenstein varrer a cozinha seguido por três soldados carregados com caixas e malas. O alto prussiano não olhou para um lado ou para o outro enquanto atravessava a cozinha vazia e saía pela porta da cozinha e para a noite. Mas ele ouviu vozes gritando. Alguém estava dando instruções aos homens que seguiriam o general. Eles deveriam manter suas motocicletas a vinte metros do carro do general o tempo todo, a menos que houvesse uma emergência. Então ele ouviu o ruído das motocicletas sendo ligadas, seguido pelo ronco do carro do general.

Num rugido dos motores reunidos, a comitiva partiu, deixando a casa de fazenda, e especialmente a cozinha, deserta. Sorrindo, Jake começou a abrir a porta. Ele parou quando viu através das rachaduras a forma do soldado alistado mais jovem designado para ser o guarda da noite entrar na cozinha pela porta pela qual o general havia desaparecido. Andando pelo cômodo, o cabo puxou uma cadeira comum para longe de uma mesa e sentou-se nela, de costas para a porta da adega. Suspirando de exaustão, o jovem deixou sua Luger cair na mesa e depois levantou os pés com botas e os deixou cair na mesa. Inclinando-se para trás na cadeira, ele prendeu ambas as mãos atrás da cabeça.

Jake sorriu com um brilho maquiavélico nos olhos. Esperando ver se mais alguém entraria pela porta da cozinha, ele não se moveu por meia hora. Durante esse tempo, ele viu o guarda adormecer lentamente e a casa se estabelecer na solidão monótona de um túmulo. Quando ele estava convencido de que tudo estava calmo, ele pegou a maçaneta da porta e abriu a porta da adega.

O jovem cabo alemão não sabia o que aconteceu com ele

quando finalmente acordou várias horas depois. Tudo o que ele sabia era que estava amarrado, amordaçado e deitado na adega de batatas onde apenas algumas horas antes o perigoso americano estava deitado. Mas o que era mais assustador quando ele foi encontrado por seus camaradas, os mesmos camaradas que haviam sido selecionados para ser o pelotão de fuzilamento da manhã, foi encontrá-lo amarrado e amordaçado e deitado na palha apenas de cueca. Ele não tinha explicação que fizesse sentido para seus espectadores. Foi como se um fantasma tivesse saído da sepultura e roubado suas roupas enquanto ele dormia!

Meu Deus, o general estava certo! O cativo americano era tão perigoso e escorregadio quanto um poltergeist!

DEZESSETE

A ESCURIDÃO BANHAVA o campo de aviação com uma intensidade sufocante.

Dando uma sensação iminente de desastre.

Ele saiu para a noite vestindo o uniforme justo e malcheiroso do cabo inconsciente. Instintivamente, ele se moveu para as sombras que cercavam a casa. Por um momento, Jake ficou parado no frescor do ar noturno e revisou suas opções. Seus olhos encontraram o que procuravam. Do outro lado do campo, ele viu dois homens que estavam meio enterrados no compartimento do motor de um Albatross B.II de dois lugares. Quatro grandes lanternas queimavam intensamente na noite, criando uma bolha de luz em um mar de escuridão circundante. O motor da máquina estava funcionando suavemente enquanto ele observava os mecânicos com interesse. Na quietude da noite quente de verão, em um campo vazio do movimento agitado de um aeródromo em funcionamento, seria fácil requisitar unilateralmente a máquina dos boches e escapar.

Ele precisava escapar. Precisava voltar para o seu esquadrão e encontrar um assassino. Mas ainda mais importante, ele precisava parar Frankenstein. Jake acreditava firmemente nas ameaças coercitivas do prussiano. Não havia dúvida na mente do americano de que, uma vez que o general descobrisse que ele havia escapado, o confiante general criaria evidências de seu passado trabalho e silenciosamente alertaria os franceses. Frankenstein seria muito convincente ao criar uma teia de evidências impossível de defender. Ele estava convencido de que evidências fabricadas o suficiente seriam produzidas para enviá-lo para a prisão por um longo período. Ele precisava fazer algo para parar o general e tinha que fazê-lo rapidamente. Franzindo a testa enquanto olhava para os lados, Jake sentiu o frio aço da Luger 7,62 mm do cabo pressionando a pequena parte de suas costas enquanto começava a caminhar pelo campo escuro.

Frankenstein tinha uma vantagem de meia hora sobre ele. Era indubitavelmente uma hora de carro pelas estradas secundárias de Reims a Rethel. Talvez ainda mais longe, dependendo de como as estradas pudessem estar entupidas de unidades alemãs a caminho da frente. Um avião era a única maneira de alcançar o general. Para obter um avião, ele tinha que adquirir um à força. Esticando a mão para trás, ele agarrou firmemente a Luger em sua mão direita. Puxando-a para fora, ele a segurou perto da perna enquanto olhava rapidamente em volta para garantir que nada parecesse fora do comum.

Ao entrar na bolha de luz, assim que um mecânico levantou a cabeça do compartimento do motor e bateu a carenagem firmemente no lugar, Jake esperou até que o homem descesse pela pequena escada. O mecânico não percebeu a sua presença quando Jake, usando o Luger como uma clava, o derrubou na parte de trás da cabeça. O homem caiu imediatamente sem fazer um som. Jake o pegou rapidamente e o arrastou para longe do trem de pouso da máquina e o deixou na grama antes de remover a escada do caminho. Com isso feito, ele calmamente circundou a hélice giratória do motor e encontrou o segundo mecânico parado ao lado do avião, de costas, limpando a graxa das mãos com um pano sujo.

—Com licença—, Jake perguntou calmamente em alemão, apontando o cano do Luger para a parte de trás da cabeça do mecânico. —Qual é o caminho para Rethel?

—Rethel?— ecoou o jovem alemão, continuando a limpar as mãos enquanto virava e então fitava com os olhos arregalados de terror a extremidade do cano do Luger. —Meu Deus, você é louco?

—Não estou louco. Apenas escapando. Agora, rapidamente, qual é o caminho para Rethel?

Largando o pano sujo, o homem levantou a mão e apontou. Mas os olhos do rapaz, traídos quando fitavam fixamente o Luger, ficaram ainda mais arregalados de terror.

—A máquina, quanto combustível ela tem?

—Acabamos de abastecer o tanque! Está programado para fazer uma patrulha de reconhecimento ao amanhecer de amanhã. Por favor... por favor, não atire!

Grandes gotas de suor brotaram na testa suja do rapaz e lágrimas encheram seus olhos. A cor do rosto do garoto estava desaparecendo rapidamente. Jake sorriu. Era apenas questão de momentos antes que o jovem mecânico rolasse os olhos para dentro do crânio e desmaiasse.

—Se você quiser viver, vá debaixo do avião e remova as cunhas das rodas— resmungou Jake, baixando a pistola e contornando o garoto. —Faça isso agora!

O soldado apavorado mergulhou debaixo do avião como um coelho e agarrou as cordas dos calços no exato momento em que Jake entrou na cabine dianteira da máquina. Olhando para o lado, Jake viu o garoto se arrastando como um cachorro raivoso para longe da máquina, tentando se afastar do aparentemente louco. Ele sorriu e abriu o acelerador do Albatross antes de levantar a mão e saudar o jovem mecânico com elegância. O Albatross começou a rolar lentamente pela grama e passou pelas diversas máquinas alemãs estacionadas em filas precisas. A cada segundo, a máquina aumentava a velocidade e seus controles começavam a responder em suas mãos. Em momentos, Jake fez a máquina correr pela campina gramada, enquanto o jovem mecânico apenas ficou parado e assistiu o Albatross levantar suavemente no ar e desaparecer na escuridão.

Inclinando-se para a direita, Jake olhou para a esquerda. Grandes incêndios ardiam abaixo e ao longe. Era o depósito de suprimentos que ele e seus camaradas franceses tinham atacado na noite anterior. Estava queimando em uma súplica triste e raivosa, fora de Reims. Ele nivelou o Albatross e apontou o nariz para Rethel. Varrendo Reims com pouco mais de quinhentos pés acima das ruas, Jake sorriu e olhou para cima. Não havia nuvens e a lua crescente era suficiente para dar a ele referências abaixo. Reconhecendo facilmente a estrada que levava a Rethel, ele corrigiu a deriva da máquina e começou a seguir a estrada.

Dez minutos após o voo, Jake puxou seus lábios finos em um largo sorriso. De Reims a Rethel, havia uma interminável caravana de caminhões e carroças boche que entupiam a estrada. Todo o tráfego estava se dirigindo para Reims em uma serpente sinuosa de milhares de veículos rastejantes. Mas Jake percebeu que uma sorte estava trabalhando a seu favor. Olhando para baixo, viu as estradas congestionadas e percebeu que qualquer tráfego se movendo de Reims para o norte e leste até Rethel teria que lutar contra esse tráfego.

Consequentemente, todos os veículos com rodas se moviam a passo de tartaruga. Jake estava convencido de que a partida anterior do general não significava nada. Em algum lugar abaixo dele, naquela congestão de homens, cavalos e máquinas, ele encontraria Helmuth von Frankenstein e seus escoltas de motocicleta. O general estaria xingando em uma raiva incontestável pelo ritmo de caracol de todo o tráfego que enfrentava. Mas não haveria nada que ele pudesse fazer para se mover mais rápido. Empurrando a alavanca do joystick da máquina para frente, Jake decidiu descer para ter uma visão melhor.

Cinco quilômetros ao sul de Rethel, ele encontrou o comboio motorizado do general de repente rompendo a massa de veículos e varrendo um longo trecho de estrada aberta. O longo carro do general tinha flâmulas tremulando no vento dos para-lamas dianteiros enquanto, atrás dele, seis motocicletas em fileiras de duas de largura mantinham suas distâncias prescritas com precisão de máquina. Acelerando rapidamente, o carro e as motos começaram a se mover rapidamente pela estrada de terra em direção a Rethel. Jake puxou o nariz do Albatross para baixo enquanto diminuía ainda mais a velocidade. Ele sabia que não tinha muito tempo. Uma vez que o carro do general entrasse na periferia da cidade, ele estaria em um envelope de segurança. Se Jake tivesse qualquer oportunidade de parar o general, teria que ser agora. Agora, enquanto Frankenstein estava sentado na parte de trás de seu veículo e não suspeitava de nada.

Foi um plano simples. Um plano que o general teria apreciado. Jake deslizou a máquina em um mergulho raso e reduziu ainda mais o acelerador. O avião desceu atrás da coluna traseira de ciclistas e quase tocou as rodas na estrada antes de Jake nivelar a altitude. A reação das motos traseiras foi imediata. Um dos ciclistas olhou por cima do ombro e viu a hélice giratória do avião quase em cima dele. Ele instintivamente puxou o guidão de sua moto com força para a direita. A moto e o motociclista imediatamente passaram por cima da máquina que estava ao lado e ambos, homens e máquinas, caíram rolando pela estrada escura em uma série de rodopios de pernas, braços e peças metálicas voando.

Um pandemônio varreu todos os pilotos de motocicleta. Torcendo e virando para sair do caminho do avião, que aparentemente estava tentando atropelá-los, cada um dos pilotos tomou uma ação evasiva. Ações que os fizeram cair em espetaculares acidentes. Homens foram arremessados pelo ar e motos sem pilotos dispararam pela noite através dos fossos e campos agrícolas antes de tombar e se chocar contra a terra. Em questão de segundos todas as motos estavam caídas e seus pilotos estavam ou inconscientes ou feridos demais para serem de ajuda para seu oficial comandante.

Jake puxou o manche da máquina apenas o suficiente para levantar a aeronave sobre o topo de lona do grande Daimler. Ele passou pelo carro em movimento rápido apenas por centímetros e imediatamente desceu na frente do carro, fazendo as rodas de sua máquina baterem com força no chão em um pouso. O motorista do grande carro de equipe chicoteou com raiva o volante do carro para a direita. Perdendo imediatamente o controle, o carro de equipe deslizou de lado pela estrada de terra irregular, levantando uma enorme nuvem de poeira no processo.

Jake desligou a chave de ignição do avião e lutou para manter a máquina na estrada até que ela parasse lentamente. Ele saiu da máquina e correu através da nuvem de poeira rolando, Luger em punho, assim como o grande Daimler deslizou como uma baleia embriagada na vala da estrada e tombou de lado. Com o som de vidros quebrando e para-choques amassados como lenços, o carro saltou até parar. Ele imediatamente desapareceu quando um grande véu de poeira o envolveu momentaneamente. Levantando um braço para proteger seus olhos da espessa poeira, Jake correu para o automóvel e saltou para o seu lado exposto. Olhando para dentro, ele viu o motorista do general enrolado como uma boneca de bebê no assoalho do carro com sangue escorrendo de um corte profundo na testa. No entanto, o motorista estava vivo e sobreviveria. Esquecendo-o, Jake virou-se e olhou para o banco traseiro à procura do grande corpo do general inconsciente. Mas não havia nenhum general a ser encontrado. Surpreso, Jake sentiu um calafrio de pânico subir pela sua espinha enquanto erguia a Luger e olhava apressadamente ao redor.

A poeira se dissipou lentamente da estrada enquanto ele estava encurvado ao lado do Daiiamler. Mas, antes que ela desaparecesse completamente, vindo de baixo e de um lado dele, ele ouviu a tosse repentina e violenta de um homem voltando grogue à consciência. Saltando para o chão, ele ficou de pé enquanto a forma cambaleante de um Frankenstein esfarrapado, com a mão na testa ensanguentada, apareceu como uma miragem da poeira. Jake enfiou a Luger na calça e sorriu enquanto avançava para Frankenstein e enrolava a mão direita num punho duro.

—Boa noite, general. Não foi um prazer conhecê-lo!

Com isso, Jake lançou um cruzado de direita direto na mandíbula clássica do general. O prussiano cambaleante não tinha ideia do que o atingiu. Caindo como uma pedra no chão, Jake rapidamente usou os cintos do uniforme do homem e o amarrou. Então, encontrando um pedaço de pano rasgado no carro, ele rapidamente amordaçou o homem antes de se curvar e jogar o general sobre um de seus ombros. Ao longe, ele ouviu o som de alguém tentando ligar o motor de uma motocicleta. Um dos batedores estava tentando vir em auxílio do general. Sem perder tempo, ele correu o mais rápido que pôde com a forma pesada do general pendurada em seu ombro pela estrada de volta para o Albatross. Jogando o homem no cockpit dianteiro, ele alcançou o interruptor de ignição antes de correr para a frente da máquina. Agarrando a hélice com as duas mãos, ele deu um empurrão poderoso. Instantaneamente, o motor quente entrou em funcionamento e o avião começou a rolar lentamente pela estrada. Esquivando-se sob uma asa enquanto o avião passava, Jake estava no cockpit traseiro da máquina em um passo e acelerando o motor ao máximo. Em três grandes saltos, a máquina levantou voo, inclinando para a direita, justamente quando duas motocicletas vieram zunindo pela estrada e deslizaram até parar em frente ao carro da equipe.

Puxando para trás a alavanca do avião, Jake começou a subir para ganhar altitude enquanto a forma escura de Frankenstein na cabine da frente se mexeu um pouco e depois desmaiou novamente. Em uma hora, ele pousaria em Couloummiers e entregaria pessoalmente o General Helmuth von Frankenstein às autoridades britânicas. Um longo interrogatório, seguido de uma estadia prolongada em um campo de prisioneiros de guerra, seria o destino do general.

Sorrindo, Jake sabia que as histórias do general sobre ladrões de arte e pinturas roubadas no meio da noite pareceriam alucinações de um louco para as autoridades. As pessoas ririam das acusações. Ririam. Como ele estava rindo agora enquanto voava para a noite.

DEZOITO

NORTE DE COULOMMIERS.

Sobre as profundas trincheiras em que ambos os exércitos se enterraram.

Jake derrubou o Albatross em um campo contendo um regimento de infantaria britânica adormecida. Foi um rude despertar para os Tommies. Assim que as primeiras lascas de luz começaram a brilhar no leste, o grande avião alemão de dois lugares derivou em silêncio do céu claro e, com dois saltos de sacudir os ossos no solo compactado, pousou com força. A máquina rolou pelo terreno lotado, no processo quebrando fogueiras e virando potes de café fumegante enquanto espalhava homens em todas as direções antes de finalmente rolar até parar a apenas quinze centímetros de sobra na frente da tenda do comandante do regimento. No entanto, essa não foi nem metade da surpresa que os Tommies tiveram quando se agruparam em torno da máquina com os rifles prontos, os suspensórios batendo na parte de trás das pernas e olhando abertamente para o avião alemão e seus ocupantes.

Da cabine traseira saiu um ianque de cabelos escuros e olhos escuros vestindo um uniforme de Kraut, enquanto na cabine dianteira, amarrado como um javali premiado, estava nada menos que um general alemão!

Cada Tommy britânico apenas ficou parado e olhou para a visão na frente deles. Ficaram parados como surdos-mudos de espanto ao ver o ianque sair da máquina, sorrir para todos e dizer bom-dia antes de pedir para falar com o comandante do regimento.

Jake descobriu a razão pela qual o Albatross ficou sem gasolina a quilômetros de distância de Coulommiers. Aparentemente, um dos ciclistas que veio correndo por nuvens de poeira na estrada para Rethel decidiu usar sua pistola. Perfurado cuidadosamente através do único tanque de gasolina da asa superior, havia um buraco de bala. Por que ele nunca sentiu o cheiro de vazamento de gasolina, ele não conseguia entender. Ele estava feliz porque restava combustível suficiente para ele chegar tão longe. Enquanto ele observava, vários dos soldados de infantaria corpulentos conduziam o general ainda amarrado e amordaçado. Jake rapidamente tirou o uniforme alemão e rapidamente vestiu algumas roupas civis que um dos oficiais subalternos lhe emprestou.

Duas horas depois, ele saiu da cabine em movimento do caminhão do regimento de infantaria e acenou para o motorista. O comandante do regimento britânico decidiu que seus homens o levariam de volta ao seu esquadrão. Era o mínimo que podiam fazer, disse seu coronel com um sorriso, depois de serem despertados de seu sono de maneira tão incomum. Observando por alguns momentos enquanto o caminhão rolava para longe, Jake se virou para entrar no prédio e quase esbarrou no braço de um sargento Burton que estava saindo. O grande galês soltou um grito de alegria ao ver que Jake estava vivo e de volta inteiro. Em segundos, todo o esquadrão o cercava e exigia ouvir sua história de fuga. Até a voz do coronel soou como um daqueles que clamavam pela história.

Demorou uma hora para satisfazer a curiosidade de todos. Mas, eventualmente, todos deixaram a tenda do refeitório e foram cuidar de seus deveres. Quando a barraca do refeitório finalmente se esvaziou completamente, deixando apenas Jake e o coronel sentados a uma mesa segurando grandes canecas de café, o grande americano olhou para o rosto de um preocupado coronel Wingate.

—Capitão, tenho notícias terríveis. Notícias que não podem ser ditas, exceto de forma brutal e desapaixonada. Mas acho... difícil... dizer.

As lágrimas estavam nos olhos do coronel. Não havia cor em sua tez geralmente avermelhada. Mas havia um olhar de infinita tristeza.

—Lady Oglethorpe, a mãe do tenente, foi encontrada assassinada. Um oficial investigador me ligou algumas horas atrás e queria falar com o tenente. Aparentemente, alguém invadiu a propriedade rural do general e - Oh Deus, como posso dizer isso - assassinou Lady Oglethorpe decapitando-a. Ela está morta há pelo menos um mês.

Jake ouviu as palavras, mas não conseguiu compreender por um bom tempo. A adorável mulher que era uma defensora tão ferrenha de seu filho temperamental, morto nas mãos de um assassino? Quem? Por que... e o velho frágil? Como estava o general?

—Ele está internado em um hospital particular, completamente fora de si, receio. O assassino assassinou Lady Oglethorpe, mas deixou o general ileso. A Scotland Yard acha que um louco que conheceu o general há algum tempo na Índia, e que nos últimos anos esteve na Inglaterra e trabalhou no teatro, está perseguindo a família do general há anos. Eles ainda estão tentando descobrir os motivos pelos quais esse louco quis exterminar a família do general.

—Eu sei quem é o assassino, senhor.

—Você sabe? Meu Deus! Quem? Quem é esse maldito

demônio? Esta criatura matou de novo, aqui no esquadrão, e deve ser detida!

Houve um calor inesperado nas palavras do coronel e a tez do coronel ficou carmesim de raiva exasperada.

—Mais alguém está morto?— Jake respondeu, vendo o brilho de raiva nos olhos de Wingate: —Oglethorpe?

—Não não! Não Oglethorpe, capitão. Ele ainda está em coma no hospital de campanha e vigiado por quatro guardas armados vinte e quatro horas por dia. Desta vez, a víbora sangrenta matou o sargento Holmes! Puta merda! Explodiu o pobre coitado em sua própria tenda. Não foi possível nem dar ao pobre coitado um enterro adequado. Não sobrou muito para enterrar.

Jake estreitou os olhos e olhou atentamente para o coronel por alguns segundos antes de grunhir para si mesmo enquanto pegava sua caneca.

—O que aconteceu?

O coronel olhou para Jake antes de se virar na cadeira e começar a tamborilar com os dedos na mesa, irritado.

—Ontem à noite, o sargento Burton e alguns dos homens alistados observaram o sargento Holmes caminhando para sua tenda. Era um pouco depois da confusão da noite. Burton estava colocando alguns dos homens de guarda quando viram Holmes entrar em sua tenda. Segundos depois, a tenda inteira explodiu em uma bola de fogo e fumaça. O corpo do pobre Holmes foi arremessado a cinquenta metros no ar. Só encontramos a parte inferior do tronco e nada mais. Mas isso não é tudo, Reynolds. Também não conseguimos encontrar o cabo Fiske.

—Fiske?— Jake repetiu, carrancudo enquanto observava Wingate. —Como um de nossos armeiros estaria envolvido nisso?

Wingate olhou por cima do ombro e depois na direção oposta, para ver se havia alguém na tenda do refeitório. Mas a grande tenda volumosa estava desprovida de vida, exceto para ele e Jake. Satisfeito, o coronel voltou-se para o americano e inclinou-se sobre a mesa enquanto baixava a voz para falar.

—Lembra-se de sua sugestão de verificar os registros de todo o pessoal que se juntou ao esquadrão enquanto estávamos em Dover? Bem, eu fiz isso. O sargento Holmes e o cabo Fiske foram transferidos de algumas divisões de infantaria para a nossa pouco antes de partiu para a França. Acontece que o cabo Fiske tem ligações diretas com o general. Parece que o cabo teve um problema de jogo quando era mais jovem e trabalhava na equipe pessoal do general. O problema era grave o suficiente para que o jovem homem preso para soldado raso e enviado para um comando diferente.

—E Holmes?

Wingate franziu a testa quando uma nuvem de confusão sombreou o rosto corado do homem momentaneamente. Recostando-se em sua cadeira, o coronel deu de ombros e pegou sua caneca.

—Para ser honesto, Reynolds, estou um pouco confuso com os registros de Holmes. Nos últimos cinco anos, ele serviu em um regimento de infantaria como mecânico antes de ser transferido para nosso esquadrão. Seus registros indicam que seu pai é canadense e o inglês de sua mãe. Ele solicitou especificamente uma transferência para nosso esquadrão três dias antes de embarcarmos. Mas o que ele fez antes de ingressar no exército, não tenho a menor ideia.

Jake recostou-se na cadeira enquanto sua mente corria de um lado para o outro nas palavras do coronel, analisando-as. Fiske estava desaparecido e Holmes estava morto. Mas havia algo errado. Jake estava convencido de que Fiske era outra vítima do assassino fantasma e não o próprio assassino. Quanto a Holmes...

—Coronel, você tem certeza de que o corpo que encontrou

era realmente de Holmes. Você disse que restava pouco para identificar. Correto?

Wingate assentiu enquanto abaixava sua caneca e olhava Jake com curiosidade.

—O que está pensando, capitão? O que você está tentando dizer?

—Tenho pensado ultimamente em algo que o tenente disse da última vez que falei com ele. Ele disse que o assassino era um camaleão. Um camaleão, coronel. Alguém que se mistura tão completamente com o ambiente que ninguém suspeitaria de outra forma.

—Pensávamos que o sargento Burton era aquele camaleão, capitão. Ele parecia bom demais para ser apenas um sargento. Ele sabia como lidar com os homens e era articulado. Não que os sargentos não possam ser articulados, veja bem, ou que não possam lidar com os homens. Mas ele era bom demais. Estávamos errados. Ele acabou por não ser o nosso assassino.

—Isso mesmo,— Jake assentiu e sorriu maliciosamente. —Burton saiu direto e tão honesto quanto o dia é longo. Mais importante, ele não era um camaleão em um aspecto, coronel. Ele nunca tentou esconder seu intelecto ou sua educação. Um verdadeiro camaleão faria isso. Ele iria fora de seu caminho para parecer e agir completamente diferente do que ele realmente era.

Wingate pensou e concordou com a cabeça. No entanto, ele não disse nada enquanto esperava que Jake continuasse. De sua parte, Jake olhou pela porta telada do refeitório e observou as tendas dos homens alistados alinhadas em fileiras retas, uma após a outra, do outro lado do campo. No meio de uma fileira estava o feio corte carbonizado de terra enegrecida onde outrora ficava a tenda do sargento Holmes. Franzindo a testa, Jake continuou.

—Mas havia uma pessoa no esquadrão que agia como um homem simples com gostos simples. Um homem que, embora parecesse apenas competente, na verdade era um ator consumado. Esse mesmo homem acabou sendo muito bom com um rifle , e mais importante, ele estava em posição de deixar o esquadrão em momentos críticos em negócios legítimos.

—De quem diabos você está falando, capitão? Identifique-o e deixe-nos colocá-lo sob custódia imediatamente!

—Nosso assassino é o sargento Randal Holmes. O homem que supostamente morreu naquela terrível explosão na noite passada.

—Holmes!— gritou Wingate em descrença atordoada enquanto olhava boquiaberto para Jake. —Holmes! Mas... mas... não pode ser!

Jake sorriu travessamente e balançou a cabeça negativamente. Levantando-se, ele foi até a porta de tela da barraca do refeitório e a abriu pela metade antes de se virar e acenar com o dedo indicador para o coronel em sinal de segui-lo. Sem esperar para ver se o corpulento coronel saía de seu assento, Jake saiu da tenda e atravessou o campo com passadas rápidas enquanto se dirigia para o vão escuro nas tendas dos homens alistados. Ele se moveu pelo campo com Wingate seguindo-o apressadamente.

—Mas como pode ser Holmes?— o coronel gritou, respirando com dificuldade quando alcançou Jake. —Seis homens o viram explodir na noite passada! Nós encontramos o corpo dele, pelo amor de Deus!

—Não, coronel. Você encontrou um corpo— disse Jake, sorrindo enquanto os dois passavam apressados pelas primeiras barracas, com o coronel meio correndo em passos curtos e entrecortados enquanto tentava acompanhar as longas passadas do americano. —Repito, você encontrou um corpo. Mas não era Holmes. Aposto o salário de um mês e aposto que a pessoa que você encontrou era o cadáver do cabo Fiske.

—Fiske!— o coronel berrou, parando e olhando estupefato

para a forma que se afastava de Jake. —Mas por que Fiske estava na tenda de Holmes e como Holmes teria sobrevivido à explosão?

—Essa última pergunta é boa, coronel,— Jake gritou, virando-se para olhar para o coronel e sorrindo. —E eu tenho uma ideia que deve nos dar essa resposta.

Jake parou na frente de onde ficava a tenda do sargento. Em vez disso, havia a orbe enegrecida de grama queimada e uma ou duas lascas carbonizadas do que antes fora a estrutura da tenda ainda de pé no ar. Também no ar havia um forte aroma de gasolina bruta. Era um odor muito forte. Forte o suficiente para sugerir que, se alguém acendesse um fósforo, a área imediata seria novamente engolfada por uma violenta conflagração. Em ambos os lados da terra enegrecida, as tendas ao redor foram severamente carbonizadas pela explosão. Ainda espalhadas pelo chão estavam peças de roupa que pertenceram ao sargento. Mas Jake não estava interessado no lixo ou na armação fumegante da barraca. O que o interessava era o piso de madeira escura e ainda fumegante em que a barraca outrora estava e um grande balde de lata caído na grama a seus pés. Observando-o por alguns momentos, ouviu o coronel chegar ofegante atrás dele. Sorrindo, ele colocou as mãos nos quadris e se virou para olhar para Wingate.

—Lembra o que você descobriu com seu contato na sede? Ele disse que a Scotland Yard estava procurando por uma pessoa perturbada que já foi ator.

—Sim, sim. Continue.— O coronel assentiu enquanto os homens começavam a atravessar o campo e se aproximar de onde estavam os dois oficiais.

—No teatro, Coronel, o engano desempenha um papel crítico na vida de um ator. Às vezes, um ator deve desaparecer em um lugar do palco e reaparecer em outro lugar. Para fazer isso, é preciso desviar a atenção do público dele e direcioná-lo para outra coisa.

Ajoelhado sobre um joelho, Jake estendeu a mão e agarrou a massa retorcida de metal enegrecido e atirou-a para o corpulento coronel.

—A ideia era fazer com que todos que vissem Holmes entrar em sua tenda acreditassem que ele morreu naquela explosão. Mas como você cria uma explosão que parece violenta o suficiente para matar, mas não tão violenta que alguém possa tomar precauções e sobreviver?

Wingate olhou para o balde com espanto e depois de volta para o americano ajoelhado. Havia um olhar de horror em seu rosto misturado com uma expressão de admiração relutante.

—Ele encheu um balde de gasolina e depois o explodiu?

—Isso mesmo,— assentiu um Jake sorridente enquanto se levantava e se virava para olhar para a plataforma de madeira fumegante. —Uma explosão de gasolina cria uma tremenda bola de fogo e muito barulho. Mas você pode moldar a explosão e forçá-la a ir em uma direção se for esperto o suficiente. Efeitos que ele queria, mas não o suficiente para realmente destruir tudo. Observe quanto de seus pertences ainda estão intactos? Observe como as tendas dos homens alistados ao redor sobreviveram à explosão? Uma excelente peça de ilusão, coronel. Apenas o suficiente para parecer espetacular. Mas não o suficiente ser prejudicial.

—E o corpo? O que te faz pensar que é Fiske?— Wingate perguntou enquanto observava Jake pisar no piso de madeira e se ajoelhar para observá-lo atentamente.

—Lembra quando encontramos o corpo ensanguentado de Higgins? Lembra de mim olhando atentamente para todos os rastros deixados para trás? Quem quer que fosse o assassino tinha pés relativamente grandes. Eu sei que Fiske tinha pés pequenos. Muito pequenos para um homem adulto. Acredito que, se se olharmos os pés do cadáver, veremos que são de tamanho pequeno. Mas há outra coisa. Infelizmente o cabo teve a infelicidade de se encaixar perfeitamente nos planos do sargento. Por causa de sua associação com o general, se o cabo viesse desaparecido após o aparente assassinato do sargento, todas as suspeitas seriam lançadas sobre a pessoa desaparecida. Essa pessoa nunca seria encontrada porque ele próprio se tornou uma vítima. Holmes matou Fiske e depois tentou garantir que o cabo nunca fosse identificado. O corpo mutilado arremessado da tenda era Fiske, coronel. Disso tenho certeza.

—Meu Deus! Este homem é mais do que perturbado. Ele é um louco de primeira classe! Mas espere um minuto. Até agora tudo isso é uma conjectura maravilhosa, Reynolds. Mas não há um pingo de evidência para provar nada!

—Ah,— Jake gritou, olhando rapidamente para o coronel rotundo com um largo sorriso de prazer pintado em seus lábios finos. —Mas existe, senhor. Voila!

Jake voltou sua atenção para o chão embaixo dele e estendeu a mão até o pé para pegar alguma coisa. Levantando-se, ele abriu um pequeno alçapão e deu um passo para o lado quando ele bateu ruidosamente nas tábuas de madeira.

—Sua rede de segurança, coronel, enquanto os fogos de artifício estavam acontecendo.

O coronel e vários dos homens alistados que se reuniram para ouvir Jake, rapidamente pularam para frente e olharam surpresos para o buraco de quase dois metros que havia sido escavado no chão duro sob o piso. De pé ao redor do buraco, todos olharam para baixo e viram um par de botas. Eles pareciam como se algo escuro tivesse derramado sobre eles. Ao lado das botas havia uma baioneta suja de sangue.

—Holmes não ia correr o risco de alguém observá-lo se livrando das botas e da arma— Jake começou, olhando para o buraco e então olhando para Lonnie Burton, pálido e atordoado. —Então ele decidiu cavar um buraco embaixo do chão e esconder tudo. Ele estava bastante certo de que o sargento Burton não pensaria em procurar esconderijos secretos. Acontece que o buraco se tornou ainda mais importante para criar a ilusão da noite passada.

—Ele desce ao fosso, fecha o alçapão e detona a explosão! — Wingate murmurou quase em um sussurro, balançando a cabeça em descrença. —O pobre Fiske é assassinado para que o corpo possa ser usado para despistar todo mundo e todos nós acreditávamos que Holmes era a vítima. Meu Deus!

—Em algum momento desta manhã, quando todos estavam dormindo, Holmes saiu do fosso e se esgueirou noite adentro. Eu diria que agora ele está em algum lugar perto do hospital e tentando descobrir uma maneira de acabar com o tenente. Nós não —não temos tempo a perder, coronel. Se quisermos salvar Oglethorpe, precisamos chegar ao hospital o mais rápido possível.

—Capitão,— Sargento Burton murmurou, olhando para Jake com uma carranca nos lábios. —Tudo se encaixa. Mas, juro pela minha vida, senhor, como diabos você descobriu que era Holmes? Quero dizer, eu tinha minhas suspeitas. Mas nada mais do que isso. Na verdade, eu me convenci de que estava fazendo um homem inocente um monstro. Eu contei a ele tudo o que estava acontecendo nesta investigação. Mas todo esse caso é mais como o de um gênio!

Todos estavam olhando para Jake e em seus olhos a mesma pergunta estava sendo feita. Jake olhou para todos e então ergueu a mão, estendeu o dedo indicador e começou a listar suas ideias.

—Primeiro, o sargento cometeu o erro de matar Higgins de uma forma que deixou muitas evidências para trás. Havia sangue no chão, muitas pegadas, e o método de matar significava que a arma, se encontrada, seria identificável. Aparentemente, havia. Não havia tempo suficiente para me livrar da arma e das botas sem levantar suspeitas. Senti-me relativamente confiante de que encontraríamos a arma do crime e as botas se procurássemos com atenção.

—Em segundo lugar, você mesmo me disse, sargento, que Holmes conhecia filosofia e sabia falar grego e latim. Quantos mecânicos de linguagem simples você conhece que são tão instruídos? Não muitos hoje em dia. Alguém com esse histórico teria sido promovido a um oficial agora.

—E em terceiro lugar, pedi a Holmes para ir comigo outro dia para transportar as novas máquinas de volta do depósito de suprimentos. Ele disse que tinha que ficar porque tinha que ir a um esquadrão francês e encontrar peças para os Farman. Mas ele nunca tentou essas peças. Você sim. Ele pegou um rifle e tentou me acertar, mas errou e matou Mathes em vez disso.

O olhar confuso de Burton se transformou em admiração enquanto Jake revisava as evidências. Do grupo de homens reunidos, um murmúrio de aprovação percorreu a multidão. Vários acenaram com a cabeça para seus companheiros de tripulação como se tivessem chegado às mesmas conclusões e estivessem de acordo com a análise do grande americano. Até Wingate parecia impressionado.

—Incrível, capitão— disse ele enquanto olhava para cima e nos olhos de Jake. —Mas por que Grimms e Higgins tiveram que morrer? A morte de Grimms é o que mais me intriga. Posso propor uma teoria sobre Holmes removendo Higgins da cena. Mas Grimms? cair naquela floresta?

Outros expressaram sua perplexidade também e todos se viraram para Jake e esperaram que o americano de olhos escuros respondesse.

—Higgins morreu porque Holmes não podia arriscar e manter a ordenança no esquadrão. Mais cedo ou mais tarde, o homenzinho iria reconhecê-lo. Lembre-se, o pai do tenente havia enviado sua ordenança para proteger seu filho de um louco. Aquele Higgins não reconheceu Holmes imediatamente sugere que Holmes deve ter se mascarado de alguma forma e estava irreconhecível. Mas, mais cedo ou mais tarde, Higgins teria avistado Holmes. Quanto à necessidade de matar Grimms, bem, talvez nunca saibamos. A menos que o tenente saia de seu coma e nos diga. Ou a menos que Holmes confesse depois de capturá-lo.

—Se o capturarmos, senhor—, declarou Burton e balançou a cabeça com tristeza. —Alguém tão louco quanto o sargento, duvido que o homem queira ser capturado e mandado para a prisão.

—Certo!— assentiu o coronel, limpando a voz e recuperando sua postura autoritária novamente. —Essa é a missão. Capturar o sargento Holmes vivo e levá-lo à justiça! Agora, tudo o que precisamos é de um plano.

Mais uma vez, todos os olhos se voltaram para o americano. Jake sorriu e depois esfregou o queixo com a mão pensativamente por alguns momentos antes de falar novamente.

—Uma ideia me ocorreu. É um tiro no escuro, na melhor das hipóteses. Mas traria Holmes à tona por alguns momentos. Talvez apenas o suficiente para experimentá-lo.

—Muito bom!— Wingate estalou, radiante de energia e batendo as mãos e esfregando-as com entusiasmo. —Qual é o plano e como podemos ajudar?—

Duas horas depois, Jake sentou-se em uma cadeira ao lado da forma prostrada do tenente moribundo e olhou para o lado e para a figura vestida de branco do cirurgião-chefe do hospital de campanha.

—Ele não vai durar muito mais, capitão. A pneumonia se instalou. Isso e seus ferimentos internos são demais para superar. Mas ele saiu do coma por alguns momentos e perguntou por você. Mandei uma mensagem para o seu esquadrão. Estou feliz que você chegou aqui tão rápido.

Oglethorpe parecia ser um cadáver vivo. Havia um chocalhar feio em seus pulmões a cada respiração que ele dava e os dedos e mãos do tenente eram de uma coloração azul distinta. Olhando para o jovem, Jake não pôde deixar de se sentir impotente. Toda a família Oglethorpe estava prestes a cair no esquecimento graças ao gênio maníaco de um assassino insano. Ele deveria ter feito mais. Ele deveria ter descoberto a identidade do assassino mais rapidamente do que ele. Mas era tarde demais. Tarde demais para salvar o tenente ou qualquer pessoa da família do tenente.

—Ele está dormindo agora—, disse o médico, virando-se para sair e gesticulando para que a enfermeira o seguisse também. —Se você o chamar, tenho certeza de que ele tem força suficiente para falar por alguns momentos. Mas apenas alguns momentos, capitão. Não mais do que alguns minutos. Quero poupar as forças dele o máximo possível.

Ele acenou com a cabeça e esperou que o médico e a enfermeira saíssem da área protegida dentro da enfermaria do hospital. Quando ficaram sozinhos, ele estendeu a mão e segurou suavemente a mão direita de Oglethorpe e apertou suavemente.

—James? James? Você pode me ouvir? Sou eu. Jake. Você queria falar comigo, James. Você pode me ouvir?

O tenente fortemente enfaixado gemeu baixinho e então se mexeu um pouco sob os lençóis. Um olho se abriu e depois piscou alguns momentos antes de focar e parar no rosto de Jake.

—Jake... Jake, que bom que você veio!

A voz do tenente era o sussurro suave de um moribundo com apenas alguns momentos de vida restantes nele. Quando Jake se levantou, ele se aproximou da cama e se abaixou para ouvir o tenente. Jimmy Oglethorpe tentou sorrir, mas começou a tossir. Por alguns segundos, os pulmões cheios de catarro assobiaram e gargalharam enquanto o corpo do tenente era sacudido pelo acesso de tosse. Mas eventualmente ele controlou o espasmo e respirou fundo antes de sussurrar novamente.

—Jake, eu estou morrendo. Eu sei que estou morrendo, então não tente mentir para mim e me dizer que tudo vai ficar bem. Mas antes de morrer eu quero fazer uma confissão. Eu quero que você seja meu confessor, Jake. Quero que ouça o que tenho a dizer. Não posso morrer sem confessar meus pecados. Deus sabe que pequei. Quero tirar isso de minha alma antes de ser julgado.

O americano de olhos escuros não disse nada, mas continuou segurando a mão do tenente. De pé sobre o tenente, ele esperou pacientemente enquanto o tenente lutava para recuperar o fôlego e qualquer força que lhe restasse para continuar.

—Jake... eu sou um assassino. Eu matei meu pai e minha mãe, e todos os outros também. Não, eu não atirei pessoalmente em Grimms. Mas eu sou tão culpado. Eu vou para o inferno por minha causa. Pecados. Eu sei que é o meu castigo. Deve ser o meu castigo pelo que fiz ao meu pai e à minha mãe e a todos os outros.

Outro espasmo de tosse sobreveio ao tenente, sendo esse espasmo muito pior que o anterior. Foi preciso um esforço supremo para Oglethorpe reprimi-lo e recuperar o fôlego. Mas ele o fez, embora sua voz fosse mais fraca e indistinta.

—Seis semanas atrás, quando Higgins veio se juntar a nós, soube que minha mãe teve um colapso nervoso. Ela e meu pai brigaram por meu banimento da família e minha fuga para me juntar ao esquadrão.

—Mas você conhece minha mãe, Jake. Ela não está na mesma categoria de lutadora que meu pai. 'não funcionou. Sua saúde piorou e ela teve um colapso total. Quando ouvi a notícia da doença de minha mãe, fiquei louco de raiva. Eu gritei e delirei e jurei que me vingaria de meu pai, mesmo que eu tive que matar o bastardo com minhas próprias mãos!

—Foi quando Holmes me abordou com um plano maravilhoso para arruinar meu pai. Holmes me disse que já havia sido um subalterno sob o comando de papai. Agora no exército apenas porque estava usando um noms de plume.Em meu ódio contra o velho, aceitei a história de Holmes sem questionar e ouvi atentamente cada palavra que ele tinha a dizer.

—Seu plano era excelente, Jake. Exótico. Eu ia entregar a mim mesmo e meu avião aos alemães. Eu iria oferecer meus serviços como voluntário e ajudá-los de qualquer maneira que pudesse para derrotar nosso exército. Eu ia até insistir que eles mencionassem especificamente meu nome e minha inestimável ajuda à imprensa assim que capturassem Paris. Você não pode imaginar o que minhas ações traiçoeiras teriam feito a meu pai? Teria destruído aquele martinete inflexível e sem coração. Destruiu-o totalmente!

—Foi ideia de Holmes desde o início. Ele disse que se juntaria a mim em um local pré-combinado onde pensávamos que os alemães estariam. Mas naquela noite, enquanto discutíamos nossos planos... era a noite do jogo de cartas e depois que eu tinha acusado Grimms furiosamente de trapacear... não sabíamos que Grimms tinha nos ouvidos. No dia seguinte, o sargento e eu saímos em nossa patrulha sem que eu tivesse a menor noção de que ele sabia o que eu faria mais tarde naquele dia. Mas quando chegou a hora de implementar o plano, Grimms pegou meu revólver e tentou me parar. Nós lutamos enquanto a máquina estava descendo. Nós caímos, e isso é tudo que eu lembro.

Ofegante pelo esforço de falar, o tenente relaxou e lutou para respirar novamente. Lágrimas brotaram dos olhos do homem enquanto ele se forçava a respirar, e o aperto na mão de Jake diminuiu consideravelmente. Mas abrindo os olhos novamente, ele olhou para o rosto de Jake e começou a falar novamente com força apenas o suficiente para ser ouvido.

—Holmes deve ter matado Grimms, Jake. Usou minha arma e estourou os miolos do sargento e então colocou a arma ao lado da minha mão estendida. Ele me enganou, Jake. Seu plano real era me condenar por assassinato e enfrentar um tiro. Assim que eu fosse condenado e sentenciado, ele iria desertar da unidade e desaparecer na América do Sul.

—Mas você estragou seus planos. Eu descobri por Higgins que meu pai o havia enviado para me proteger de alguém que estava ameaçando prejudicar a família. Eu confrontei Holmes e disse a ele que iria confessar tudo a Wingate e detê-lo. Mas o O homem riu de mim. Riu e disse que eu não faria tal coisa porque, se o fizesse, ele me acusaria de ser tão culpado quanto ele. Não culpado de matar Grimms, veja bem. Mas culpado de matar Higgins! Jake, esse lunático assassinou o amigo de confiança do meu pai com uma baioneta na mesma noite em que o confrontei! Eu... eu não sabia o que fazer depois disso. Eu estava confuso... perdido. Eu fui cúmplice de dois assassinatos. Eu não sabia onde para virar. Eu estava prestes a lhe contar tudo naquele dia em que você veio me ver em minha tenda. Mas o bombardeio interferiu e agora... agora estou cansado demais para falar mais. Mas você tem que parar Holmes, Jake! Aí está é esse terrível desejo de destruir meu pai e tudo que ele ama! Tenho... tenho certeza que ele tem planos de prejudicar mamãe. Ele deve estar... parado. Ele deve ser levado a... justiça!

Houve uma contração repentina na mão do tenente e uma longa e ruidosa liberação de ar escapou do peito do homem. No final da respiração, todo o seu corpo ficou mole. Sua mão fria escorregou do aperto de Jake e caiu sobre os lençóis brancos da cama. Olhos sem vida perfuraram o rosto de Jake antes que o americano estendesse a mão e gentilmente abaixasse as pálpebras do tenente.

Ele se afastou do tenente morto e ficou imóvel por alguns segundos. Tomando uma respiração profunda lenta e controlada, Jake soltou o ar suavemente e recuperou a compostura antes de sair da área protegida e informar o médico da morte do tenente.

E então, aproximando-se do médico, ele rapidamente explicou ao médico o que ele queria que a equipe do hospital fizesse em seus esforços para capturar o assassino do tenente.

Quatro enfermeiros corpulentos do hospital moviam-se com a velocidade acelerada de uma emergência médica enquanto carregavam a maca contendo a figura enfaixada de um homem ferido para fora da ambulância e para o ar livre. No crepúsculo crescente de uma noite quente, os quatro homens correram pelo espaço entre as duas grandes tendas do hospital e rapidamente desapareceram em uma tenda que todos sabiam ser usada como unidade cirúrgica. Médicos e enfermeiras saíram correndo das longas enfermarias do hospital enquanto dezenas de ambulâncias do exército entravam no complexo e paravam. Homens recém-feridos saíam mancando das ambulâncias ou eram carregados em macas, tão rápido quanto o pessoal chegava, mesmo quando mais ambulâncias continuavam a chegar.

O cirurgião-chefe saiu para a noite quente e exigiu em voz alta mais ajuda. Ordenando que todo o pessoal de segurança ajudasse na remoção dos feridos, ele se virou e olhou para a enfermeira responsável pela pequena enfermaria em que o tenente estava e disse a ela para enviar os guardas designados para proteger o tenente também. Ele disse alto e claramente sobre os gemidos e gemidos dos feridos. Em segundos, o terreno aberto entre as tendas do hospital estava cheio de feridos, funcionários do hospital e ambulâncias que chegavam e partiam em uma confusão louca de caos médico.

Toda a equipe do hospital foi chamada para ajudar. As enfermarias foram despojadas de pessoal médico e a atenção e a curiosidade de todos foram atraídas para a crise lá fora. Ninguém, portanto, prestou atenção ao paciente que jogou fora os lençóis, rolou para fora do catre e, em silêncio, pegou um bisturi da bandeja médica sobre uma mesa ao lado de sua cama. Todos os pacientes da enfermaria que podiam se mover correram para um lado da longa tenda para observar as travessuras de médicos e enfermeiras frenéticos tentando ajudar os feridos do lado de fora. Ninguém prestou atenção ao homem magro com a bata branca do paciente que mancou pelo corredor central da enfermaria e lentamente se dirigiu para a área protegida na extremidade da tenda.

Parando com a mão na tela, o paciente se virou para olhar os curiosos atrás dele e sorriu sombriamente quando viu que ninguém estava prestando atenção nele. Deslizando silenciosamente pela tela, ele a fechou suavemente atrás de si e ficou por um momento ou dois olhando para a figura enfaixada do tenente James Oglethorpe.

Oglethorpe era o único na unidade no momento. Completamente isolado do resto da enfermaria, a figura enfaixada indefesa na cama. Sorrindo para si mesmo com um prazer malicioso, o paciente vestido de branco jogou na mão direita o aço frio do bisturi e moveu-se com um silêncio de víbora pelo andar da unidade e parou ao lado do tenente enfaixado.

—James Oglethorpe— disse o homem magro com uma voz suave, quase angelical, enquanto se inclinava perto da cabeça enfaixada da figura. —Ouça-me. Este é Randal Holmes. Vou matar você, James. Vou matá-lo exatamente como matei sua mãe algumas semanas atrás. Você sabe o que eu fiz com ela? Cortei sua garganta e depois. Eu a decapitei. Sim, eu fiz isso, James. Eu a matei enquanto ela estava no sanatório se recuperando de seu colapso mental. Me deu uma emoção maravilhosa fazer isso com ela, James. Assim como vai me dar uma emoção. Cortando sua cabeça! A vingança é uma emoção tão poderosa, meu amigo. Vou me vingar de você e de seu pai!

—Eu vou matar você, James, e quando eu terminar com você, eu vou voltar para a Inglaterra e acabar com o seu pai. E quer saber? Não há absolutamente nada que você possa fazer sobre isso. Ha ha! Que prazer é derramar sangue de Oglethorpe novamente!

Holmes estendeu uma das mãos e agarrou firmemente o pescoço da figura enfaixada, enquanto a mão que segurava o bisturi se erguia bem acima de sua cabeça e começava a mergulhar para baixo. Mas a figura enfaixada se moveu e o lençol que cobria o tenente virou para o lado com uma velocidade incrível. Uma mão saiu dos lençóis e na mão estava o aço azul frio de uma pistola semiautomática muito grande! Com alguma força, Jake enfaixado enfiou o cano da pistola entre os olhos incrédulos de Holmes com força suficiente para fazer a cabeça do louco cair para trás. Sentando-se na cama, Jake estendeu a mão livre atrás da cabeça e tirou as bandagens que cobriam grande parte de seu rosto.

—Uma contração de um músculo e posso mandá-lo para a eternidade, sargento. Largue o bisturi e não se mexa.

Havia um tom duro na voz do americano quando ele jogou as pernas para fora da cama e ergueu a grande colt .45 ainda apontado para o gago Randal Holmes. Mas Holmes de repente gritou de raiva e jogou o bisturi cromado direto no rosto de Jake antes de se virar para correr.

Jake jogou a cabeça para o lado a tempo de perder a lâmina assobiando perto de sua orelha. Mas ele se absteve de puxar o gatilho. Baixando o Colt, ele observou Holmes furiosamente arrancar as grandes telas de lona branca que separavam esta parte da enfermaria do resto do hospital. Mas ele não foi mais longe em sua tentativa de escapar. A coronha de um rifle Enfield, empunhado pela forma poderosa do sargento Lonnie Burton, apareceu por trás de uma tela descartada e se chocou violentamente contra o nariz do louco. O golpe foi desferido com uma força incrível. Holmes cambaleou um passo para trás e então dobrou os joelhos e caiu para trás no chão como uma árvore derrubada. Ele foi imediatamente cercado pelo coronel e metade do esquadrão que rapidamente o amarraram em completa imobilidade.

Satisfeito por o assassino ser incapaz de mover um dedo voluntariamente, o Coronel Wingate assentiu com satisfação e se moveu para ficar ao lado de Jake.

—Muito bem, capitão! Sua ideia de usar todo o esquadrão e todas as ambulâncias que pudéssemos emprestar para fazer parecer que o hospital seria inundado com baixas foi um plano brilhante. Pegamos nosso homem e, ainda mais importante, nós o temos vivo e capaz de ser julgado. Ele enfrentará um pelotão de fuzilamento ou a forca se eu tiver algo a dizer sobre isso.

Jake assentiu com a cabeça e deslizou o Colt pelo sulco da coluna e para dentro da calça. Olhando para os homens em volta do Holmes caído, ele pôde ver a alegria e o alívio pintados em cada rosto. Mas não havia alegria nele. Ele só conseguia pensar nos três inocentes mortos do clã Oglethorpe, junto com as mortes de Grimms, Higgins e Mathes. Em uma guerra cheia de matança, por que essa insanidade tinha que acontecer? Por que os inocentes tinham que sofrer tão cruelmente?

Balançando a cabeça tristemente, ele se virou e olhou para Wingate.

—Ouviu a notícia, coronel? O cirurgião me contou quando eles estavam me ajudando com as bandagens há uma hora. A batalha acabou. Os Boche estão voltando para o rio Arsène e cavando. Paris está salva. Nós temos venceu a batalha e o inimigo está recuando. Agora a verdadeira guerra vai começar, eu temo.

Mas o coronel não estava ouvindo. Dando um tapa vigoroso nas costas do sargento Burton, o corpulento oficialzinho apertou vigorosamente a mão do sargento em animação e parabenizou o sargento pelo uso oportuno do rifle. Alguém apresentou uma garrafa de champanhe e a equipe médica do hospital apareceu com sorrisos largos e mais garrafas de champanhe. Jake observou por alguns momentos enquanto o esquadrão e a equipe do hospital rapidamente se transformavam em um grande grupo. Mas no final, ele se virou e tirou das mãos de um soldado uma garrafa cheia de bebida sem que o homem percebesse. Esgueirando-se habilmente pela multidão de celebrantes, ele saiu da enfermaria do hospital e começou a procurar um local onde pudesse ficar sozinho.

Ele não estava com vontade de comemorar. Um louco havia sido preso. Mas a loucura ainda preenchia o ar. A guerra se transformou em um novo monstro nestes últimos dias. Era um monstro prometido para permanecer o lobo ativo em todas as guerras, faminto e com um apetite insaciável pelas vidas e almas da juventude de todas as nações. Quanto tempo duraria ninguém sabia. Quanto tempo ele duraria, Jake não podia adivinhar. Voltando-se para olhar para a tenda do hospital, Jake sentiu alívio ao saber que havia sobrevivido à fúria homicida da sede de vingança de um louco. Mas e amanhã? Semana que vem? Próximo mês?

Balançando a cabeça, pensando que era um bom momento para ficar bêbado, ele se virou e foi embora.

Caro leitor,

Esperamos que você tenha gostado de ler *A Morte de um Jovem Tenente*. Reserve um momento para deixar uma crítica, mesmo que curta. A sua opinião é importante para nós.

Atenciosamente,

B.R. Stateham e Next Chapter Team

SOBRE O AUTOR

Meu nome é B.R. Stateham. Eu sou um homem de 72 anos com uma mente ainda cheia de maravilhas e emoções que se encontraria em um garoto de catorze anos. Eu escrevo ficção de gênero. Você nomeia o gênero, eu provavelmente tenho um conto, uma novela ou um romance que se encaixaria na descrição. Eu escrevo há mais de 50 anos. O que, francamente, significa muito pouco na realidade. A maioria dos escritores pode dizer o mesmo. Para um escritor, contar histórias é algo construído em sua psique. Desde o nascimento, um escritor provavelmente estava contando algum tipo de história para si mesmo ou para qualquer pessoa próxima a ele. Se eles ouviram ou não.

Nos últimos 37 anos, tenho sido casado com a mesma mulher paciente. Uma professora, agora aposentada, que tem essa coisa de sentar comigo e discutir, ou esboçar verbalmente, conceitos para histórias que estão rondando na minha cabeça. Temos três filhos adultos e seis (se eu tiver o número correto) netos. Nenhum dos filhos ou netos acha que eu ser um escritor é de alguma significância particular. Como deveria ser.

Eu gosto de escrever noir-sombrio. Ou romances de detetive/policial hardboiled que bordejam a linha de demarcação entre o noir-sombrio e a ficção hardboiled. Na verdade, gosto de misturar subgêneros em minha ficção. Não se surpreenda se você ler algo meu tradicionalmente encontrado no nicho noir-sombrio com toques de ficção científica ou sobrenatural jogados para temperar a história.

É isso. Não há mais nada a dizer. Eu sou apenas um escritor. Mas espero que você encontre algo meu para ler e que o ache agradável.

A Morte de um Jovem Tenente
ISBN: 978-4-82418-089-6

Publicado por
Next Chapter
2-5-6 SANNO
SANNO BRIDGE
143-0023 Ota-Ku, Tokyo
+818035793528

28 Maio 2023

Milton Keynes UK
Ingram Content Group UK Ltd.
UKHW040107030823
426179UK00003B/49